Annabelle Costa
Liebe, Eis und Schnee

Über das Buch

Es beginnt wie ein Märchen. In der Hauptrolle: ich, als Jungfrau in Nöten. Na gut, das mit der Jungfrau stimmt nicht ganz, aber in Not bin ich wirklich, denn ich sitze im Schneesturm in einem Porsche fest, mitten im Nirgendwo. Kein Essen, kein Handynetz, nicht mal ein Lockenstab.

Auftritt des schneidigen Helden: eine dunkle Gestalt im strahlend weißen Schnee, bereit, mir zu Hilfe zu eilen! Nur entpuppt sich mein Prinz auf seinem edlen Ross bei näherem Hinsehen als bärtiger Waldschrat mit Augenklappe und einem verbeulten Pick-up.

Ja, Jake hat mir das Leben gerettet. Aber er ist so knurrig, dass es mir echt schwerfällt, ihm dafür dankbar zu sein. Und mal abgesehen davon weiß ich nicht, ob ich ihm trauen kann, denn ganz offensichtlich umgibt ihn ein gefährliches Geheimnis …

Über die Autorin

Neben ihrem Beruf als Physiotherapeutin schreibt und liest Annabelle Costa leidenschaftlich gerne Chick-Lit. Sie hat eine Schwäche für den britischen Akzent und für Filme der Achtziger, die sie in Gesprächen mit ihren Freunden häufig zitiert. Im Auto und unter der Dusche singt sie gern laut, aber leider auch falsch zu Popmusik. Außerdem liebt sie Cupcakes und isst vermutlich viel zu viele.

Annabelle Costa

LIEBE, EIS UND SCHNEE

Aus dem Amerikanischen von Djamila Vilcsko

SECOND CHANCES

Die englische Ausgabe erschien 2019 unter dem Titel
»Cabin Fever« bei Rose Bud Press.

Deutsche Erstausgabe Oktober 2020

Umschlaggestaltung: Casandra Krammer
Umschlagmotiv: Depositphotos

Lektorat: Stefanie Kersten
Korrektorat: Sonja Glück
Satz & Layout: Second Chances Verlag
Druck: Print Group Sp.z.o.o. Szczecin (Stettin)

ISBN: 978-3-96698-383-9

Auch als E-Book erhältlich!

www.second-chances-verlag.de

KAPITEL 1

Wir sind seit etwa zwei Stunden unterwegs, und ich würde Chase am liebsten sagen, dass dieser Ausflug ein furchtbarer Fehler ist und wir nach Hause fahren sollten.

Fast hätte ich es sogar gesagt.

Die Worte liegen mir auf der Zunge. Sie vermischen sich mit den Liedtexten von Billy Joels Album »Greatest Hits Volume III«, das Chase angemacht hat, als der Empfang von Radio Pandora vor einer halben Stunde immer schlechter wurde. *We Didn't Start The Fire. Das Feuer, also dieser Ausflug, war nicht meine Idee, und ich will das Wochenende nicht in einer Hütte in Vermont verbringen.*

Aber ich bekomme meinen eigenen Text nicht über die Lippen. Und mit jeder weiteren Sekunde, die verstreicht, schwinden meine Chancen mehr und mehr, aus dieser Nummer rauszukommen. Wann ist es noch in Ordnung, zu sagen: »Vergiss es, lass uns umkehren und nach Hause fahren«? Nach zwei Stunden Fahrt läuft das wohl schon unter unangebracht, aber nach drei Stunden ist die Grenze definitiv überschritten. Wenn wir erst mal drei Stunden in diese Sache investiert haben, sitze ich fest.

»Ich liebe diesen Song«, sagt Chase, während er die Lautstärke für »And So It Goes« hochdreht.

Chase ist der einzige Mann, den ich kenne, der Billy Joel mag. Es gibt da draußen sicher noch mehr männliche Billy-Joel-Fans, aber Chase ist der erste, der mir persönlich über den Weg gelaufen ist. Er ist auch der einzige Kerl in meinem Umfeld, der den Liedtext von »Uptown Girl« mitschmettern kann, ohne jegliche Ironie und ohne sich hinterher dafür zu schämen.

Noch skurriler ist es, wenn er laut zu Billy Joel mitsingt, während er mit 140 Sachen in seinem roten Porsche die Straße entlangbrettert. Billy Joel ist einfach keine Musik für schnelle Sportwagen.

»Können wir was anderes hören?«, frage ich.

»Was denn?«

»Irgendwas anderes als Billy Joel.«

Chase schnappt nach Luft. Zuerst glaube ich, dass es sarkastisch gemeint ist, aber da habe ich mich wohl geirrt. »Natalie, Billy Joel ist der beste Sänger aller Zeiten! Nein, wir können *nichts* anderes hören.«

»Billy Joel ist der beste Sänger aller Zeiten?« Ich bin mir ziemlich sicher, dass das nicht stimmt.

Er tritt noch ein bisschen mehr aufs Gas, obwohl wir bereits mit Lichtgeschwindigkeit fahren und ich in der Schule gelernt habe, dass nichts schneller als Lichtgeschwindigkeit sein kann. »Billy Joel war der unangefochtene Superstar der Achtziger.«

»Und was ist mit Michael Jackson?«

»Michael Jackson!«, platzt es aus Chase heraus. »Du machst wohl Witze!«

Ich habe keine Ahnung, was er hat. Bis eben wusste ich nicht mal, dass man Zweifel daran hegen kann, dass Michael Jackson *der* Superstar der Achtziger war.

»Die beiden kann man nicht mal ansatzweise

miteinander vergleichen«, sage ich. »Michael Jackson ist wie … ein Filet mignon an cremigem Kartoffelbrei und gedünstetem Spargel. Und Billy Joel ist wie … mit Käse gefüllte Jalapeños.«

Ich vergleiche alles mit Essen. Eine Angewohnheit, die ich mir auf der Kochschule zugelegt habe.

»Mit Käse gefüllte Jalapeños!« Chase sieht ernsthaft schockiert aus. »Natalie, ich werde jetzt einfach so tun, als hätte ich das nicht gehört.«

Warum ist er so sauer? Ich liebe mit Käse gefüllte Jalapeños. Allerdings sind sie kein Filet mignon.

Egal. Diesen Streit kann ich wohl ohnehin nicht gewinnen. Chase ist Billy Joel treu ergeben bis in den Tod, und ich bewundere das. Ich mag alle naselang eine andere Band, aber Chase ist seit der Grundschule eingefleischter Billy-Joel-Fan und konnte schon damals den Text von »We Didn't Start The Fire« auswendig. Er ist schon auf sage und schreibe 23 Billy-Joel-Konzerten gewesen, da kann ich nicht mithalten. Ich habe ganze zwei Katy-Perry-Auftritte gesehen, und einer davon war im Fernsehen.

Ich gähne, während ich mich in meinem Sitz zurücklehne und das Profil meines Freundes studiere. Von all den Männern, die ich bislang gedatet habe – und das waren nicht gerade wenige –, sieht Chase Hollister zweifellos am besten aus. Er hat blonde Haare, die bei Tageslicht golden schimmern, und grün-braune Augen, von denen man sich nicht losreißen kann. Seine symmetrischen, wie gemeißelt wirkenden Gesichtszüge, eine römische Nase und ein Kinngrübchen tragen ihr Übriges zu seiner Attraktivität bei. Kinngrübchen sind eine heikle Angelegenheit – wenn das Grübchen zu groß ist, sieht der Kerl damit schnell wie ein aufgeblasener Wichtigtuer aus –, aber Chase' Kinngrübchen ist absolut perfekt. Und er bezahlt einen Personal Trainer, der für einen durchtrainierten Körper sorgt. Ich sehe auch nicht schlecht aus, aber Chase ist da auf einem anderen Level. Als er mich bei unserem ersten Treffen angelächelt hat, war ich sofort verknallt. Ich konnte gar nicht anders.

Er sieht so gut aus, dass man eigentlich ein völlig neues Wort erfinden müsste, um auszudrücken, wie wahnsinnig und unfassbar attraktiv er ist. Wahntraktiv? Unfasstraktiv? Keine Ahnung.

Es ist mir peinlich, aber manchmal starre ich ihn einfach an und bin von seinem Aussehen wie hypnotisiert. So, wie ich mich auch an einem schön angerichteten Teller nicht sattsehen kann.

Chase ist der Fünfzig-Dollar-Hummerhauptgang oder das Steak im teuersten Restaurant der Stadt. Doch wenn man dann reinbeißt, fragt man sich, was der ganze Wirbel eigentlich soll und ob das Essen vom Diner die Straße runter vielleicht genauso gut schmeckt. Oder sogar noch besser.

Zu seiner Verteidigung muss ich allerdings vorbringen, dass Chase nur Augen für mich hat. Wenn wir zusammen ausgehen, flirten ständig fremde Frauen mit ihm, aber er steigt nie darauf ein. Er ist Mitte dreißig und redet oft von seinem Wunsch nach einer eigenen Familie. Kleiner Wink mit dem Zaunpfahl, Natalie.

»Können wir am nächsten Rastplatz anhalten?«, frage ich.

Chase legt zwar eine Hand auf die Gangschaltung, aber das Auto scheint nicht langsamer zu werden. Keine Ahnung, wie eine Gangschaltung funktioniert oder welche Vorteile sie hat, außer dass sie cool aussieht und Frauen beeindruckt. Ich bin noch nie mit Gangschaltung gefahren und kann schon von Glück reden, dass ich mit einem Automatikgetriebe halbwegs zurechtkomme. Ich habe Chase irgendwann mal gefragt, warum er sich ein Auto mit Schaltgetriebe ausgesucht hat, doch er hat mich nur angeschaut, als hätte ich etwas unfassbar Blödes von mir gegeben.

»Chase?«, sage ich noch einmal, für den Fall, dass er mich über Billy Joels Geschmachte hinweg nicht gehört hat. »Rastplatz? *Por favor?*«

Der Blick hinter seiner Ray-Ban-Brille bleibt stur auf die Straße gerichtet. »Warum willst du unbedingt zu einem Rastplatz?«

»Weil ich auf die Toilette muss.«

Er stößt einen langen, übertriebenen Seufzer aus. »Warum musst du so oft zur Toilette?«

Gutes Aussehen und Treue mögen zu seinen Tugenden gehören, Geduld eher nicht. »So ist das halt, wenn man regelmäßig was trinkt.«

Genau das ist das Problem daran – dreieinhalbstündige Autofahrten fördern gerne mal zutage, was in einer Beziehung schiefläuft. An Chase Hollister gibt es vieles, was ich mag, aber wenn er von Heirat und unserer Zukunft spricht, bekomme ich ein flaues Gefühl im Magen. Ich glaube nicht, dass er der Mann ist, mit dem ich den Rest meines Lebens verbringen will. Da bin ich mir sogar ziemlich sicher. Ich meine, der Kerl lässt mich doch noch nicht mal aufs *Klo* gehen.

Als wir dann an einem Schild vorbeifahren, das einen Rastplatz mit einem McDonald's und einem KFC anzeigt, ramme ich Chase den Ellbogen in die Rippen

– nur für den Fall, dass er wirklich nicht anhalten will. Das Auto wird minimal langsamer, als Chase sich sichtlich widerwillig auf der rechten Spur einordnet und die Ausfahrt nimmt. Er parkt vor dem KFC, und noch bevor ich die Autotür öffne, weht mir der verführerische Duft von frittiertem Hühnchen um die Nase.

»Hey«, sage ich. »Wollen wir Huhn fürs Abendessen mitnehmen?«

»Bei *KFC*?« Mein Freund verzieht das Gesicht, als ob ich gerade vorgeschlagen hätte, dass wir Käfermist zum Abendessen verspeisen. Oder irgendeinen anderen Mist. »Ganz bestimmt nicht, Natalie. Außerdem wurde in der Hütte schon alles für uns vorbereitet.«

Das überrascht mich nicht. Fast Food ist bei Chase nicht drin. Ich finde nichts dabei, wenn ich ab und zu einen Big Mac verdrücke, aber er würde so was nicht mal mit einer Kneifzange anfassen. Sein Personal Trainer würde ihn umbringen – der Kerl ist streng!

»Ach komm.« So schnell gebe ich nicht auf. »Ich hatte bestimmt seit einem Jahr kein KFC mehr. Wahrscheinlich sogar noch länger.«

Chase wirkt immer noch angewidert. »Du weißt schon, dass es ein Gerichtsverfahren gab, wegen dem KFC den Namen ›Kentucky Fried Chicken‹ aufgeben musste, weil die Vögel, die sie verarbeitet haben, nicht als Hühner durchgingen.«

»Klingt für mich nicht besonders glaubhaft.«

»Nein, ich hab's gelesen.«

Ich verdrehe die Augen. »Glaubst du wirklich, dass das Hühnchenfleisch bei KFC von irgendwelchen mutierten Superhühnern stammt?«

»Ja, glaube ich.«

Billy Joel war nicht beliebter als Michael Jackson, und KFC frittiert keine mutierten Hühnchen. Ich bin versucht, mein Handy rauszuholen und Chase zu beweisen, dass er unrecht hat, aber meine Blase drückt. Also flitze ich zu KFC rein, während er auf seinem Smartphone im Internet surft oder sich Pornos anschaut, oder was auch immer er macht, wenn ich nicht da bin.

Zum Glück ist die Toilette frei, sodass ich nicht warten muss. Und das gelangweilt aussehende Mädchen an der Kasse interessiert es nicht, dass ich aufs Klo gehe, ohne etwas zu kaufen. Ich bezweifle, dass sie sich für irgendwas interessiert, außer vielleicht das entzündete Piercing in ihrer rechten Augenbraue.

Im Waschraum nutze ich die Gelegenheit und rufe meinen älteren Bruder Drew an. Viele meiner Freunde und Bekannten kommen mit ihren Geschwistern nicht besonders gut aus, aber Drew ist mein bester Freund. Ich bin eher das langweilige und verantwortungsvolle Geschwisterkind, während er der lustige Typ ist, den jeder mag. Man könnte meinen, dass ich ihm das übel nehme, aber ich kann's nicht, denn er ist der lustige Typ, den jeder mag. Wenn Drew ein Gericht wäre, dann wäre er ein in Bierteig ausgebackener Kabeljau mit Kartoffelspalten. Ohne Gemüse.

Da ich nicht weiß, wie der Empfang in der Hütte sein wird, muss ich ihm reden, solange ich noch kann.

»Na, wie ist die Hütte?«, fragt mich Drew, bevor ich auch nur Hallo sagen kann. »Ist sie annehmbar?«

»Wir sind noch nicht da.« Ich betrachte mich im Spiegel der Damentoilette und spitze die Lippen ein wenig. Vor Kurzem habe ich einen neuen Monica-Lippenstift von Dolce und Gabbana entdeckt, mit dem die Lippen angeblich »voller« aussehen sollen. Ich habe mich extra für den Farbton »Pretty Kiss« entschieden und somit keine Kosten und Mühen gescheut, damit meine Lippen zum Küssen verführen. Ich hoffe, Chase weiß das zu schätzen. »Es dauert noch mindestens eine Stunde.«

»Wo bist du gerade?«

»In der Toilette eines KFC.«

»KFC!« Drew klingt genauso aufgeregt, wie ich mich beim Anblick des Restaurant-Schilds gefühlt habe. Unsere Eltern haben uns als Kinder nicht viel Fast Food essen lassen. »Du holst dir einen Bucket, oder?«

»Nein. Chase ist der festen Überzeugung, dass KFC Mutantenhühner verarbeitet und wir hier deshalb nichts essen können.«

Drew lacht schallend. »Warum nur überrascht es mich nicht, dass Armani KFC nicht mag?«

Als Drew Chase zum ersten Mal getroffen hat, hat er ihn »Armani« getauft, weil … nun ja, weil Chase echt viel von Armani trägt. Chase hingegen war der Meinung, dass Drew ein Säufer und Playboy ist. In den ersten paar Monaten konnten sich die beiden auf den Tod nicht ausstehen. Doch im Lauf der Zeit sind sie miteinander warm geworden, und inzwischen schauen sie sich sogar manchmal ein Footballspiel zusammen an.

»Und tust du auch brav, was dein zukünftiger Ehemann will?«, fragt Drew.

Mein Bruder behauptet steif und fest, dass ich Chase heiraten werde. Er mochte keinen meiner früheren Freunde, aber Chase hat er inzwischen notgedrungen akzeptiert. Oh, und meine Eltern *lieben* Chase. Ihrer Meinung nach ist er der erste anständige Kerl in meiner Beziehungshistorie.

Es stimmt schon, dass Chase und ich theoretisch das perfekte Paar abgeben. Das liegt vor allem an ihm, denn er sieht immer perfekt aus. Aber darüber hinaus ist er auch noch steinreich. Das Unternehmen seiner Familie … Nun, ich will keine Namen nennen, aber ich wäre überrascht, wenn nicht in so ziemlich jedem Haushalt mindestens eins ihrer Produkte stehen würde. Die Firma hat ihren Sitz in Virginia, wo Chase auch aufgewachsen ist, ist aber weit über die Grenzen hinaus bekannt.

Allerdings ist seine Familie nicht so steinreich wie meine. Nur die wenigsten sind das.

Das, hat mir meine Mutter schon vor Jahren eingetrichtert, *macht dich zur Zielscheibe, Natalie*. Egal, mit welchem Jungen oder Mann ich ausgegangen bin, ich hatte immer dieselbe Frage im Hinterkopf: Mag er mich, oder hat er es auf mein Geld abgesehen? In der Regel hatten sie es auf mein Geld abgesehen. Zumindest wenn man meine Eltern fragt. Das allein wäre schon verletzend genug, aber das Schlimmste ist, dass sie damit auch noch meistens recht hatten.

Chase scheint es jedoch um mich als Mensch zu gehen, da er selbst mehr als genug Geld hat. Meine Familie ist fest davon überzeugt, dass er mir bald einen Antrag machen wird, und ich weiß genau, was ich ihrer Meinung nach antworten sollte. Das Problem an der Sache ist nur, dass ich mir nicht sicher bin, ob Chase mir die Frage aller Fragen stellen würde, weil er mich wirklich liebt. Er sagt immer, dass wir gut zueinanderpassen. In letzter Zeit frage ich mich aber, ob sein Vater ihn wohl zu einer Heirat mit mir drängt, weil die gut für die Geschäftsbeziehungen wäre.

Ich will keinen Mann heiraten, nur weil wir theoretisch gut zusammenpassen. Und auch nicht, weil das gut für das Familienunternehmen ist. Mag sein, dass ich da altmodisch bin, aber ich will aus Liebe heiraten.

Wenn ich nur wüsste, ob Chase mich wirklich liebt.

»Wenn Chase nicht will, dass ich was von KFC mitnehme, dann lasse ich es eben. Ganz egal, wie viel Lust ich drauf hab.«

»Weißt du, was echt lustig ist? Du bist eine renommierte Spitzenköchin, aber ich höre dir an, wie gerne du dich bei KFC vollfressen würdest.«

»Nur weil ich eine gute Köchin bin, muss ich kein kulinarischer Snob sein.«

Ich liebe Essen. Essen in jeglicher Form, von Fast Food bis hin zu Gourmet-Speisen. Meine Eltern wollten, dass ich Wirtschaft studiere, aber ich habe lieber eine Kochausbildung gemacht und damit alle vor den Kopf gestoßen. Und anschließend habe ich ein Catering-Unternehmen aufgebaut, das mittlerweile sehr erfolgreich ist. Manchmal kann ich gar nicht glauben, dass ich mit dem, was ich so sehr liebe, Geld verdiene. Aber verrückterweise habe ich trotz meiner kulinarischen Arbeit auf höchstem Niveau immer noch die gleichen Vorlieben wie als Kind.

Was ich damit sagen will? Ich liebe KFC. Und auch wenn ich köstliche selbst gemachte Makkaroni mit drei verschiedenen Käsesorten und leckerem Topping zubereiten kann, ist Mac and Cheese aus der Tüte immer noch ein Seelentröster für mich.

Es bedeutet auch, dass ich Sport treiben muss, damit ich weiterhin durch Türen passe – Chase dagegen trainiert, um seinen perfekt bemuskelten Körper in diesem

Zustand zu erhalten. Ich bin von Natur aus unsportlich, aber es lohnt sich, jeden Tag acht Kilometer zu joggen, wenn ich dafür essen darf, was ich will.

»Ehrlich, Drew, ich hab irgendwie keine Lust auf diesen Trip. Vielleicht sollten wir einfach wieder nach Hause fahren.«

Er lacht. »Warum überrascht mich das nicht? Ich hab dir ja gleich gesagt, dass du in einer Hütte ohne Internet keine zwei Minuten durchhältst.«

Stirnrunzelnd betrachte ich mein Spiegelbild. Die Mascara um meine hellbraunen Augen ist etwas verklumpt – das sollte ich in Ordnung bringen, bevor ich wieder rausgehe. Meine blonden Haare sehen ganz gut aus – die Keratinbehandlung letzten Monat hat Wunder gewirkt. »Könnte ich schon. Ich *will* nur nicht.«

»Hey, erinnerst du dich an deinen Vorsatz fürs neue Jahr?«

In knapp einem Monat werde ich dreißig. Am ersten Januar habe ich den Vorsatz gefasst, vor meinem Geburtstag dreißig Dinge auszuprobieren, die ich noch nie zuvor getan habe. Bis zum siebten Januar habe ich beschlossen, dass zehn neue Dinge wahrscheinlich auch genug sind. Jetzt ist Mitte Februar, und ich wäre schon froh, wenn ich es schaffe, wenigstens eine neue Sache bis zu meinem Geburtstag auf die Reihe zu bekommen. Sieht so aus, als ob dieser Ausflug meine letzte Chance ist. Vor zwei Wochen hätte ich fast eine Durianfrucht gegessen. Der Straßenverkäufer beteuerte zwar, dass sie köstlich schmeckt, aber ich konnte den Geruch nach Kanalisation einfach nicht ausblenden.

Hier bin ich also und versuche zumindest *eine* neue Sache auszuprobieren, bevor ich dreißig werde.

Vielleicht sollte ich der Durianfrucht doch noch eine Chance geben.

»Genieß dein romantisches Wochenende mit Armani«, sagt Drew. »Er hat sicher was total Übertriebenes geplant.«

Wahrscheinlich hat Drew recht. Chase kann ein kleiner Snob sein, wenn es um Autos und Fast Food geht, aber mit romantischen Gesten kennt der Mann sich aus. Er hat mich auf der Spitze des Empire State Buildings geküsst. Er hat in seinem Apartment eine Spur aus Rosenblütenblättern gestreut, die zu einer von Kerzenlicht beschienenen Badewanne führte. In der Hütte wartet wahrscheinlich ein romantisches Abendessen auf uns, und dann werde ich froh sein, dass ich mich nicht mit KFC-Mutantenhühnchen vollgestopft habe.

Ich beende das Telefonat und frische mein Make-up auf, so gut es geht. Chase' Attraktivität gibt mir immer das Gefühl, dass ich mehr für mein Äußeres tun muss. Ich will auf keinen Fall, dass die Leute sich fragen, was er an mir findet, wenn sie uns zusammen auf der Straße sehen.

Rasch bringe ich meine Wimperntusche in Ordnung, trage eine neue Schicht »Pretty Kiss« auf meine Lippen auf und bürste mir schnell die Haare (die, im Gegensatz zu seinen, durch etwas Hilfe meines Friseurs so blond sind). Ich überlege, ob ich sie hochstecken soll, aber Chase mag es, wenn ich sie offen trage, also lasse ich es.

Seit ich sechzehn bin, deuten meine Eltern immer wieder an, dass ich mich unters Messer eines Schönheitschirurgen legen sollte, weil ich laut meiner Mutter das »Rochester-Kinn« geerbt habe. Bisher habe ich mich jedoch geweigert. Ehrlich gesagt mag ich mein Kinn, und mich stört daran nichts. Dieses Kinn sehe ich im Spiegel, seit ich denken kann, und ich kann mir auch nicht vorstellen, wie es anders aussehen sollte. Ich wäre einfach nicht mehr ich. Nicht für Chase, nicht für meine Eltern noch sonst irgendjemanden lasse ich mein Kinn richten! Und ich werde mir auch bestimmt kein Botox spritzen lassen. Lieber Himmel, ich bin noch nicht mal dreißig!

Der Duft von frittiertem Hühnchen ist in der Zeit, in der ich auf dem Klo war, irgendwie intensiver geworden. Ich kann die goldenen, panierten Hühnerbeinchen im Geiste vor mir sehen, und ein Korb voller buttriger Biscuits ruft nach mir. *Natalie, bitte iss uns! Du weißt, wie lecker wir sind!*

Es ist vollkommen aussichtslos, das Restaurant ohne Essen zu verlassen. Ich bin jetzt hungrig, und es dauert noch mindestens eine Stunde, bis wir in der Hütte ankommen.

Ich nähere mich dem Mädchen an der Kasse und versuche, nicht auf ihren entzündeten Brauenring zu schauen. Ich überlege, was ich bestellen kann, ohne dass Chase etwas davon mitbekommt. »Kann ich bitte ein Biscuit haben?« Wenn schon kein Hühnchen, dann wenigstens eins dieser leckeren Buttermilchbrötchen.

»Klar«, erwidert sie. »Kommt noch was dazu?«

»Vielleicht … doch lieber zwei Biscuits.«

Sie tippt meine Bestellung in die Kasse ein, und ich zahle bar. Da der Bon meinen kleinen Fehltritt verraten könnte, winke ich ab, als sie ihn mir geben will. Leise summend tütet das Mädchen die Biscuits ein, und ich versuche, die Melodie zu erkennen. Vielleicht Meghan Trainor?

»Hey, glauben Sie, dass Billy Joel der Superstar der Achtziger war?«, frage ich sie.

Das Mädchen blinzelt sichtlich irritiert, während sie die braune Papiertüte auf der Theke abstellt. »Wer ist Billy Joel?« Ich muss sie wohl ziemlich entgeistert ansehen, denn sie fügt hinzu: »Ich bin 2000 geboren. Mit den Achtzigern kenn ich mich nicht so aus …«

»Nicht so wichtig«, murmele ich und lasse die Biscuits in meiner Hermès Birkin Bag verschwinden. Wann ich Gelegenheit bekomme, sie zu essen, steht noch in den Sternen, da im Porsche striktes Essverbot herrscht. Chase liebt dieses Auto fast so sehr wie Billy Joel. Würden wir heiraten, hätte ich aber vielleicht eine Chance auf Platz Nummer drei.

»Seien Sie vorsichtig im Schnee«, wünscht das Mädchen mir noch, als ich mich zum Gehen wende.

Ich runzele die Stirn. »Schnee?«

Schnell werfe ich einen Blick durch die Fenster des Restaurants nach draußen. Und tatsächlich schweben kleine Schneeflocken vom Himmel herunter.

»Hab gehört, dass ein Blizzard im Anmarsch ist«, erklärt die Angestellte.

Nanu? Chase hat behauptet, der Wetterbericht hätte für das Wochenende hier in der Gegend nichts angesagt.

Ich danke dem Mädchen und eile nach draußen. Ich war wohl viel länger im Restaurant als gedacht, denn die Sonne steht tiefer am Himmel, und die Temperatur ist stark gesunken. Die kalte Luft schlägt mir ins Gesicht, und der dunkle Stoff meiner Jacke ist sofort mit weißen Flocken übersät.

So schnell ich kann, haste ich zum Auto. Ich bibbere, als ich mich auf den Ledersitz fallen lasse. Chase hat zum Glück die Heizung voll aufgedreht, und die Wärme umfängt mich angenehm.

»Es schneit«, keuche ich.

Chase zuckt mit den Schultern. »Laut Wetterbericht soll es ein paar Schneeschauer geben.«

Ich schaue auf die inzwischen großen, weißen Flocken, die vom Himmel fallen. »Bist du dir sicher, dass es klug ist, mit dem Porsche weiterzufahren?«

Chase sieht mich an, als ob ich verrückt geworden wäre. »Der Schnee bleibt ja nicht mal liegen. Wenn ich bei dem bisschen nicht mehr fahren kann, sollte ich dringend wieder zurück nach Virginia ziehen.«

Etwa ein Jahr bevor wir zusammengekommen sind, ist Chase aus seinem schneearmen Heimatbundesstaat hier hochgezogen, aber er hat sich hervorragend in Neuengland integriert. Er besitzt sogar eine Red-Sox-Baseballjacke. Trotzdem mache ich mir Sorgen, dass er sein Auto im Schnee nicht so sicher beherrscht wie jemand, der hier aufgewachsen ist. »Es könnte schlimmer werden«, meine ich.

»Wird es nicht.«

»Könnte es aber.«

»Wird es aber nicht.«

Wenn es eine Sache an Chase gibt, die ich sowohl liebe als auch hasse, dann ist es sein unerschütterliches Selbstvertrauen. Wenn Chase von einer Sache überzeugt ist, dann lohnt sich keine Diskussion darüber. Drew und ich haben da einen Insider-Gag für solche Momente – wir nennen ihn dann den Unerschütterlichen Chase. Wenn man Chase fragt, was er zum Abendessen möchte, und er antwortet »Chinesisch«, dann schwingt in seiner Antwort keine Frage mit. Er *fragt* nicht, ob ich Lust auf chinesisches Essen habe oder ob mir Indisch vielleicht lieber wäre. Nein, es bedeutet schlicht, dass ich im Laufe des Abends Ming's Palace anrufen *werde*, um unsere Bestellung durchzugeben.

Selbstbewusste Männer sind sexy, das gebe ich gerne zu. Andererseits … sollte ich nicht wenigstens *manchmal* aussuchen dürfen, was wir essen?

»Da drüben ist eine Tankstelle. Willst du noch tanken?«

Chase schaut auf die Tankanzeige. »Nein, wir haben genug. Der Tank ist halb voll.«

»Genau. Und wir haben noch eine lange Strecke vor uns.«

»Ein halber Tank reicht locker.«

Man könnte meinen, dass er ein Optimist ist und ich eine Pessimistin bin. Allerdings ist es wahrscheinlicher, dass er seinen kostbaren Porsche nicht betanken kann, solange der nicht komplett leer ist, oder ein ähnlich blöder Grund. Auf jeden Fall habe ich die Nase voll von diesen Nonsensdiskussionen. Meinetwegen – Billy Joel ist der Superstar der Achtziger, KFC verarbeitet Mutantenhühnchen, und wir brauchen kein Benzin.

Chase wirft mir einen Blick zu, und sein Gesichtsausdruck wird etwas liebevoller. Sicher, er hat ein paar Ecken und Kanten, aber er ist kein schlechter Partner. Jeder ist während einer langen Autofahrt gestresst. Ich kann ihm auch eigentlich keinen Vorwurf machen, dass er ein bisschen angefressen ist, wenn man bedenkt, wie schnippisch ich selbst gerade zu ihm war.

»Wir sind bald in der Hütte«, meint er versöhnlicher. »Dort wartet ein romantisches Abendessen auf uns. Nur wir zwei. Und dann …« Er zwinkert mir zu. »… eine romantische Nacht.«

Er greift nach meiner Hand und drückt sie. Für einen

Mann hat er sehr weiche Hände – und sie sind angenehm glatt und warm. Genau wie seine Lippen.

»Ich kann's kaum erwarten«, antworte ich. Und das meine ich auch so.

Kapitel 2

Nun schneit es schon seit einer Stunde ununterbrochen, und es ist kein Ende in Sicht.

Und es ist auch kein leichter Schauer mehr, sondern richtiger, echter Schnee – große, weiße Flocken, die nicht sofort schmelzen, wenn sie auf dem Boden landen. Ich wollte selbst nach dem Wetterbericht schauen, aber mein Smartphone hat keinen Empfang. Daher habe ich kein Gegenargument für Chase, der noch immer darauf besteht, dass es »gleich« aufhört zu schneien.

Chase geht vom Gas und aus den halsbrecherischen 140 km/h werden etwas vernünftigere 110, die mich noch nervös genug machen. Wir haben die Grenze nach Vermont inzwischen überquert, und der Verkehr hat während der letzten zwanzig Minuten stark abgenommen. Mittlerweile sind wir auch nicht mehr auf dem Highway und haben seit mindestens zehn Minuten kein anderes Fahrzeug mehr gesehen.

»Der Schnee gefällt mir nicht«, sage ich.

»Sind doch nur ein paar Flocken«, entgegnet Chase. »In spätestens einer Stunde ist das wieder vorbei.«

So ein Quatsch! Ich krame das Handy aus meiner Handtasche und öffne die Wetter-App. Immer noch nichts. Kein LTE, kein 4G … rein gar nichts.

Ich schaue auf das Navi, das am Armaturenbrett des

Porsches befestigt ist. Unten im Bildschirm steht: »Kein GPS. Signal wird gesucht …«

»Ich hab kein Internet.«

Chase zuckt mit den Schultern. »Ich hab dir doch gesagt, dass es hier oben nicht überall Netz gibt. Du hast dir was zum Lesen mitgenommen, oder?«

Ja, habe ich. Meinen Reader mit fünf E-Books und zwei Taschenbücher habe ich in meiner Reisetasche verstaut – eine Leselampe im Miniformat inklusive, nur für den Fall der Fälle. Aber ich bin eigentlich nicht davon ausgegangen, dass ich wirklich das ganze Wochenende ohne Internetverbindung verbringen werde. Länger als für die Dauer eines Flugs war ich noch nie von der Welt abgeschnitten. Zumindest nicht, seit das Internet existiert.

Drew und ich haben uns während der Fahrt immer mal wieder Nachrichten geschickt, also schreibe ich ihm: *Kannst du nachschauen, was der Wetterbericht für Vermont sagt?*

Drew wird mich damit aufziehen, dass ich das nicht selbst nachgesehen habe, aber damit kann ich leben. Jetzt im Moment will ich einfach nur wissen, ob ich darauf bestehen muss, dass wir umdrehen.

Allerdings ziert sich mein Handy, als ich versuche, die Nachricht zu schicken. Irgendwann wird mir dann die Meldung »Übertragungsfehler« angezeigt.

Verdammt.

Ich schaue aus dem Fenster auf die schnell vorbeiziehende Landschaft – die Äste der Bäume sind mit einer dicken Schneeschicht bedeckt, ich sehe ein einsames Bauernhaus, dessen Dach wie mit weißem Zuckerguss überzogen wirkt. »Könntest du etwas langsamer fahren?«

»Langsamer?« Chase klingt so, als ob er dieses Wort zum ersten Mal in seinem Leben hört. Als müsste er es erst im Wörterbuch nachschlagen. »Ich fahre doch nur noch 110.«

Für seine Begriffe ist das langsam. Wenn ich 110 km/h auf einer Landstraße fahre, fühle ich mich wie eine Raserin.

»Ich sag's ja nur«, murmele ich. »Der Schnee liegt schon ziemlich hoch.« Und der Porsche hat nicht einmal Winterreifen.

»Dieses Auto hat mit Schnee null Probleme.« Aus den Augenwinkeln sieht er wohl meinen Gesichtsausdruck und seufzt. »Wir sind fast bei der Hütte. Entspann dich einfach, Natalie.«

»Wie wollen wir die überhaupt finden?« Ich tippe mit dem Finger auf das nutzlose Navi. »Wir haben kein GPS-Signal.«

»Ich hab eine Landkarte dabei. Sie liegt im Handschuhfach.«

Oh Gott. Ich muss eine *Karte aus Papier* verwenden und uns damit lotsen? Sind wir in der Steinzeit gelandet? Warum holen wir nicht auch gleich noch Kompass und Sonnenuhr hervor, wenn wir schon mal dabei sind? Aber ich will nicht, dass wir uns verfahren, also hole ich pflichtschuldig die Karte aus dem Handschuhfach.

Und die ist riesig. Als ich versuche, sie flach auf meinem Schoß auszubreiten, verdeckt sie teilweise das Fenster auf meiner Seite und ragt bei Chase ein Stück ins Armaturenbrett hinein. Die Karte ist einfach überall. Ich hasse Landkarten, und mein Orientierungssinn ist unfassbar schlecht. Ohne Navi bin ich verloren.

»Ich habe die Hütte auf der Karte markiert«, erklärt Chase.

Ich starre das große, rote X an, das wahrscheinlich unser Ziel darstellen soll. Das ist aber erst die halbe Miete – ich habe leider keinen Schimmer, wo wir uns im Moment befinden. Ich schaue aus dem Fenster und halte nach Orientierungspunkten Ausschau, aber da draußen gibt es nur kahle Bäume und Schnee. Ganz, ganz viel Schnee.

»Wo sind wir überhaupt?«, frage ich schließlich.

Chase verdreht die Augen. »Rocking Stone Lane.«

Ich fahre mit dem Finger über die Karte und versuche, die Straße zu finden. Dabei fällt mir auf, dass meine Fingernägel bis aufs Nagelbett abgeknabbert sind – anscheinend habe ich unbewusst wieder mit dem Nägelkauen angefangen. Zur Maniküre gehe ich schon nicht mehr, seit ich meine Kochausbildung begonnen habe. Abgeblätterte Nagellackstückchen sind das Letzte, was man in seinem Essen vorfinden möchte. Damit gewinnt man keine Stammklientel. Ich würde nie die Zufriedenheit meiner zahlenden Kundschaft aufs Spiel setzen oder riskieren, dass ich etwas serviere, das meine hohen Ansprüche nicht erfüllt.

»Hab's gefunden!«, verkünde ich triumphierend, auch wenn ich weiß, dass mir niemand eine Medaille verleihen wird, nur weil ich eine Straße auf einer Karte ausfindig gemacht habe – ich bin schließlich keine fünf mehr. »Okay. Du musst links auf die Cook Hollow Road abbiegen.«

Wir halten nach der entsprechenden Straße Ausschau, was jedoch schwierig ist, weil sämtliche Orientierungspunkte vom Schnee verdeckt sind. Chase drosselt das

Tempo auf schockierende 65, hauptsächlich weil die Straße immer holpriger wird.

»Da ist sie!«, rufe ich.

Wow. Ich habe etwas auf einer Papierlandkarte gefunden und konnte es bei einem richtig echten Roadtrip anbringen. Das ist definitiv neu für mich. Vielleicht bringe ich ja doch noch ein paar neue Dinge zustande, bevor ich dreißig werde.

Darf ich Chase jetzt sagen, dass er umkehren und mich nach Hause fahren soll?

Chase schwenkt in die Cook Hollow Road ein. Diese Straße ist sogar noch schmaler als die vorherige, und die weiße Schneedecke auf dem Asphalt ist unberührt, weil wir offenbar die einzigen Idioten sind, die bei diesem Wetter mitten im Nirgendwo herumkurven. Ich kann die Fahrbahn nicht sehen, aber man merkt deutlich, dass sie so gut wie nicht asphaltiert ist. Der Porsche schlingert, weil seine Reifen kaum Halt finden.

»Hör mal, Chase«, sage ich. »Vielleicht sollten wir zurück auf die Hauptstraße fahren und uns ein Hotel suchen, bis der Schneesturm vorbei ist.«

In seiner Wange zuckt ein Muskel, wie das immer passiert, wenn er sich ärgert. »Im Ernst? Wir sind fast da.«

»Ja, aber …« Ich lasse den Blick über die vor uns liegende und immer urwüchsiger aussehende Landschaft schweifen, die ganz in Weiß eingehüllt ist. »Ich hab einfach das Gefühl, dass das gefährlich werden könnte. Ein Hotel wäre besser.«

»Ich wüsste nicht mal, wie wir hier ein Hotel finden sollen. Wir haben kein GPS, schon vergessen?«

Stimmt. Bei diesem Gedanken breitet sich ein flaues Gefühl in meiner Magengrube aus.

»Ich fahre langsamer, okay?«, sagt er, und der Tacho geht auf 50 km/h runter. »Wo muss ich als Nächstes hin?«

Ich schaue mit zusammengekniffenen Augen auf die Karte. »Da stehen keine Straßennamen, aber es müsste bald rechts rein gehen.«

Nach ein paar Minuten sehen wir sie. Und, oh mein Gott, diese Straße ist winzig. Falls uns ein Fahrzeug entgegenkommt, rammt es uns frontal, bevor wir es in diesem verfluchten Schneesturm überhaupt sehen. Ich will unbedingt hier weg, aber ich weiß nicht, ob das nicht sogar gefährlicher ist als weiterzufahren. Chase hat recht – wir haben keine Ahnung, wo das nächste Hotel ist. Immerhin befindet sich die Hütte laut der Karte ganz in der Nähe.

Es wird immer schwieriger, draußen überhaupt noch etwas zu erkennen. Es ist stockfinster, und im Licht der Scheinwerfer sieht man nur das dichte Schneetreiben des inzwischen ausgewachsenen Blizzards. Das Mädchen mit dem entzündeten Augenbrauenpiercing hatte absolut recht.

Die Tachonadel sinkt auf 30 km/h. Dann auf 15, und ich kann spüren, wie die Räder des Porsche immer wieder den Halt verlieren. Das wird nicht gut ausgehen.

»Chase.«

Der Muskel in seiner Wange zuckt erneut, doch der Blick seiner grün-braunen Augen bleibt fest auf die Straße gerichtet. Die Ray-Ban-Sonnenbrille trägt er nicht mehr, seit die ersten Schneeschauer eingesetzt haben und die Sonne dahinter verschwunden ist. »Wir sind fast da.«

Soll das ein Witz sein? Ich schaue auf die Karte hinunter, was mir allerdings nur wenig nützt. Ich bin mir nicht einmal mehr sicher, ob wir uns überhaupt noch auf einer richtigen Straße befinden. Die Hütte könnte absolut überall sein – sie könnte genauso gut nur ein paar Meter von uns entfernt stehen, und wir würden es dank der bescheidenen Sicht nicht merken.

»Es ist gleich da vorne.« Chase scheint keinerlei Zweifel daran zu hegen.

Ah, da ist er ja wieder, der Unerschütterliche Chase. Ich wünschte, ich könnte ihm glauben.

Erneut hole ich mein Handy aus der Handtasche. Nicht nur, dass die Internetverbindung weg ist, nun gibt es nicht einmal mehr Telefonnetz. Kein einziger Balken auf der Anzeige! Nur eine kleine Meldung in der Bildschirmecke: »Kein Empfang.«

»Chase, ich glaube, wir sollten echt zurück.«

»Ich hab dir doch gesagt, dass wir fast da sind.«

»Es wäre wirklich besser, wenn wir umdrehen.«

Die Tachonadel schwankt nun um die 8 km/h. Wir schleichen durch den Schnee. Ich spüre, wie das Auto um jeden halben Meter kämpft. Und dann …

Geht es nicht weiter.

»Scheiße«, ist Chase' einzige Reaktion.

Selbst über das Heulen des Winds hinweg kann ich hören, wie die Räder des Porsche durchdrehen, aber nichts passiert. Wir bewegen uns kein Stück vorwärts. Nun sind wir offiziell steckengeblieben.

»Wir hängen vielleicht an irgendwas fest«, sagt er.

»Ja, an dreißig Zentimetern Schnee.«

Er schüttelt den Kopf. »Dieses Auto hat kein Problem mit Schnee.«

»Ist das dein Ernst?«

Er setzt diesen gekränkten Gesichtsausdruck auf, wie immer, wenn jemand sein Auto beleidigt. Die Ehre dieses Autos würde er wohl auch eher verteidigen als meine. Niemand, wirklich niemand, darf abfällig über seinen Porsche reden.

»Da blockiert bestimmt nur irgendwas eins der Räder«, beharrt er. »Könntest du aussteigen und nachsehen?«

Ich starre ihn an. »Warum gehst *du* nicht raus und schaust nach?«

»Deine Jacke ist wärmer als meine.«

Da hat er nicht unrecht. Chase trägt eine Lederjacke, die er aus einem Londoner Laden namens Belstaff importieren lassen hat, weil er ein Foto gesehen hat, auf dem David Beckham so eine anhatte. Das Leder ist unglaublich weich, aber absolut unpraktisch für Ausflüge in den Schnee. Aber wehe, wenn ich ihm das sage. Und statt Stiefeln oder irgendetwas Stiefelähnlichem hat er natürlich seine Everlane-Lederslipper an.

Ich bin leider auch nicht viel passender angezogen. Aber wenigstens habe ich Stiefel an – meine rot besohlten Metograf-Stiefelchen von Christian Louboutin sind nicht wasserdicht, immerhin hatte ich nicht vor, im Schnee herumzustapfen. Doch die Verkäuferin hat mir versichert, dass sie einen gewissen Schutz bieten. Sieht so aus, als ob die Schuhe vor ihrem ersten Praxistest stehen.

»Meinetwegen«, murre ich.

Schon allein das Öffnen der Autotür ist ein ziemlicher Kampf, weil so viel Schnee auf dem Boden liegt. Und dazu kommt noch der heftige Wind, der mir

Schneeflocken ins Gesicht peitscht, sobald ich die Tür aufbekommen habe. Verdammt, ist das kalt draußen – viel kälter als vorhin, als die Sonne noch da war. Mein Telefon kann mir die aktuelle Temperatur nicht anzeigen, aber sie liegt sicher deutlich unter dem Gefrierpunkt. Das muss sie doch, wenn es schneit, oder? Ich bin keine Wetterexpertin, aber ich weiß, dass es echt kalt sein muss, damit es schneit.

Ich trete in den frischen, weißen Pulverschnee, und mein rechter Stiefel sinkt sofort ein. Und, oh mein Gott, diese Stiefel sind *kein bisschen* wasserdicht. Die Verkäuferin bei Christian Louboutin hat mich angeschwindelt.

»Siehst du was?«, fragt mich Chase, obwohl ich noch nicht einmal meinen Hintern aus dem Auto befördert habe.

»Nein«, fauche ich ihn an.

Gottverdammter Chase! Ich hasse ihn und seine nicht-klatschnassen Füße. Ich wollte von Anfang an nicht in diese Hütte fahren – warum nur musste er mich zu diesem blöden Ausflug überreden? Stattdessen könnte ich jetzt zufrieden zu Hause warm eingekuschelt auf meinem Ledersofa liegen und vom Fenster aus den Schneeflocken beim Tanzen zusehen, statt meine Socken einzuweichen. Ich hätte mich nie zu diesem Unsinn breitschlagen lassen sollen.

Endlich schaffe ich es, mich aus dem Auto zu hieven, und kämpfe mich zur Motorhaube vor. Vorn rechts an der Haube ist ein Kratzer, der garantiert noch nicht da war, als wir losgefahren sind – wahrscheinlich stammt er von einem Ast. Chase wird durchdrehen, wenn er das sieht. Und dieser Gedanke verschafft mir einen vielleicht etwas unangebrachten Glücksmoment. Chase hat sein Auto nicht mal bezahlt – seine Eltern haben es ihm gekauft. Wenn ich wegen dieser Affenkälte krank werde, muss ich mich am Montag trotzdem durch den Catering-Auftrag für Mandy Duvalls Babyparty quälen, während Chase in seinem Büro kommt und geht, wie es ihm in den Kram passt. Seine Aufgabe besteht nämlich darin, in einem Eckbüro zu sitzen und gut auszusehen. Er könnte eine Woche lang nicht auftauchen, und niemand würde es merken oder ihn vermissen.

Okay, das ist gemein. Stimmt aber. Trotzdem gemein.

Die Kälte lässt meine Laune noch weiter sinken. Und hungrig bin ich auch – warum hat er mich nichts bei KFC essen lassen, wie ich es wollte?

Ich fege mit bloßen Händen Schnee von der Motorhaube, da ich natürlich keine Handschuhe mitgenommen habe. Was habe ich mir nur dabei gedacht? Wer vergisst denn bitte seine Handschuhe, wenn er im Februar nach Vermont fährt? Ich verbringe zwar nicht viel Zeit in der freien Natur, aber das hätte ich dann doch besser wissen sollen. Aber nun kann ich es nicht mehr ändern.

Ich schaue mir die Vorderseite des Autos so genau wie möglich an. Im Dunkeln und bei dem ganzen Schnee erkenne ich kaum etwas, aber ich kann nichts entdecken, das das Auto vom Vorwärtsfahren abhält. Es gibt keine Hindernisse. Nur Schnee. Schnee, Schnee und nochmals Schnee.

Plötzlich trifft mich eine Windböe und wirft mich fast um. Gott, was für ein Wetter. Ich kämpfe mich langsam zur Tür zurück und muss mich dabei die ganze Zeit am Auto festhalten, um nicht weggeweht zu werden. Als ich endlich wieder auf meinen Sitz falle und die Tür hinter mir zuknalle, bin ich zutiefst erleichtert.

»Da ist nichts«, keuche ich. »Nur Schnee.«

»Na, und hast du den Schnee weggeräumt?«, fragt Chase ungehalten.

Ich schaue ihn fassungslos an. »Nein.«

»Wieso denn nicht?«

»Weil ich keine Schaufel habe.« Ich reibe mir die Hände in dem Versuch, sie aufzuwärmen. Dann halte ich meine geröteten Finger vor die Lüftungsschlitze der Heizung, aus denen heiße Luft strömt. Meine Zehen fühlen sich taub an. »Nur so könnte man den Schnee vielleicht wegräumen.«

»Scheiße.« Mehr scheint Chase auch diesmal nicht dazu einzufallen.

Ich starre durch die Windschutzscheibe nach draußen, und mir wird langsam angst und bange. Das Auto steckt fest. Wir fahren so schnell nirgendwo mehr hin – selbst wenn es zu schneien aufhört, wird der Schnee nicht sofort verschwinden. Der Weg, den wir entlanggekommen sind, ist inzwischen zugeschneit.

Und dann schaue ich auf die Tankanzeige. Der Tank ist nicht einmal mehr zu einem Viertel voll.

Das bedeutet, dass wir in wenigen Stunden kein Benzin mehr haben werden. Was wiederum bedeutet, dass dann die Heizung wegfällt.

»Was machen wir denn jetzt?«, flüstere ich, als mir zum ersten Mal das ganze Ausmaß der Lage aufgeht, in der wir uns befinden.

Chase klammert sich so fest ans Lenkrad, dass seine Knöchel weiß hervortreten. »Ich hab keine Ahnung. Vielleicht kommt jemand vorbei.«

»Jemand kommt vorbei? Wer ist denn sonst noch so blöd und fährt hier in einem Schneesturm herum?«

Vor ein paar Tagen hätte ich diese Worte wahrscheinlich nur gedacht und nicht ausgesprochen. Aber zum Teufel damit. Wegen Chase sitze ich jetzt irgendwo im Nirgendwo in einem Auto fest, das kaum noch Benzin im Tank hat. Dann kann ich auch sagen, was ich denke.

»Es wird jemand vorbeikommen«, sagt er. Ah, da ist er wieder: der Unerschütterliche Chase – beruhigend, aber letzten Endes vollkommen nutzlos. »Es gibt hier draußen Hütten. Wir sind hier nicht in der Wildnis.«

»Hütten? Ich seh keine Hütten.«

»Entspann dich einfach, Natalie.«

»Ich soll mich *entspannen*?« Am liebsten würde ich ihn kräftig schütteln. »Dir ist klar, dass uns das Benzin ausgeht, oder? Wir werden wahrscheinlich erfrieren, bevor uns hier jemand findet.«

»Wir werden nicht erfrieren.«

»Ganz zu schweigen davon, dass wir nichts zu essen haben.«

Darauf erwidert er nichts. Wenn es ihm so geht wie mir, dann ist er wahrscheinlich auch am Verhungern.

»Ich bin mir sicher, dass irgendwann jemand vorbeikommen wird. Lass uns einfach abwarten«, meint er schließlich.

Mir gefällt das alles hier so was von gar nicht, aber was soll ich machen? Außer zu beten, dass er recht hat.

Kapitel 3

Die nächste Stunde verbringen wir in angespannter Stille.

Nun ja, in relativer Stille. Billy Joel dröhnt immer noch aus den Lautsprechern, nur dass ich es jetzt nicht mehr besonders witzig finde, wenn er darüber singt, dass nur die Guten jung sterben. Da wäre mir echte Stille deutlich lieber, aber Chase lässt mich die Musik nicht ausschalten.

Mein Blick bleibt die ganze Zeit auf die Tankanzeige gerichtet, die immer weiter nach unten geht. Bald ist der Tank leer, und dann haben wir ein noch viel größeres Problem. Wir haben nicht mal genug Benzin, um durch die Nacht zu kommen.

Wenn Chase doch nur auf mich gehört und noch mal getankt hätte.

»Ich glaube, wir sollten den Motor ausmachen«, sagt er auf einmal.

Mir hämmert das Herz in der Brust. »Was? Warum?«

»Ich will nur …« Er kaut auf seiner Unterlippe herum. Ich weiß, dass er nervös ist, weil in seiner Stimme eine Spur Südstaatenakzent mitschwingt. Den kann man nur hören, wenn er gestresst ist – und das passiert so gut wie nie.

Der Unerschütterliche Chase ist verschwunden, und

das macht mir gerade am meisten Angst. »Ich will sehen, wie kalt es ohne Heizung wird.«

»Ich würde mal sagen, ziemlich kalt.«

»Klar, aber das Auto bietet einen gewissen Schutz. Vielleicht ist es gar nicht so schlimm.«

Chase ist in einer Region aufgewachsen, wo es nie schneit. Und seit er hierhergezogen ist, parkt er sein Auto immer in Garagen, wo es vor dem Wetter geschützt ist. Er hat keinen blassen Schimmer, wie kalt ein Auto werden kann, wenn es über längere Zeit draußen abgestellt ist. In diesem Auto wird es sehr bald sehr, sehr kalt sein.

Er dreht den Zündschlüssel, und der Motor verstummt.

Anfangs ist es nicht so schlimm, da sich im Auto immer noch genug Wärme befindet. Idiotischerweise schöpfe ich ein bisschen Hoffnung, dass wir es doch durch die Nacht und vielleicht sogar länger schaffen können, bis uns hier jemand findet. Doch nach etwa zwanzig Minuten wird mir klar, dass das nicht der Fall ist. Im Auto wird es immer kälter. Ich stecke mir die Hände abwechselnd unter die Achselhöhlen oder hauche warme Luft auf sie. Meine verfluchte Kaschmirbaskenmütze von Inverni ist leider eher modisch als warm.

Ich habe für diese Reise wirklich schlecht gepackt. Allerdings hatte ich auch gedacht, dass wir uns in einer beheizten Hütte aufhalten würden.

»Es ist ziemlich k-kalt«, kommentiert Chase. Seine Zähne klappern und seine Lippen werden ein bisschen blau.

»Ja«, murmele ich.

Ich schaue auf die Tankanzeige. Oh Gott, das Benzin muss fast alle sein. Wir stecken wirklich und wahrhaftig in der Klemme. Was sollen wir nur tun?

Ich schlinge die Arme um meinen Oberkörper, obwohl mir davon auch nicht wirklich wärmer wird. Was würde ich jetzt nur für eins meiner Burberry-Plaids geben! Ich habe sie nicht mitgenommen, weil ich sowieso schon zu viel Zeug gepackt hatte und außerdem davon ausgegangen bin, dass die Hütte ausgestattet ist.

Das Auto hält zwar den Wind ab, aber ansonsten bietet es kaum Schutz vor der eisigen Kälte. Mittlerweile ist der Schnee so hoch, dass ich mir Sorgen mache, dass wir die Türen bald nicht mehr öffnen können. Bis zum Morgen könnte der Porsche komplett begraben sein.

Die Möglichkeit, dass wir hier sterben könnten, ist sehr real. Nein, es ist nicht nur eine Möglichkeit. Die Wahrscheinlichkeit ist ziemlich hoch, weil keiner nach uns suchen wird. Vor Montag wird uns niemand vermissen, da unsere Freunde und Familien davon ausgehen, dass wir dieses Wochenende »in der Wildnis« verbringen. Bis Montag könnten wir ohne Weiteres erfroren sein.

Oh Gott.

Ich will hier nicht sterben. Ich hab noch so viel vor. Ja, mir ist nicht viel eingefallen, das ich vor meinem dreißigsten Geburtstag noch erleben kann, aber ich liebe mein Leben! Ich liebe meinen Catering-Service. Ich liebe meine Freunde und meine Familie. Ich will irgendwann heiraten und eine Familie gründen. Es kann doch nicht sein, dass mein Leben hier in diesem Porsche auf einer Schotterpiste in Vermont enden soll.

Ich schaue Chase an, dessen Gesichtsausdruck mir verrät, dass ihm gerade ähnliche Gedanken durch den

Kopf spuken. Von seinem üblichen Selbstvertrauen ist nichts mehr geblieben.

»Was machen wir denn jetzt?«, flüstere ich.

»Wir müssen hier irgendwie weg«, sagt er. So ausgeprägt habe ich seinen schleppenden Südstaatenakzent noch nie gehört.

»Und wie?« Mein Handy ist nutzlos, seins sicher auch. Anders können wir nicht mit der Außenwelt kommunizieren.

»Vielleicht …« Chase beäugt die fallenden Schneeflocken und die wachsende Schneedecke auf der Windschutzscheibe. Alles, was jenseits davon liegt, ist in der nächtlichen Dunkelheit nicht zu erkennen. Anders als in Boston gibt es hier keine Straßenlaternen oder Autoscheinwerfer, die die Dunkelheit erleuchten. Hier sind nur die Sterne und der Mond mögliche Lichtquellen, was aber bedeutet, dass es momentan stockfinster ist. »Wir könnten versuchen, nach Hilfe zu suchen?«

Ich schüttele den Kopf. »Wie denn? Das Auto bewegt sich nicht von der Stelle.«

Er kaut auf seiner Unterlippe herum. »Zu Fuß.«

Mein Blick huscht wieder zum Fenster. »Im Ernst? Wir müssen kilometerweit von der nächsten größeren Straße entfernt sein.«

»So weit ist es bestimmt nicht.« Er zittert, weil ihm wahrscheinlich genauso kalt ist wie mir. »Und du musst ja nicht direkt jemanden finden. Du musst es einfach nur irgendwohin schaffen, wo du Empfang hast.«

Ich starre ihn aus zusammengekniffenen Augen finster an. »Was meinst du bitte mit ›du‹?«

»Na ja …« Chase rutscht auf dem Ledersitz herum. »Wie schon gesagt, du hast wärmere Sachen an.«

Das *muss* einfach ein schlechter Scherz sein. Chase Hollister ist der eindeutige Beweis dafür, dass Kavaliere längst ausgestorben sind.

»Draußen ist es wahrscheinlich gar nicht so viel kälter als hier drin«, fügt er hinzu.

»Ich werde dieses Auto ganz sicher nicht verlassen, Chase«, sage ich bestimmt.

»Sei nicht so egoistisch, Natalie.«

Mir bleibt der Mund offen stehen. Ich war mir schon fast sicher, dass ich unsere Beziehung nach diesem Ausflug beenden würde. Aber in Anbetracht der Tatsache, dass ich nicht weiß, ob wir hier lebendig rauskommen, brauche ich wirklich nicht länger mit einer Lüge leben.

»Weißt du was, Chase?«, frage ich. »Das war's mit uns.«

Jetzt ist es an ihm, schockiert auszusehen. Sein gebräuntes Gesicht wird ganz blass. »Du machst mit mir Schluss?«

»Du hast es erfasst.«

»Jetzt?«

»Was du heute kannst besorgen ...«

Blinde Wut zeichnet sich auf seinem Gesicht ab, und für einen Moment bereue ich meine Entscheidung, das genau jetzt durchzuziehen. Was soll ich machen, wenn Chase hier übergriffig wird? Ich kann nicht weglaufen. Hastig gehe ich im Kopf durch, was ich im Selbstverteidigungskurs an der Uni gelernt habe, aber nichts davon lässt sich auf eine Situation im Auto anwenden.

Das Herz schlägt mir schon bis zum Hals, doch da sinken Chase' Schultern nach unten. »Meinetwegen.« Er schüttelt den Kopf. »Dann muss ich wohl selbst raus und Hilfe holen.«

Jetzt, wo ich nicht mehr befürchte, dass Chase sich an mir vergreift, muss ich seine Worte einen Moment lang sacken lassen. Da draußen tobt ein Schneesturm. Wie weit meint dieser verwöhnte Junge aus Virginia denn, es in einem Blizzard zu schaffen?

»Ich glaube nicht, dass das eine gute Idee ist«, sage ich. »Ich finde, wir sollten hier bleiben. Das ist unsere beste Chance.«

»Du meinst, hier im Auto bleiben und *nichts* tun?« Er schnaubt. »Die Hollisters sind Männer der Tat, Natalie. Ich werde hier nicht einfach rumsitzen und darauf warten, dass ich sterbe.«

Ich linse wieder aus dem Fenster. Sieht eher so aus, als ob ihn da draußen im Moment der sichere Tod erwartet. »Bleib wenigstens bis morgen früh hier, wenn der Schneesturm vorbei ist.«

»Bis zum Morgen könnten wir Frostbeulen bekommen.«

Seine Aussage erinnert mich an meine eiskalten Füße, die klatschnass sind, seit ich das Auto verlassen habe. Bisher habe ich nicht weiter darüber nachgedacht, aber jetzt fällt mir auf, dass ich meine Zehen nicht mehr spüre. Wie konnte ich das nicht bemerken? Ich versuche, mit ihnen zu wackeln … Hm, ich glaube, sie bewegen sich. Aber ganz sicher bin ich mir nicht.

Oh mein Gott, was, wenn ich Frostbeulen bekomme? Was, wenn man mir die Zehen amputieren muss? Das hier ist ein einziger großer Albtraum.

»Das ist unsere einzige Chance, Natalie.«

Der zuversichtliche Ausdruck ist zurück auf Chase' Gesicht. Der Unerschütterliche Chase glaubt tatsächlich, dass er uns retten kann. Und vielleicht stimmt das ja auch. Nichts ist unmöglich, oder?

»Außerdem«, fügt er hinzu, »ist das allemal besser, als hier mit dir festzustecken.«

Falls ich noch Zweifel an der Entscheidung hatte, diese Beziehung zu beenden, verpuffen diese nun endgültig.

Trotzdem will ich nicht, dass Chase da draußen stirbt. Also reiche ich ihm den Schal, den ich mitgebracht habe. Er wehrt sich kurz dagegen, da der Schal rot ist und sehr feminin aussieht. Letztendlich macht er sich aber wohl doch größere Sorgen ums Erfrieren als um das Fashion-Desaster, denn schließlich wickelt er sich den Schal um den Hals. Ich gebe ihm auch meine Kaschmirbaskenmütze, von der ich mich zwar nur ungern trenne, aber er braucht sie dringender.

Ich kann Chase' Augen kaum erkennen, als er mich vom Fahrersitz aus fixiert. Er ist in meine Mütze und meinen Schal eingemummelt, und seine Jacke und Slipper sind für dieses Wetter absolut nicht ausreichend. Möglicherweise sehe ich ihn nie wieder. Mein Ärger von vorhin verfliegt. Chase ist kein schlechter Mensch – nur ein bisschen arg verwöhnt. Er ist nicht der Richtige für mich, aber ich bin mir sicher, dass irgendwo die richtige Frau auf ihn wartet. Immerhin stellt er sich einem Schneesturm, um uns zu retten – er ist fast schon ein Held. Ich hoffe, dass er es schafft.

»Dann gehe ich jetzt mal.«

Ich nicke. Am liebsten würde ich ihn anflehen, im Auto zu bleiben, da, wo es sicher ist. Aber er hat recht: Das ist unsere einzige Hoffnung.

»Bist du sicher, dass du das nicht übernehmen willst?«, fragt Chase. »Deine Jacke ist viel wärmer als meine.«

Okay, vielleicht ist er doch kein Held.

»Chase!«, knurre ich.

»Ist ja schon gut.« Er seufzt tief und müht sich dann ab, um die Autotür aufzubekommen. Als er schließlich aussteigt, wird mir flau im Magen. Es ist absolut unmöglich, dass dieser Mann, der noch keinen einzigen Tag in seinem Leben gearbeitet hat, es bis in die Zivilisation schaffen wird … oder wenigstens irgendwohin, wo sein Handy Empfang hat. Er rennt in seinen sicheren Tod.

»Chase«, sage ich mit heiserer Stimme. »Tu's nicht. Es ist zu gefährlich. Bleib hier, okay? Bitte.«

Aber wenn der Unerschütterliche Chase das Kommando hat, lässt er sich natürlich von niemandem was sagen. Er richtet sich so gut wie möglich in dem Wind auf, der ihm entgegenbläst, und strafft die Schultern. »Mach dir keine Sorgen, Natalie. Es wird schon gut gehen.«

Er schließt die Autotür, und während seine Silhouette in der Dunkelheit verschwindet, macht sich in mir das fürchterliche Gefühl breit, dass dies die letzten Worte waren, die ich je von ihm gehört habe.

Kapitel 4

Chase ist seit zwanzig Minuten weg.

Es ist so gut wie unmöglich, dass er zeitnah zurückkommt, aber ich mache mir Sorgen, wie es ihm dort draußen ergeht. Es muss durch den Wind um die -20 °C sein, und er ist nicht mal annähernd passend angezogen. Die Vorstellung, dass er tatsächlich Hilfe finden könnte, kommt mir immer unwahrscheinlicher vor.

Ich hätte ihn nicht gehen lassen sollen. Nicht, dass ich ihn davon hätte abhalten können …

Mein Magen knurrt. Chase hatte dieses romantische Dinner in der Hütte geplant – das ich nun wahrscheinlich nie erleben werde. Durst habe ich auch. Ich schätze, ich könnte geschmolzenen Schnee trinken, aber ich habe nichts, um das Wasser aufzufangen, keine Wasserflasche, nicht einmal einen Becher. Wir sind so lächerlich unvorbereitet hergekommen. Das einzig Positive ist, dass ich gerade nicht aufs Klo muss – keine Ahnung, was ich tun soll, wenn es so weit ist.

Warum habe ich beim Einsetzen des Schnees nicht darauf bestanden, dass wir umkehren? Warum habe ich mich von ihm hierherschleppen lassen? Der Unerschütterliche Chase hat über meinen gesunden Menschenverstand gesiegt.

Ich kann meine Zehen inzwischen gar nicht mehr

spüren. Das ist kein gutes Zeichen. Wie lange dauert es, bis man Frostbeulen bekommt? Passiert mir das vielleicht gerade? Ich greife in meine Tasche, um mein Handy herauszuholen und danach zu googeln, aber als ich es herausziehe, fällt mir ein, dass ich kein Netz habe und daher auch nicht googeln kann.

Allerdings erfühle ich beim Durchkramen der Tasche etwas, das in Papier gewickelt ist.

Meine KFC-Biscuits! Die hatte ich total vergessen! Oh mein Gott, ich habe *Essen*. Ich habe etwas Essbares im Auto! Zwei Biscuits! Es ist ein Wunder!

Noch bevor ich auch nur darüber nachdenken kann, mir das Essen einzuteilen, habe ich mir den ersten Biscuit in den Mund gestopft und schlinge ihn praktisch im Ganzen runter. Das ist das Beste, was ich je gegessen habe! Ich lecke mir gierig die Lippen. Der zweite Biscuit liegt unten in der Tüte und lockt mich. Ich will ihn so sehr, aber ich weiß, dass ich ihn mir aufheben sollte. Wenn ich am Morgen immer noch in diesem gottverdammten Auto sitze, werde ich über etwas zu essen froh sein.

Es sei denn, ich bin bis dahin so unterkühlt, dass ich dann ohnehin nicht mehr klar denken kann.

Ich lege die Tüte auf den Fahrersitz und stelle meine Birkin Bag darauf, damit ich nicht in Versuchung gerate und den Biscuit letztendlich doch noch esse. Es gab mal eine Zeit, als mein größtes Problem darin bestand, dass die Colorblock-Sonderedition der Hufeisen-Tasche bei Hermès »nicht verfügbar« war. Ich wollte diese Tasche unbedingt haben.

Das kommt mir jetzt alles so dumm vor.

Es ist stockfinster im Auto. Durch die nächtliche Dunkelheit und den Schnee, der die Fenster inzwischen komplett bedeckt, kann ich nicht einmal meine Handtasche da drüben sehen. Ich kann überhaupt nichts sehen. Als ich mich aufrichte, stoße ich mit dem Ellbogen ans Lenkrad und drückte damit unabsichtlich auf die Hupe.

Die Hupe!

Wenn ich sie oft genug benutze, könnte mich vielleicht jemand hören und uns retten? Es ist zwar ... Na ja, wenn man bedenkt, dass ich mich auf einer Schotterstraße mitten im Nirgendwo befinde, erscheint mir das ziemlich unwahrscheinlich. Aber schaden wird es sicher auch nicht.

Ich drücke mit der Faust gegen das Lenkrad, und die Hupe erklingt im Auto. Hier drinnen kommt sie mir sehr laut vor, aber ich kann mir nicht vorstellen, dass der Klang im heulenden Wind draußen weit zu hören ist. Wie war das doch gleich: Verursacht ein im Wald umfallender Baum ein Geräusch, wenn niemand da ist, der es hören kann? (Oder auch: Welches Geräusch macht eine einzelne klatschende Hand? Dieser Spruch ergibt für mich keinen Sinn.)

Ich hupe etwa zwei Dutzend Mal. Irgendwann nach dem zwanzigsten Hupen lehne ich mich zurück in meinen Sitz. Sehen kann ich nichts, und es ist nur der Wind zu hören.

Tja, das war sinnlos.

Chase hat die Autoschlüssel in der Zündung gelassen. Eigentlich wollte ich Benzin sparen, aber die Kälte wird unerträglich. Zuvor hatte ich noch meine Mütze und meinen Schal, aber nun, wo ich sie Chase für seine Rettungsmission überlassen habe, fühlen sich meine Ohren schon taub an. Die Hände habe ich wieder unter meine Achseln gesteckt. Das hilft ein bisschen, aber ich zittere trotzdem weiter. Ich brauche etwas Wärme, selbst wenn es nur für fünf Minuten ist.

Ich greife nach den Schlüsseln und starte den Motor.

Natürlich ist die Luft, die aus den Lüftungsschlitzen der Heizung gewirbelt wird, eiskalt. Es dauert wahrscheinlich ein oder zwei Minuten, bis sie warm wird. Ich warte darauf, dass sich die Luft anwärmt, doch als die Minuten verstreichen, fällt mir etwas Beunruhigendes auf: Es riecht nach Benzin.

Der Auspuff. Er muss im Schnee vergraben sein. Was bedeutet, dass – selbst wenn ich einen Tank voller Benzin hätte – ich mit laufendem Motor ersticken werde.

Ich muss versuchen, den Auspuff freizuräumen. Aber da draußen ist es noch kälter und ich werde vom Schnee durchnässt. Und wozu? Für vierzig Minuten Benzin, wenn überhaupt? Vielleicht lohnt es sich nicht, den Auspuff freizuschaufeln.

Ich schalte die Scheibenwischer ein, um herauszufinden, wie schlimm es außerhalb des Autos aussieht. Die Wischer gleiten am Glas entlang und schieben die Schneeschicht weg. Ich blinzele ein paarmal und starre angestrengt in die Dunkelheit. Allerdings …

Ist das ein Licht in der Ferne?

Mein Herz hüpft in meiner Brust. Ich sehe etwas! Es ist ein Licht. Nein, zwei Lichter! Scheinwerfer! Jemand ist hier! Ich bin gerettet!

Ich lasse das Seitenfenster auf der Beifahrerseite herunter, um es vom Schnee zu befreien. Allerdings muss ich es schnell wieder schließen, weil der schneidende Wind unerträglich ist. Die Scheinwerfer gehören tatsächlich zu einem grünen Pick-up, der sich noch etwa sechs Meter von mir entfernt befindet.

Ich lasse die Scheinwerfer aufleuchten, und der Pick-up hält an. Man kann kaum etwas sehen, aber die Tür des Wagens öffnet sich, jemand steigt aus.

Der Fahrer trägt einen dicken Parka, aber ich kann dennoch erkennen, dass er eine sehr imposante Erscheinung ist. Hochgewachsen und … einfach … groß. Der Schnee behindert ihn etwas, aber für die gegebenen Verhältnisse bewegt er sich schnell. Irgendetwas an der Art, wie er läuft, macht mir Angst. Wenn mir jemand sagen würde, dass sich Big Foot unter dem Parka befindet, würde ich es glauben.

So erleichtert ich gerade noch war, Lebenszeichen von anderen Menschen zu sehen, so sehr hämmert nun mein Herz, als sich die Gestalt dem Auto nähert.

Vielleicht gibt es hier draußen schlimmere Dinge als Kälte und Hunger. Ein Mann kann mich viel schneller umbringen als beides zusammen.

Behandschuhte Finger klopfen kräftig gegen das Beifahrerfenster, und ich erschrecke mich fast zu Tode. In meinem Sitz zusammengekauert, äuge ich ängstlich durch das Fenster. Der Mann trägt eine Mütze, die auch den unteren Teil seines Gesichts bedeckt, und er hat die Kapuze seiner dicken Jacke aufgesetzt. Das Einzige, was ich sehen kann, sind seine blauen Augen, die mich fixieren.

Nun ja, sein Auge, Einzahl. Denn sein rechtes Auge ist von einer schwarzen Augenklappe verdeckt.

Oh Gott. Dieser Kerl sieht wirklich zum Fürchten aus. Und ich bin hier, ganz allein in einem Auto im Nirgendwo. Warum bin ich nur auf die Idee mit der verdammten Hupe gekommen?

Er pocht wieder gegen das Fenster, diesmal

nachdrücklicher. Ich kann kaum hören, wie er ruft: »Ist alles in Ordnung mit Ihnen da drinnen?«

Dieses Wesen – tja, es scheint sich um einen Mann zu handeln, nicht um Big Foot, aber so ganz sicher bin ich mir da immer noch nicht – ist hier, um mich zu retten. Aber ich habe das schreckliche Gefühl, dass ich danach womöglich vor ihm gerettet werden muss.

»Hey!«, ruft er wieder. »Können Sie mich hören?«

Was soll ich tun? Ich kann nicht in diesem Auto bleiben und erfrieren. Ich brauche mir nichts vorzumachen – Chase wird niemals Hilfe finden. Doch ich habe kein gutes Gefühl bei diesem Mann. Die Augenklappe macht mich leicht panisch. Ich habe früher mal so eine Gruselgeschichte gehört, und sie ging für das Mädchen im Auto nicht gut aus.

Der Mann richtet sich auf und bedeutet mir mit Handbewegungen, dass ich das Fenster öffnen soll. Ich bin hin- und hergerissen. Falls er mir etwas antun will, bin ich hier drin wenigstens halbwegs sicher. Aber ich werde sterben, wenn ich hierbleibe. Außerdem ist er möglicherweise die einzige Hoffnung, die Chase noch bleibt, wenn der sich dort draußen irgendwo im Schnee verlaufen hat.

Ich lasse das Fenster ein paar Zentimeter runter, und der Wind fegt mir sofort ins Gesicht. Der Mann mustert mich.

»Stecken Sie fest?«, fragt er.

Ich nicke. »Können Sie mein Auto abschleppen?«

Das ist ein absolut genialer Plan. Wenn er das Auto abschleppt, kann ich hier drin bleiben, ohne von einem Yeti vergewaltigt zu werden.

Der Mann schüttelt schnell den Kopf. »Nein, das wird nicht gehen. Aber mein Haus befindet sich gleich die

Straße runter. Sie können dort bleiben, bis der Sturm vorbei ist.«

Ich kaue nervös auf meiner Unterlippe herum. Trotz seiner massigen Gestalt und der unheimlichen Augenklappe ist seine Stimme nicht beängstigend. Weder knurrt noch zischt er. Er klingt wie ein ganz normaler Kerl. Nicht wie ein Mann, der mich in Stücke hacken und an seinen Hund verfüttern will. Allerdings …

»Mein Freund«, krächze ich. Na ja, jetzt ist er mein Ex-Freund, aber ich muss mein Liebesleben ja nicht vor diesem Fremden ausbreiten. »Er … er ist losgegangen, um Hilfe zu holen. Wir müssen ihn finden.«

Der Mann reißt sein Auge auf. »Wie lange ist er schon weg?«

»Seit … etwa vierzig Minuten?«

»Scheiße«, flucht er. Er richtet sich auf und starrt in die Dunkelheit hinter mir. »Ja, okay. Wir können nach ihm suchen.«

Ich stoße einen Seufzer der Erleichterung aus. Wir werden Chase finden. Und wenn wir das getan haben, werde ich vor diesem Wilden sicher sein. Chase mag nicht mehr mein Freund sein, aber er wird nicht zulassen, dass mir dieser Kerl was antut. Alles wird gut.

Ich entriegele die Tür, und der Mann zieht sie für mich auf. Die Kälte sticht mir in die unbedeckten Ohren, und ich kann einen schmerzerfüllten Laut nicht unterdrücken. Gott, ist das kalt!

»Wo ist Ihre Mütze?«, fragt mich der Mann. Jetzt, wo ich neben ihm stehe, merke ich, dass er nicht ganz so groß ist, wie ich erst gedacht hatte. Vielleicht ein Meter neunzig, aber nicht zweieinhalb Meter, wie ich anfangs geschätzt hatte.

»Ich hab keine Mütze.«

Er schaut mich an, als ob ich zwei Köpfe hätte. »Sie kommen hier mitten im Februar ohne Mütze her?«

»Ich hatte eine, aber die hab ich meinem Freund gegeben.«

»Und wo ist dann *seine* Mütze?«

»Er hatte keine dabei.«

Der Kerl verdreht die Augen. Na ja, das Auge. Er fummelt an seinem Kragen herum und zieht schließlich einen dicken, schwarzen Schal unter seiner Jacke hervor. Er ist gigantisch – ich könnte sicher problemlos meinen gesamten Körper damit umwickeln. »Nein, ist schon in Ordnung …«, protestiere ich.

»Nimm ihn einfach, Prinzessin«, knurrt er mich an. »Anziehen. Ich hab keine Zeit zu streiten.«

Ich atme scharf ein. Prinzessin? Was soll das denn bitte? Nur weil ich ohne Mütze und Schal in einem Blizzard unterwegs bin? Und per Du sind wir jetzt auch?

Aber ich gehorche und wickele mir den Schal erst um den Kopf und die Ohren, und lege ihn mir dann um den Hals. Er ist dick und warm und riecht nach Kiefernzapfen.

»Mach den Kofferraum auf, wir nehmen dein Gepäck mit«, sagt er. »Dann müssen wir nachher nicht noch mal herkommen.«

Diesmal befolge ich seine Anweisung umgehend. Er stapft zum Kofferraum, während ich mich damit abmühe, die Autotür zu schließen. Mit gerunzelter Stirn starrt er auf meine Louis-Vuitton-Neverfull-Schultertasche in Braun mit rotem Futter und unsere Louis-Vuitton-Reisetasche aus der limitierten Edition. »Wie lange wolltet ihr hierbleiben?«

»Übers Wochenende.«

»Übers *Wochenende*?«

»Ich weiß, ist ganz schön viel«, murmele ich. »Ich kann meine Tasche nehmen, und wenn du die andere …«

Doch der Mann hört mir gar nicht zu. Er schultert beide Taschen und knallt die Kofferraumklappe zu. Chase konnte kaum eine der Taschen hochheben, aber dieser Kerl schafft das scheinbar mühelos. Er schnauft nicht mal. Nur der hohe Schnee behindert seinen Rückweg zum Pick-up etwas. Dort angekommen, wirft er beide Taschen auf die Ladefläche. Ich folge ihm und versuche, so gut wie möglich zu ignorieren, wie der schneidende Wind die Teile meines Gesichts einfriert, die nicht vom Schal bedeckt sind.

Der Pick-up ist keiner dieser glänzenden neuen, die man in der Stadt sieht. Er ist alt, und die Teile, die unter dem Schnee sichtbar sind, sind ziemlich rostig. Ein verbeulter, gelber Schneeschieber ist vorn am Fahrzeug befestigt – so ist er also zu mir durchgekommen. Als ich mich der Beifahrertür nähere, bemerke ich auch Schneeketten auf den Reifen. Der Mann ist definitiv auf diesen Sturm vorbereitet – viel besser als wir.

Der Motor läuft, und die Heizung ist eingeschaltet. Ich halte die Hände vor die Lüftungsschlitze der Heizung, und meine Finger kribbeln. Der Mann schiebt sich die Kapuze nach hinten vom Kopf, den unteren Teil seiner Skimütze lässt er aber an Ort und Stelle, sodass er aussieht, als ob er gleich eine Tankstelle ausrauben wird.

»Auch keine Handschuhe, was?«, bemerkt er.

»Ich wusste nicht, dass es einen Blizzard geben wird.«

Er schnaubt daraufhin nur. »Irgendeine Idee, in welche Richtung dein Freund gegangen ist?«

Ich zeige in die Ferne. »Da, wo wir hergekommen sind.«

Der Mann stößt einen langen Seufzer aus. »Okay. Dann schauen wir mal, ob wir ihn finden.«

Seiner Stimme kann man deutlich anhören, dass er nicht daran glaubt. Aber daran will ich nicht mal denken. Chase ist seit einer knappen Stunde zu Fuß unterwegs. Wie weit kann er da schon gekommen sein?

Selbst mit dem Schneeschieber vor der Haube quält sich der Pick-up nur mühsam durch den Schnee, der inzwischen sicher sechzig Zentimeter hoch ist. Der Mann fährt langsam und hat die linke Hand mit festem Griff um das Lenkrad gelegt.

»Ich heiße Natalie«, sage ich schließlich, um das unangenehme Schweigen zu brechen. Wahrscheinlich sollte ich nicht reden, aber, wie Drew mich immer aufzieht, ich kann »verdammt noch mal einfach nicht die Klappe halten«, wenn Schweigen herrscht. Gesprächspausen zu füllen ist für mich fast schon ein Zwang.

»Jake«, brummt er.

»Wohnst du schon lange hier draußen?«, frage ich.

»Ja.«

»Nur du allein?« Ich hoffe, dass es eine Ehefrau gibt. Dass er nicht irgendein gruseliger Einsiedler ist, der in einer heruntergekommenen Hütte im Wald lebt, wo mich niemand je finden wird.

»Nur ich.«

Wundervoll.

»Stammst du aus Vermont oder …?«

Jake macht sich diesmal nicht die Mühe, mir zu antworten. Er fährt einfach weiter durch den Schneesturm, sein gesundes Auge konzentriert auf die Straße gerichtet. Ich sollte wahrscheinlich den Mund halten und ihn machen lassen.

Wir fahren an Dutzenden kahler Bäume vorbei, deren Äste dick mit Schnee bedeckt sind. Keine Fußspuren oder sonst irgendwas, das darauf hinweisen würde, dass Chase hier war. Jake hat sein Fernlicht an, aber die Sicht ist immer noch sehr schlecht. Wir fahren jetzt zehn Minuten – mittlerweile hätten wir doch bestimmt was von ihm entdecken müssen? Ist es möglich, dass wir an ihm vorbeigefahren sind? Könnte er irgendwo im Schnee liegen und langsam erfrieren?

»Ich sehe ihn nicht«, flüstere ich, und mein Hals fühlt sich wie zugeschnürt an.

Jake ist immer noch still. Er zieht den Teil seiner Mütze nach unten, der sein Gesicht verdeckt, und nun sehe ich, dass er einen dichten, struppigen Bart hat. Ich frage mich, seit wann er hier draußen lebt. Wie oft trifft er wohl andere Leute? Wahrscheinlich nicht oft.

»Wir suchen weiter«, sagt er schließlich.

»Aber …« Tränen steigen mir in die Augen. Chase hatte nie eine Chance, es zurück in die Zivilisation zu schaffen – ich habe im Auto gesessen und ihn einfach in sein Verderben rennen lassen. Wenn wir ihn jetzt nicht finden, wird er garantiert sterben, und daran bin ich schuld. Er mag nicht der beste Partner gewesen sein, aber den Tod hat er sicher nicht verdient. »Er könnte *überall* sein.«

»Wir suchen, bis wir ihn finden«, antwortet Jake ruppig.

Nur … wie lange wird das dauern? Jakes Tank ist zumindest mehr als halb voll, doch auch der wird nicht ewig reichen. Wir können nicht die ganze Nacht herumfahren und suchen. Und es ist so dunkel – selbst mit den Lichtkegeln, die seine Scheinwerfer auf die Straße werfen. Ich kann nicht einmal …

Moment …

Ich sehe etwas Rotes.

»Stopp!«, rufe ich.

Der Pick-up kommt schlitternd zum Halten. Jake lehnt sich über das Armaturenbrett und späht in die Richtung, in die meine ausgestreckte Hand zeigt. Da ist ein bisschen Rot im Schnee, rot wie der Schal, den ich Chase geliehen habe. Das ist er! Chase hat sich an einem Baum zusammengekauert, den Kopf auf die angezogenen Knie gelegt.

»Das ist er!«, keuche ich.

Jake nickt. »Bleib hier.«

Ich umklammere mit den Fingern meine Knie, während Jake seine Kapuze wieder hochzieht und die Fahrerkabine verlässt. Seine Füße sinken bei jedem Schritt tief in den Schnee ein. Für die kurze Strecke bis zu Chase braucht er sicher doppelt so lang, wie normalerweise nötig wäre. Jake geht neben ihm in die Hocke und legt meinem Freund eine Hand auf die Schulter. Ich sehe nicht, ob er versucht, mit Chase zu reden, denn der rührt sich nicht.

Einen Augenblick später hebt Jake ihn einfach hoch und trägt ihn zurück zum Auto.

Wie zum … Chase ist sicher nicht dick, aber er ist auch kein Leichtgewicht. Jake muss unglaublich stark sein. So viel zu meiner Idee, dass mich Chase vor diesem Kerl beschützen könnte.

Jake reißt die hintere Tür des Pick-ups auf und legt Chase auf den Rücksitz. Jetzt, wo er im Auto ist, kann ich meinen Freund von Nahem betrachten, und er sieht nicht gut aus. Er zittert heftig, seine Haut ist aschfahl. Seine Augen sind nur einen winzigen Schlitz geöffnet.

»Chase?«, flüstere ich.

Er murmelt irgendetwas Unverständliches.

»Unterkühlung«, meint Jake, als er zurück auf den Fahrersitz gleitet. »Wir müssen ihn ins Warme bringen.«

Chase schlottert und stöhnt leise.

»Wir müssen ihn ins Krankenhaus bringen!«

Jake schüttelt den Kopf. »Das nächste Krankenhaus ist mehr als fünfzehn Kilometer entfernt.«

»Und?«

Er wirft mir einen finsteren Blick zu. »Wir könnten schon froh sein, wenn wir es überhaupt bis zur Hauptstraße schaffen.«

»Aber …« Meine Kehle ist schmerzhaft zugeschnürt. »Was, wenn er stirbt?«

»Hör mir zu.« Jake blickt mir fest in die Augen. »Wenn wir versuchen, ihn ins Krankenhaus zu bringen, sterben wir alle. Ich wohne direkt die Straße runter. Wir wärmen ihn dort wieder auf.«

Erst will ich erneut protestieren, aber Jake scheint – anders als Chase – zu wissen, wovon er spricht. Wir fahren zu Jake nach Hause, ob mir das nun passt oder nicht. Jetzt sind wir ihm beide ausgeliefert.

Kapitel 5

Jakes Zuhause ist eine Hütte, wie die, in der wir das Wochenende verbringen wollten. Na ja, nicht *genau* so eine. Ich habe ein Foto von der Hütte gesehen, und sie war wirklich schön. »Malerisch« war das Wort, das mir dazu in den Sinn gekommen ist. Jakes Hütte ist nicht malerisch. Eigentlich ist sie das genaue Gegenteil von »malerisch«. »Heruntergekommen« ist das Wort, mit dem ich die zerkratzten Wände und die rissigen Holzbalken beschreiben würde. Das Gebäude besteht nur aus einem Erdgeschoss und ist winzig. Die Veranda sieht aus, als ob sie jeden Moment unter dem Gewicht des Schnees zusammenbricht, und hinter den Fenstern lauert nur Dunkelheit. Falls unser Plan darin bestanden hätte, tatsächlich ein Wochenende ohne jeglichen Komfort in der Wildnis zu verbringen, dann wäre diese Hütte der ideale Ort dafür.

Wir unternehmen einen halbherzigen Versuch, Chase zum Aufstehen zu bewegen, damit er selbst läuft, aber es ist vergebens – er ist immer noch kaum bei Bewusstsein. Schließlich hebt Jake ihn hoch und trägt ihn wieder.

Als ich in die Hütte komme, stelle ich mit Entsetzen fest, dass es hier drin beinahe genauso kalt ist wie draußen. Und genauso dunkel. Jake legt Chase sanft auf einem abgewetzten Sofa neben einem schwach glimmenden Kamin ab, während ich die Arme um mich selbst schlinge, um mich zu wärmen. Kurz schaue ich mich um, sehe jedoch nur ein paar Kerzen zur Beleuchtung des Zimmers brennen.

»Verdammt, das Feuer ist fast aus«, murmelt Jake. »Ich bring‘s gleich wieder in Gang.«

»Wo ist der Lichtschalter?«, frage ich.

»Es gibt keinen.«

»Und wie schaltest du dann das Licht an?«

»Gar nicht. Kein Strom.«

»Hat der Sturm einen Stromausfall verursacht?«

»Nein. Das Haus hat keinen Strom.«

Gar keinen Strom? Aber ... ich brauche Strom! Ich brauche ihn, damit mein Telefon läuft, und mein Fernseher und mein Mixer.

»Aber wie ...« Ich werfe einen Blick auf Chase, der nicht viel besser aussieht als vorhin im Auto. »Wie sollen wir uns aufwärmen, wenn es keinen Strom gibt?«

»Entspann dich, Prinzessin«, brummt Jake, und meine Zehennägel rollen sich bei diesen Worten auf. »Ich bringe das Feuer wieder in Gang. Oder willst du's selbst machen?«

Ich sehe kurz zu den glimmenden Scheiten. Wie man Feuer macht, ist mir absolut schleierhaft, es sei denn, ich muss nur einen Knopf am Herd drehen. Dafür weiß ich, wie man einen Brand löscht. Man kommt nicht durch die Kochausbildung, ohne eine gewisse Anzahl an Bränden verursacht zu haben.

»Ist schon okay«, sage ich.

Jake deutet mit dem Kopf zu einer Tür auf der anderen Seite des Zimmers. »Im Wandschrank sind Decken. Hol ein paar und wickel ihn drin ein.«

Ich gehe hinüber zum Schrank, während Jake seine Skimaske ablegt. Seine Haare darunter sind lang und wirr, und er hat einen Bart wie Rübezahl. Es wirkt, als hätte er seine Haare und seinen Bart seit Monaten nicht mehr gekämmt – oder überhaupt irgendwann mal. Seine Augenklappe ist verrutscht, und ich versuche, einen Blick auf das zu erhaschen, was sie verdeckt. Jake rückt sie jedoch schnell wieder zurecht, und ich schaue weg, bevor er mich beim Starren ertappt.

Vielleicht will ich gar nicht wissen, was sich darunter befindet.

Während Jake sich am Feuer zu schaffen macht, ziehe ich drei dicke Wolldecken aus dem Schrank. Sie sind nicht gerade Burberry-Plaids und fühlen sich unwahrscheinlich kratzig an, aber in der Not frisst der Teufel Fliegen. Ich nehme sie mit zur Couch, wo Chase immer noch am ganzen Leib zittert. Seine Lippen haben einen bläulichen Schimmer, und er reagiert immer noch nicht, als ich ihn mit seinem Namen anspreche.

»Sollten wir ihn nicht doch lieber ins Krankenhaus bringen?«, frage ich Jake.

Der stochert gerade mit einem Metallstab im Kamin herum, und orangefarbene Flammen lodern auf. »Ich hab doch gesagt, es ist zu gefährlich.«

»Er sieht wirklich nicht gut aus …« Ich berühre Chase' eisige Finger. »Vielleicht hat er Erfrierungen.«

»Glaub ich nicht.«

»Seine Finger sind aber so kalt.«

»Er hat keine Erfrierungen.«

Ich runzele frustriert die Stirn, weil ihm offenbar vollkommen egal ist, wie schlecht es Chase geht. »Und warum bist du dir da so sicher?«

Jake zieht seine Handschuhe aus, und ich schnappe nach Luft, als mein Blick auf seine Hände fällt. Bis jetzt konnte man nicht sehen, dass große Teile seiner Finger fehlen. Beide kleinen Finger sind praktisch weg – vom linken ist gar nichts zu sehen, und der rechte ist nur ein Stummel. An seiner linken Hand fehlt außerdem die Hälfte seines Mittel- und Ringfingers, und sein Zeigefinger sieht auch kürzer aus, als er sein sollte. Allerdings ist sein Daumen unversehrt.

»Mit Erfrierungen kenne ich mich aus«, sagt er. »Alles klar?«

Ich nicke und merke erst einen Augenblick danach, dass mir der Mund offen steht. Das ist ziemlich unfein, aber ich kann nichts dagegen tun. »Okay«, murmele ich und wende den Blick ab.

»Du kannst ihm warme Umschläge mit Waschlappen aus dem Schrank machen, wenn du dir Sorgen machst.« Jake zieht seine Handschuhe wieder an. »Ich hol eure Taschen aus dem Auto. Seine Klamotten sind klatschnass, wir müssen ihm was Trockenes anziehen.«

Ich marschiere gehorsam erneut zum Wandschrank und finde dort ein paar Waschlappen, die zumindest ausreichend sauber aussehen. Ich versuche immer noch, die Sache mit der fehlenden Stromversorgung zu verarbeiten – wie kann man denn so leben?

An der Spüle in seiner winzigen Küche stelle ich erleichtert fest, dass es wenigstens fließendes Wasser gibt. Ich hatte schon befürchtet, dass ich es erst aus einem Brunnen herschleppen muss. Doch als ich meine Hand unter den Strahl halte, ist das Wasser so kalt, dass ich erschrocken aufschreie und die Hand ruckartig wegziehe.

Jake hat unser Gepäck in die Hütte gewuchtet und eine der Taschen geöffnet. Er hält eins meiner Kleider hoch – ein hübsches, schwarzes Teil von Emporio Armani, die perfekte Kombination aus kurz und figurbetont. Jake starrt mich fassungslos an.

»Du hast ein *Cocktailkleid* mitgebracht, aber keine *Handschuhe*?«, fragt er.

Hitze steigt mir ins Gesicht. Im Nachhinein betrachtet ist dieses Kleid wohl ein bisschen … unpraktisch. Allerdings finden in Chase' Gegenwart gerne mal spontane Partys statt, da wollte ich vorbereitet sein. »Was ist falsch daran, für einen Wochenendtrip ein Kleid einzupacken?«

Jake schaut kurz zu mir hoch. »In deiner Welt läuft wohl vieles anders.«

Ich funkele ihn an. »Du meinst in der Welt, in der es Strom gibt?«

Er zieht eine Augenbraue nach oben, und ich bekomme ein schlechtes Gewissen, weil ich ihn so angefahren habe. Der Mann hat gerade sein Leben riskiert, um meins zu retten – ich sollte dankbar dafür sein, dass ich überhaupt hier bin. Aber andererseits gefällt mir nicht, dass er in meinen Sachen wühlt. Meine Privatsphäre ist mir wichtig, und ich fühle mich dabei gerade mehr als unwohl.

»Kannst du bitte einfach … nicht meine Taschen durchsehen?« Ich hatte vor, höflich, aber bestimmt zu klingen, habe aber das Gefühl, dass es eher zickig rüberkam. Ich sollte diesem Mann die Füße küssen, weil er uns gerettet hat, aber irgendetwas an ihm geht mir ganz gewaltig auf die Nerven.

Jake richtet sich auf und lässt mein schwarzes Kleid fallen. Auch wenn er nicht so groß ist, wie ich anfangs dachte, überragt er mich um ein gutes Stück – und ich bin nicht klein. Er könnte mich wahrscheinlich mit einem Arm zerquetschen, wenn ihm der Sinn danach stünde. Und in Anbetracht seines ungepflegten Aussehens und der Tatsache, dass er hier seit weiß Gott wie lange fernab jeglicher Zivilisation lebt, habe ich keine Ahnung, wozu er fähig ist. Ich habe das Gefühl, mit einem wilden Tier in dieser Hütte eingesperrt zu sein.

»Ich versuche, was Warmes für deinen Freund zu finden«, sagt er. »Aber hier ist nur überflüssiger Modescheiß drin.«

Meine Sachen sind also *Scheiß*? Meine Anne-Fontaine-Bluse ist *Scheiß*? Die kostet wahrscheinlich mehr als die gesamte Ausstattung dieser Hütte. Das würde ich ihm zu gerne sagen, aber stattdessen hole ich tief Luft und beiße mir auf die Zunge. *Er hat dir das Leben gerettet, Natalie. Vergiss das nicht.*

Er schaut auf den Waschlappen in meiner Hand. »Der ist ja nicht mal nass.«

»Das Wasser war kalt.«

»Hier gibt's kein warmes Wasser.« Er schaut mich an, als wäre allein die Erwartung furchtbar dumm. »Das wird auf dem Herd heiß gemacht.«

Großartig.

Jake reißt mir den Waschlappen aus der Hand. »Ich mach das. Du suchst Klamotten, die nicht aus Kummerbund und Seidenhemd bestehen.«

Das ist jetzt aber unfair. Chase besitzt nicht mal einen Kummerbund. Allerdings hat er mehrere Seidenhemden.

»Du solltest dir auch was Trockenes anziehen«, fügt Jake hinzu. Er macht eine Geste in Richtung meiner nutzlosen Stiefel und schüttelt den Kopf. »Du hast doch garantiert nasse Füße. Zieh die Dinger aus und wärm dich auf. Jetzt.«

Da hat er möglicherweise recht. Meine Füße fühlen sich immer noch taub an, auch wenn ich die Zehen inzwischen wieder bewegen kann. Ich tue mir sicher keinen Gefallen, wenn ich mir Frostbeulen hole.

Ich wühle meine Manolo-Blahnik-Pantoletten, Modell Mariafina mit Leopardenprint und Pelzbesatz, hervor. Die habe ich erst vor ein paar Wochen gekauft und mich so darauf gefreut, sie in der Hütte zu tragen. Doch hier in diesem baufälligen Verschlag wirken sie lächerlich fehl am Platz. Ich gehe mein Gepäck durch und versuche dabei, meine Dessous von Agent Provocateur so gut wie möglich zu verstecken, weil ich keine Lust habe, dass Jake sie findet, falls er noch mal meine Tasche durchsucht.

Dann nehme ich mir Chase' Gepäck vor. Zugegebenermaßen hat er wirklich eine ganze Menge nutzloses Zeug mitgebracht. Ich finde eine gigantische Waschtasche, die ein Drittel des Stauraums einnimmt, darin Feuchtigkeitscreme, drei Sorten Shampoo, Haarspülung und noch mehr Kram, den ich aus Zeitgründen nicht durchforsten kann. Die Kleidungsstücke sind alle absolut nicht wettergerecht. Warum hat er eine Seidenweste von Gucci eingepackt? Ich weiß, dass Chase überzeugt ist, dass man zu einem Anzug immer eine Weste tragen sollte, aber warum bei einem Ausflug in eine Waldhütte? Und warum hat er überhaupt einen Anzug dabei?

Ich schaffe es letztendlich, eine Armani-Jeans und seinen Loro-Piana-Hoodie aus Babykaschmir hervorzuziehen. Die Socken, die ich finde, scheinen nicht sonderlich warm zu sein, aber sie müssen reichen.

»Chase.« Ich hocke mich neben ihn und halte ihm die Kleidung hin. »Wir müssen dich aus den nassen Klamotten holen.«

Chase stöhnt leise. Seine Augen sind nur einen Spaltbreit geöffnet. Ich muss schon wieder daran denken, dass wir ihn in ein Krankenhaus bringen sollten, sonst… Doch jedes Mal, wenn ich aus dem Fenster schaue, schneit es noch heftiger als zuvor.

Jake kommt aus der Küche, und nun, wo er auf ebenem Boden läuft, ist es offensichtlich, dass ihn nicht nur der Schnee beim Laufen behindert hat. Jedes Mal, wenn er das rechte Bein belastet, zuckt er leicht zusammen, doch er scheint es zu ignorieren. Er trägt einen Topf Wasser, aus dem Dampf hochsteigt. Ich würde am liebsten mit dem Körper in diesen Topf eintauchen. Die Chance, in dieser Hütte eine heiße Dusche zu bekommen, ist gleich null.

»Ich kriege ihn nicht wach«, sage ich mit brechender Stimme. »Ich glaube … es geht ihm wirklich schlecht.«

Jake stellt den Topf auf den Couchtisch ab, wirkt aber weiterhin nicht sehr besorgt. »Wir müssen ihn nur aufwärmen.«

»Was, wenn wir einen Krankenwagen rufen?« Ich schaue zu ihm hoch. »Sie könnten uns vielleicht jemanden schicken …«

»Ich habe kein Telefon.«

»Du …« Ich kann es nicht fassen. Mein Telefon ist mein Leben. Wenn ich es mir implantieren lassen könnte, würde ich das tun. »Du hast kein Telefon?«

»Nein.«

»Gar kein Telefon? Nicht mal Festnetz?«

»Nein.«

»Wie telefonierst du dann mit Leuten?«

»Gar nicht.«

»Aber …« Ich schüttele den Kopf. »Was machst du in einem Notfall?«

»Im Laden acht Kilometer die Straße runter gibt's ein Telefon. Wenn ich wirklich mal eins brauche.«

Ich blinzle ein paarmal. Er lebt hier draußen ganz allein. Keine Ehefrau, keine Kinder, keine Familie, keine Freunde. Und er hat nicht einmal ein Telefon, um mit der Außenwelt zu kommunizieren. »Bist du nicht einsam?«

»Nein.«

Und damit ist das Gespräch offenbar beendet.

Jake beugt sich runter und zieht eins von Chase' Augenlidern mit dem einzigen unversehrten Finger seiner linken Hand – seinem Daumen – nach oben. Chase' Augen zucken, und sein Blick fokussiert sich kurz. Er fährt bei Jakes Anblick zusammen, was kein Wunder ist.

»Hey, Kumpel.« Jake rüttelt ihn sacht. »Wir müssen dir was anderes anziehen. Kannst du mich hören?«

Chase starrt ihn geraume Zeit an, und als er endlich etwas sagt, lallt er stark. »Wer bist du?«

»Jake. Wie heißt du?«

»Ch-Chase.«

»Kannst du dich aufsetzen, Chase?«

Chase benimmt sich, als hätte er ein paar Flaschen Rotwein aus seinem privaten Weinkeller zu viel intus. Doch Jake geht wirklich gut mit ihm um. Er schafft es, Chase aufzusetzen, ihn aus seinen nassen Sachen zu schälen und ihm trockene anzuziehen. Deutlich netter als zu mir ist er dabei auch. Wahrscheinlich muss man eine Unterkühlung haben, damit sich dieser Kerl zivilisiert verhält.

»Was ist mit den warmen Umschlägen?«, frage ich. Das Wasser im Topf dampft noch. Ich stecke meine Finger hinein, was sich himmlisch anfühlt. »Sollen wir die Kompresse auf seine Hände legen? Sie sind eiskalt.«

»Nein«, sagt Jake. »Das würde das kalte Blut zurück zum Herzen, zu den Lungen und zum Gehirn drängen, und dann stirbt er.«

»Oh.« Gut zu wissen.

»Leg ihm den Lappen auf die Stirn.«

Als ich der Anweisung folge, stöhnt Chase leise, doch seine Augen bleiben geschlossen. Er sieht grauenvoll aus, sein Gesicht ist immer noch aschfahl. Ich bin weiterhin davon überzeugt, dass er ein Krankenhaus braucht, doch Jake wirkt nicht so, als teile er diese Ansicht.

»Der wird schon wieder«, sagt Jake, als ob er meine Gedanken gelesen hätte. »Er hat die Decken und das Kaminfeuer. Lass ihn sich ausruhen.«

Ich schaue mich in dem kleinen Wohnbereich um. »Wo soll ich schlafen?«

»Ich hab einen Schlafsack im Schrank.«

»Ein Schlafsack?«, entfährt es mir. Ich habe noch nie in einem Schlafsack genächtigt. Selbst wenn ich als Kind bei Freundinnen zu einer Pyjamaparty eingeladen war, gab es immer ein Bett für mich. Und jetzt als Erwachsene habe ich absolut kein Verlangen danach, diese Erfahrung nachzuholen.

»Tut mir leid, Prinzessin«, meint Jake schulterzuckend. »Mehr hab ich nicht.«

Ich zucke wieder zusammen, wie jedes Mal, wenn er mich Prinzessin nennt. Sicher glaubt er jetzt, dass ich eine verwöhnte Göre bin, die nur auf italienischen Luxus-Seidenlaken und in Satin gehüllt schlafen kann, und sogar eine Erbse unter der Matratze spüren würde. Na ja, Seidenlaken wären schön, aber ich komme auch ohne klar. Ich werde ihm beweisen, dass ich keine verwöhnte Göre bin.

»Nein, ein Schlafsack reicht vollkommen«, sage ich deshalb schnell. »Eigentlich ist das mehr, als ich erwartet hatte. Ehrlich, ich brauch nicht mal wirklich einen Schlafsack. Ich kann auch einfach … so auf dem Boden schlafen. Das mache ich ständig, wenn ich campen gehe. Schlafsäcke sind doch eh was für Weicheier.«

Jake starrt mich entgeistert an.

Zu dick aufgetragen, denke ich.

»Alles klar«, entgegnet er trocken. »Wenn du lieber ohne alles auf dem Boden schläfst, dann kann der Schlafsack ja im Schrank bleiben.«

»Nein!«, rufe ich viel zu laut. »Ich meine, wenn du schon einen Schlafsack hast, kann ich ihn auch nehmen. War immerhin ein langer Tag.«

Er verzieht die Lippen zu einem schiefen Grinsen. *Er lacht mich aus.* Wem will ich denn auch was vormachen – er weiß ganz genau, dass ich Blödsinn erzähle. »Wenn du meinst.«

Wenn Jake eine Speise wäre, wäre er Trockenfleisch.

Während er damit beschäftigt ist, den Schlafsack hervorzuholen, verschaffe ich mir einen Überblick über den kleinen Wohnbereich. Die gesamte Hütte würde locker in mein Wohnzimmer passen. Chase' Wohnzimmer wäre groß genug für zwei Hütten.

»Wo ist das Bad?«, frage ich Jake, als er mit dem hauchdünnen Stoffsack wiederkommt, in dem ich die heutige Nacht verbringen werde.

»Gibt keins«, brummt er.

Mir klappt der Kiefer nach unten. »Es gibt kein … aber wo soll ich …?«

Er zeigt mit dem Daumen zur Vordertür. »Du gehst raus, da steht eine Schaufel. Loch graben und drüberhocken.«

Nein. Oh mein Gott, nein. Ich will das nicht tun.

»Wenn du was zum Abwischen brauchst, nimm ein paar Blätter«, fügt er hinzu. »Aber pass auf, dass du keinen Giftefeu erwischst. Sind's der Blätter drei, endet's mit Geschrei, sind's der Blätter vier, nutz es ruhig als Klopapier.«

Ich starre ihn an.

Jake hält meinem Blick einen Moment lang unbewegt stand, dann bricht er in schallendes Gelächter aus. »War nur ein Witz. Das Bad ist da drüben. Ein Klo mit Spülung und allem.«

Ich ringe mir ein Lächeln ab, obwohl mir so gar nicht danach zumute ist.

Kapitel 6

Der Fußboden der Hütte ist unfassbar unbequem, und der Stoff des dünnen Schlafsacks bietet auf dem harten Holz kein Polster für meinen Körper. Ich wälze mich hin und her und schrecke immer wieder aus meinem rastlosen Schlaf auf, um etwas Wasser zu erhitzen und Chase einen neuen Waschlappen aufzulegen. Gott, ich sehne den Morgen so sehr herbei. Hoffentlich ist der Schneesturm dann vorbei und wir können von hier verschwinden.

Gegen zwei Uhr morgens setze ich mich mit einem schmerzhaften Stechen im Nacken auf. Ich mache ein paar Dehnübungen, aber es ist quasi unmöglich, eine bequeme Position zu finden. Ich meine, ich liege auf dem *Boden*. Wer schläft denn bitte im einundzwanzigsten Jahrhundert auf dem Fußboden? Ich schaue rüber zu Chase, der unter vier Decken liegt. Vielleicht könnte ich mir eine davon nehmen, damit ich wenigstens etwas zwischen mir und dem Boden habe. Wenn ich *eine* Decke nehme, wird er schon nicht sterben, oder? Oder etwa doch?

Ach, was soll's. Ich kann mich auch noch den Rest der Nacht herumwälzen.

Das Feuer ist runtergebrannt, und die Raumtemperatur ist wieder deutlich gesunken. Ich zittere sogar in dem dicken Pullover, den ich anhabe. Vorsichtig krabbele ich hinüber zu Chase, um nach ihm zu schauen, und weil ich hoffe, dass er jetzt mehr bei Bewusstsein ist. Ich berühre seine Wange und …

Er ist eiskalt.

»Chase.« Ich schüttele ihn an der Schulter. »Chase, wach auf.«

Er stöhnt genau wie zuvor, regt sich aber sonst nicht weiter – er öffnet nicht mal ein kleines bisschen die Augen. Es sind Stunden vergangen – mittlerweile sollte er weniger lethargisch sein, oder? Jake hat doch gar keine Ahnung – Chase muss jetzt sofort in ein Krankenhaus. Es ist mir egal, dass da draußen ein Schneesturm tobt.

»Chase.« Ich schüttele ihn erneut, diesmal stärker. »Kannst du dich aufsetzen?«

Immer noch kein Mucks.

Beim Hereinkommen hat Jake die Schlüssel an einen Haken neben die Tür gehängt. Als ich nachsehe, ist der Schlüsselbund immer noch da, inklusive Autoschlüssel. Ich könnte seinen Pick-up nehmen und Hilfe holen. Jemand muss es ja tun und Jake weigert sich. Aber ich werde Chase nicht auf diesem Sofa sterben lassen.

Rasch steige ich wieder in meine nutzlosen, nicht-wasserdichten Louboutin-Stiefel, die sich immer noch kalt und feucht anfühlen. Meine Steppjacke kommt mir nicht mal ansatzweise warm genug für das vor, was mich da draußen erwartet. Wenigstens ist mein roter Schal inzwischen wieder trocken. Also binde ich ihn mir um und setze meine Baskenmütze auf. Dann greife ich mir Jakes Schlüssel vom Haken und öffne leise die Eingangstür.

Der grüne Pick-up steht direkt vor der Hütte. Es schneit immer noch stark, und ich sinke bis zu den

Knien ein, als ich mich zur Fahrertür vorkämpfe. Meine Füße waren vorher schon feucht, doch nun sind sie wieder nass und kalt. Aber ich muss durchhalten – für Chase. Ich bin die Einzige, die ihn noch retten kann.

Als ich den Pick-up erreiche, fummle ich stirnrunzelnd mit dem Schlüsselbund herum. Drei Schlüssel, aber welcher davon ist für die Tür?

»Kannst du mir mal verraten, was du da machst?«

Ich schaue erschrocken auf. Jake steht in seiner dicken Jacke im Rahmen der Hüttentür, auf dem Kopf eine normale Mütze, die sein wildes Haar bedeckt. Die Schneeflocken heften sich als weiße Punkte an seinen dichten Bart. Der Blick seines linken Auges fixiert mich stechend.

»Ähm …« Ich drücke mich mit dem Rücken gegen den Pick-up. Mein Herz pocht wie verrückt. »Ich, ähm …«

Jake macht einen Schritt in meine Richtung und wirkt dabei ziemlich einschüchternd. Ich starre die Klappe an, die sein rechtes Auge verdeckt. Jetzt, wo er so nahe vor mir steht, kann ich sehen, dass eine dünne, weiße Narbe darunter hervorschaut.

»Willst du mein Auto klauen?«

Oh mein Gott, er wird mich umbringen. Dieser Mann wird mir mit bloßen Händen das Genick brechen und meine Leiche irgendwo im Wald verscharren, wo man sie dann erst im Frühling finden wird.

»Ich wollte es mir nur ausleihen«, sage ich kleinlaut. »Nur … damit ich Hilfe für Chase holen kann.«

»Aha.« Er macht einen weiteren Schritt auf mich zu. »Es ausleihen …«

Ich überlege, ob ich wegrennen soll, aber die Flucht wäre ganz offensichtlich zwecklos. Jake würde mich in diesem Sturm innerhalb kürzester Zeit erwischen. Aber das müsste er nicht mal – wenn ich im Wald verschwinde, würde ich in meiner viel zu dünnen Jacke, meinen unpassenden Stiefeln und ohne Handschuhe noch vor dem Morgengrauen erfrieren.

»Chase geht es wirklich schlecht«, bringe ich heraus. »Ich konnte ihn nicht aufwecken.«

Jake verharrt an Ort und Stelle. Er neigt den Kopf zur Seite. »Hast du schon mal einen Pick-up gefahren?«

»Nein.« Trotzig recke ich das Kinn. »Aber das würde ich schon hinbekommen.«

Der finstere Blick weicht aus seinem Gesicht und wird durch einen amüsierten Ausdruck ersetzt. »In Ordnung. Dann los.«

Ich starre ihn ungläubig an. »Wie bitte?«

Er fuchtelt mit dem linken Arm Richtung Pick-up. Er trägt keine Handschuhe, und erneut fallen mir die Stümpfe seiner fehlenden Finger auf. »Du willst mir nicht glauben, dass wir in diesem Sturm nicht herumfahren sollten. Dann nimm den Pick-up. Fahr los.«

»Ich …« Ich schaue zum Auto und dann wieder zu ihm. »Okay. Das mache ich.«

»Tu dir keinen Zwang an.«

Ich fummele mit den Schlüsseln herum und bin mir immer noch nicht sicher, welcher die Tür öffnet. Dass meine Finger inzwischen rot und taub sind, macht es nicht einfacher. Ich wähle einen Schlüssel aus und versuche, ihn mit zitternden Händen ins Schloss zu stecken.

»Es ist offen«, sagt Jake.

Oh.

Ich balle die linke Hand zur Faust, um die Durchblutung anzuregen. Dann reiße ich die Tür der Fahrerkabine auf. Beim Hineinklettern falle ich fast über die Schneewehe, die sich direkt vor dem Trittbrett gebildet hat. Als ich zu Jake zurückblicke, beobachtet er mich immer noch mit diesem belustigten Gesichtsausdruck. Ich schaue nach unten und …

Warum sind da so viele Pedale?

Verflucht, das ist ein Schaltgetriebe. Und ich … na ja, Chase hat mir mal erklären wollen, wie man ein Schaltgetriebe fährt, aber das hier sieht überhaupt nicht wie bei seinem Porsche aus. Aber wahrscheinlich ist es dasselbe, wenn ich erst mal losgefahren bin. Ich werde sowieso ganz langsam machen.

»Ist alles in Ordnung da drin?«, ruft mir Jake zu.

»Ja«, antworte ich.

Ich darf ihm nicht zeigen, wie nervös ich bin. Ich muss stark sein. Für Chase. Ich muss ihm helfen, sonst könnte er sterben, und ich bin seine einzige Hoffnung. Also stecke ich den Schlüssel in die Zündung …

Verdammt! Warum lässt er sich nicht drehen?

Ich versuche es mit mehr Kraft, aber er bewegt sich nicht. Ich rüttele daran. Was zum Teufel? Ist das etwa der falsche Schlüssel? Kann nicht sein, er passt doch ins Loch. Es muss der richtige sein.

»Gibt's ein Problem, Prinzessin?«

Ich schaue aus dem Fenster, und Jake grinst mich an. Es ist das erste Mal, dass ich ihn so offen lächeln sehe. Wenn man bedenkt, dass er hier in der Wildnis haust, hat er eigentlich recht schöne Zähne. Ziemlich weiß. Nicht so strahlend und nicht so Zahnspangen-perfekt wie bei Chase, doch der etwas schiefe linke Schneidezahn verleiht Jakes Gesicht sogar noch mehr Persönlichkeit. Sein Lächeln ist tatsächlich nett.

Allerdings würde ich es ihm gerade nur zu gerne aus dem Gesicht wischen.

»Der Schlüssel lässt sich nicht drehen«, sage ich schließlich.

Er hält seine Hand ans Ohr. »Ja? Wie war das?«

»Der Schlüssel lässt sich nicht drehen!« Ich schlage frustriert auf das Lenkrad. »Ich kann den Motor nicht starten!«

»Hm.« Er schüttelt den Kopf. »Nun, vielleicht versucht das Auto, dir was zu sagen. Vielleicht weiß es, dass es keine gute Idee ist, sich in dem Blizzard zu verirren. Vielleicht ist der Pick-up schlauer als du.«

»Ach, tatsächlich?«

»Kommt mir so vor.«

Ich würde vor Frust am liebsten schreien. Erneut schlage ich mit der Faust gegen das Lenkrad, und wie aus Protest ertönt die Hupe.

»Steig aus.«

Widerwillig klettere ich aus der Fahrerkabine. Meine Stiefel versinken im Schnee, lange bevor ich auf dem Boden aufkomme. Ich spüre kaum, wie mir der kalte Wind ins Gesicht peitscht. Alles wird von unendlichem Frust überlagert. Und Scham. Jake hält mir auffordernd die rechte Hand hin, und ich lasse die Schlüssel hineinfallen.

»Ich fache das Feuer neu an«, sagt Jake. »Eigentlich bin ich nur aufgestanden, um danach zu schauen.«

»Danke«, murmele ich.

»Mach dir keine Sorgen. Deinem Freund geht's bald besser. Morgen kann er sich wieder um seine Haarpflege kümmern.«

Ich würde ihm so gern mein Knie in den Schritt rammen. Jake hat uns vielleicht das Leben gerettet, aber ich habe es satt, höflich zu sein, während er mich und Chase am laufenden Band beleidigt. »Du hast doch überhaupt keine Ahnung.«

Jake zieht seine Augenbrauen hoch, die – Wunder, oh Wunder – nicht so buschig wie sein Bart sind. »Ach nein?«

Was soll's. Dieser Sturm ist bald vorbei und dann kommt Hilfe. Dieser Albtraum hat bald ein Ende. Chase muss nur noch ein bisschen länger durchhalten.

Kapitel 7

Am nächsten Morgen werde ich von der aufgehenden Sonne geweckt.

Eigentlich hatte ich erwartet, auf dem harten Fußboden weiterhin kein Auge zuzumachen, insbesondere nach meinem peinlichen, gescheiterten Versuch, mir Jakes Pick-up zu borgen. Aber offenbar war ich erschöpfter, als ich gedacht hatte – fast in einem Blizzard zu sterben kann einen doch ganz schön fertig machen. Ich setze mich im Schneidersitz auf den Boden. Meine Nackenwirbel knacksen laut, als ich den Kopf hin und her bewege.

Chase liegt immer noch reglos auf der Couch. Vielleicht ist es Einbildung, aber seine Wangen scheinen ein bisschen mehr Farbe zu haben, und seine Atemzüge klingen nicht mehr so gequält. Es wirkt jetzt eher so, als ob er schläft, und nicht, als ob sein Leben am seidenen Faden hinge. Vielleicht wird er sich wirklich schnell wieder erholen. Möglicherweise wusste Jake ja tatsächlich, wovon er redet.

Ich gehe die Kleidung in meiner Louis-Vuitton-Reisetasche durch und frage mich, warum ich ein zartrosafarbenes Seidennachthemd mitgebracht habe, jedoch keinen ordentlichen Pullover. Ich will etwas anziehen, das Jake keine Gelegenheit bietet, wieder einen entsprechenden, abfälligen Kommentar von sich zu geben – und ich habe das Gefühl, dass meine geblümte Schlupfbluse von Dolce und Gabbana für diesen Zweck nicht geeignet ist.

Während ich meine Optionen durchgehe, höre ich, wie sich eine Tür quietschend öffnet. Ich schaue auf und sehe einen großen, fremden Mann mit kurzem, dunklem Haar und Dreitagebart ins Zimmer kommen. Er trägt Stiefel, blaue Jeans und ein weißes Unterhemd. Ohne mich zu beachten lässt er sich auf einen wackeligen Holzstuhl an dem kleinen Küchentisch fallen und reibt sich mit den Handballen übers Gesicht. Gerade, als ich den Kerl fragen will, wer er ist und was er hier macht, sehe ich die Augenklappe.

Es ist Jake.

Oh mein Gott, er hat sich die Haare geschnitten!

Die ungepflegte Mähne von letzter Nacht ist verschwunden. Ebenso sein wild wuchernder Bart, wenn auch nicht vollständig – er hat so viel übrig gelassen, dass man ihn nicht glattrasiert nennen kann. Ich frage mich, ob er überhaupt einen richtigen Rasierer besitzt. Garantiert hat er einfach die nächstbeste Schere dafür genommen. Aber warum? Warum hat er das gemacht?

»Du hast dir die Haare geschnitten«, sage ich tonlos.

»Dir auch einen guten Morgen.« Jake schaut mich mit seinem linken Auge an. Jetzt, ohne die Haare, sehe ich sein Gesicht zum ersten Mal richtig, und mich durchfährt die Erkenntnis, dass er ziemlich gut aussieht. Zumindest auf eine raue Weise, die im klaren Gegensatz zu Chase' klassisch schönen Gesichtszügen steht. Die Augenklappe betont das noch. »Ich hatte keine Lust mehr darauf, dass ihr mich anglotzt als wäre ich ein

Axtmörder, der euch im Häcksler entsorgen will. Hab's wohl ein bisschen schleifen lassen, aber das ist mir erst bewusst geworden, als du mich so angesehen hast.«

Es stimmt – ohne die vielen Haare sieht er deutlich weniger furchterregend aus. Außerdem beeindrucken mich die Muskeln seiner nackten Arme und seines Oberkörpers, die sich unter dem Unterhemd abzeichnen. Mir war klar, dass er ziemlich kräftig sein muss, weil er Chase einfach so hochheben konnte. Aber wow. Ich meine: *Wow.*

Hör auf zu glotzen, Natalie. Das ist unhöflich. Außerdem liegt dein Freund quasi direkt neben dir.

Na ja, Ex-Freund. Aber trotzdem.

»Hm, wegen mir hättest du das nicht machen müssen«, sage ich und versuche, den Blick von seinen wirklich, wirklich ansehnlichen Muskeln abzuwenden.

Jake zuckt mit den Schultern. »Ich hatte den Robinson-Crusoe-Look satt.«

»Du meinst Chewbacca.«

Er lacht müde. »Ja, den auch.« Dann wirft er einen Blick hinüber zu Chase auf der Couch. »Abercrombie and Fitch dort drüben sieht besser aus.«

Zögerlich gehe ich zum Tisch, um mich zu Jake zu setzen. Aus der Nähe sehe ich, dass die kurzen Haare tatsächlich eher unordentlich geschnippelt sind. Er hat es besser geschafft, als ich es vielleicht an meinem eigenen Kopf hinbekommen hätte, aber er sieht definitiv nicht so aus, als ob er gerade bei Rolando's (Chase' Lieblingsfriseursalon) gewesen wäre.

»Vielleicht könnten wir nach dem Frühstück zum Krankenhaus fahren«, starte ich einen neuen Überzeugungsversuch.

Jake schaut mit zusammengekniffenen Augen aus dem Fenster. »Es schneit immer noch. Wir schauen mal, was der Tag noch bringt. Vielleicht nach dem Mittag.«

Er hat recht – es kommt immer noch ziemlich viel Schnee herunter. Hört das wohl je wieder auf? Mein Magen zieht sich bei diesem Gedanken zusammen, aber ich schiebe meine Angst beiseite. Wenigstens haben wir hier ausreichend Essen, einen Kamin und (Gott sei Dank) eine funktionierende Toilette.

»Oder ich könnte euch zumindest zu eurem Reiseziel bringen«, sagt er. »Wo wolltet ihr gestern Nacht überhaupt hin?«

»Wir waren auf dem Weg zu einer Hütte, die einem Freund von Chase gehört«, erkläre ich. »Eine … na ja, eine schöne Hütte.«

Jake starrt mich unverwandt an. »Du meinst, nicht so wie meine?«

»Ähm. Ich wollte nicht …«

Er zuckt mit den Schultern. »Und wo ist diese ›schöne‹ Hütte?«

Ich nenne ihm die Adresse und sehe, wie Jakes Auge größer wird.

»Was?«, frage ich. »Warst du da schon mal?«

»Nein«, sagt er.

»Wieso schaust du dann so?«

»Ich schaue ganz normal.«

Ich weiß nicht, was dieser Kerl mir verschweigt, und ich habe auch keine Ahnung, wie ich es ihm entlocken kann. Er ist, gelinde gesagt, nicht sehr gesprächig. Wenn er jemand anderes wäre – insbesondere eine Frau – hätten wir jetzt wahrscheinlich schon unsere Lebensgeschichten ausgetauscht. Genug zusammen durchgemacht haben wir in den letzten zwölf Stunden auf jeden Fall.

»Ich mach Frühstück«, brummt Jake.

»Okay«, sage ich zögernd. »Was hast du denn da?«

»Ich hatte an gebratenes Eichhörnchen gedacht«, erwidert er. »Es sei denn, du möchtest Stachelschwein. Stachelschwein schmeckt gut, wenn man die Stacheln sauber entfernt.«

Dieses Mal sehe ich das Lächeln auf seinen Lippen spielen – die Masche kenne ich schon. »Das war ein Witz.«

»Ich mach Würstchen und Eier«, sagt er. »Aber zur Info: Eichhörnchenfleisch schmeckt tatsächlich nicht schlecht.«

Ehrlich gesagt, bin ich schon ein bisschen neugierig auf Eichhörnchen – wenn er es hätte, würde ich es kosten. Ich bin Köchin, unbekannte Gerichte und Lebensmittel gehören zu den Dingen, die mir *keine* Angst machen. Chase würde Eichhörnchenfleisch nicht einmal essen, wenn man ihm eine Pistole an den Kopf hält, aber ich würde es definitiv ausprobieren. Alles außer Durianfrucht natürlich. Ich finde es widerlich, mir etwas in den Mund zu stecken, das wie ein Abwasserkanal stinkt.

Trotz des fehlenden Stroms scheint Jake einen funktionierenden Kühlschrank zu haben. Ich habe keinen Schimmer, wie das geht – ich nehme an, er betreibt ihn mit Propangas. Licht gibt es auch im Kühlschrank keins, aber sein Inneres ist kalt. Ich komme zwar nicht darüber weg, dass Jake weder Telefon noch Strom hat, aber alles Lebensnotwendige scheint vorhanden zu sein. Er hat sogar eine Dusche im Badezimmer, auch wenn ich sie, angesichts der Tatsache, dass es kein warmes Wasser gibt, nicht ausprobieren möchte. Jakes Haare sind allerdings feucht, was darauf hindeutet, dass die Dusche durchaus in Gebrauch ist.

»Hast du heute Morgen geduscht?«, frage ich ihn, während er Feuer im Herd macht.

»Jap.«

»Aber es gibt kein Warmwasser.«

»Stimmt.«

Okay. Er duscht kalt. Wenn man bedenkt, dass ich im Umkreis von 15 Kilometern die einzige Frau bin, kann er das wahrscheinlich ohnehin gut gebrauchen.

Jake ist eine Weile am Herd beschäftigt und schiebt mir dann einen Teller mit Würstchen und Rührei nebst einem Glas Wasser über den Tisch hinweg zu. Viele prominente Köche sagen, dass sie Bewerber für eine Stelle im Restaurant testen, indem sie sie Eier zubereiten lassen. Das scheint so simpel zu sein, ist es aber in Wirklichkeit nicht. Der Trick für die Zubereitung perfekter Rühreier besteht darin, es langsam und mit niedriger Temperatur angehen zu lassen. Mit nichts ruiniert man Eier zuverlässiger als mit so viel Hitze, wie Jake genutzt hat. Die Eier auf meinem Teller sind zur Hälfte richtig dunkel, was bei Rühreiern wirklich nicht so sein sollte.

Außerdem habe ich gesehen, wie er das Salz nach dem Braten darauf gekippt hat – ein weiteres No-Go. Wenn Eier garen und gerinnen, ziehen sich die Proteine im Eigelb mit steigender Hitze immer fester zusammen. Wenn sie zu fest werden, wird Flüssigkeit aus dem geronnenen Eiweiß gequetscht, was zu wässrigen Eiern führt. Gibt man das Salz vor dem Braten dazu, sorgt das dafür, dass sich die Proteine nicht zu stark miteinander verbinden. Dadurch erhält man fluffigere Eier und weniger Wässrigkeit.

Außerdem hat er viel zu viel Salz genommen. Aber das hat nicht speziell mit der Zubereitung von Eiern zu tun. Falls wir heute Mittag immer noch hier feststecken, werde ich auf jeden Fall das Kommando in der Küche übernehmen. Aber davon gehe ich jetzt mal nicht aus.

Ich schiebe mir einen Bissen Ei in den Mund und würge fast, weil es so versalzen ist. Es fühlt sich an, als ob ich einen Schluck Meerwasser getrunken hätte. Nur dass die Eier richtig, richtig trocken sind. Ich stürze das Ganze mit etwas Wasser hinunter und betrachte dann die verkohlten Würstchen. Für jemanden wie mich, die Essen mit jeder Faser ihres Seins liebt und schätzt, ist dieses Gericht glatt eine Beleidigung. Aber das kann ich ja schlecht dem Mann sagen, der mir sein Heim und seinen Kühlschrank geöffnet hat.

Jake zieht die Augenbraue seines unversehrten Auges hoch. »Stimmt was nicht, Prinzessin?«

Ich beiße die Zähne zusammen. »Ich heiße Natalie.«

»Ich weiß.«

Ich lege meine Gabel ab und werfe ihm einen finsteren Blick zu. »Wieso nennst du mich dann die ganze Zeit Prinzessin?«

Er zuckt mit den Schultern. »Keine Ahnung. Passt irgendwie.« Er grinst mich an. »Außerdem ärgert es dich.«

»Nett. Wirklich nett.«

»Ich hab nie behauptet, dass ich nett bin.« Er schlingt seine Portion Eier mit Begeisterung runter. Seine Geschmacksnerven müssen aus Stahl sein. »Was glaubst du wohl, warum ich hier im Nirgendwo lebe, wo ich keine Menschen um mich hab?«

»Gutes Argument.«

Während er isst, liegt Jakes linke Hand auf dem Tisch. Mein Blick wird davon angezogen, und ich betrachte die verkürzten Finger genauer – an allen, bis auf den Daumen, fehlt ein Stück. An jeder Fingerspitze befinden sich helle, kaum sichtbare Narben. Was auch immer ihm passiert ist, muss schon länger her sein.

Jake bemerkt, dass ich seine Hand anstarre, und nimmt sie hastig vom Tisch. Sein Blick lässt mir Hitze in die Wangen steigen, und ich beschäftige mich rasch damit, die salzigen Eier und verbrannten Würstchen runterzuwürgen.

Etwa die Hälfte schaffe ich, bevor ich aufgebe. Jake verputzt seine Portion und bringt dann unsere Teller zum Spülbecken. Als er das kalte Wasser aufdreht, zucke ich zusammen, obwohl ich die Kälte nicht fühlen kann.

»Ich kann den Abwasch übernehmen«, biete ich an.

Er zuckt nur mit den Schultern.

Ich weiß, was er von mir denkt, und ich bin fest entschlossen, ihm zu beweisen, dass er sich irrt. Das ist nicht so eine Sache wie mit dem Schlafsack – ich habe durch meinen Beruf als Köchin schon so viel Geschirr gespült. Nicht, dass ich scharf drauf bin, das mit eiskaltem Wasser zu machen, aber ich würde es tun.

»Es macht mir wirklich nichts aus«, füge ich hinzu.

»Ist schon erledigt.« Er nimmt die Teller aus dem Wasserstrahl und stellt sie zum Trocknen auf das Abtropfgestell. »Aber dein Hilfsangebot wurde vermerkt.«

Na, vielen Dank auch!

Während er sich die Hände abtrocknet, gehe ich zum Fenster, um einen Blick nach draußen zu werfen. Ich will wissen, wie schlimm es ist.

Mein Gott, das ist wirklich viel Schnee.

Die Landschaft ist, so weit das Auge reicht, unter einer weißen Decke verschwunden. Selbst die Bäume sind kaum noch zu sehen. Und das Schlimmste ist, dass es immer noch schneit. Wie kann es denn immer noch schneien? Wie ist es möglich, dass der Himmel noch Schnee übrig hat?

»Ich gehe mal raus und schau mich um«, meine ich zu Jake. »Ich will sehen, wie schlimm es ist.«

Er sagt nichts, aber einen Moment später folgt er mir zur Vordertür. Ich öffne sie und …

Ach, du lieber Himmel!

Ich habe noch nie in meinem Leben so viel Schnee gesehen. Der Anblick erschlägt mich beinahe. Letzte Nacht habe ich es zwar bis in Jakes Pick-up geschafft, aber hinter diesem hat sich eine riesige Schneewehe aufgetürmt, und das Fahrzeug ist zur Hälfte im Schnee vergraben. In diesem Moment frage ich mich, ob das letzte Nacht auch schon so war und ich es nur nicht bemerkt habe, weil es so dunkel und ich so müde war. Auf jeden Fall kann ich mir nicht vorstellen, dass wir hier vor dem Mittag noch wegkommen. Ich kann mir nicht mal vorstellen, dass wir hier vor dem Frühling wegkommen.

»Es ist wunderschön, oder?«

Ich drehe den Kopf ruckartig in Jakes Richtung. Das klang gar nicht sarkastisch. Er hat die Arme vor der Brust verschränkt und betrachtet die vor uns liegende Landschaft. Aber im Gegensatz zu mir sieht er nicht frustriert oder wütend aus (oder als ob ihm kalt ist – und das, obwohl er nur ein verdammtes Unterhemd trägt). In seinem Auge liegt ein beinahe verträumter Ausdruck und auf seinen Lippen ein kleines Lächeln.

»Das ist so viel Schnee«, sage ich.

»Japp.«

»Aber ...« In meiner Magengrube breitet sich ein unangenehmes Gefühl aus. »Wenn das Wetter so ist, was machst du dann? Wie kommst du dann hier raus?«

»Gar nicht.«

»Gar nicht?«

Er zuckt mit den Schultern. »Ich kaufe alles Nötige auf Vorrat ein, wenn ein Schneesturm angekündigt wird. Ist genug da für mindestens einen Monat. Bis dahin sollte es wieder tauen. Und wenn nicht, kann ich warten, bis es so weit ist.«

Ich beiße die Zähne zusammen. Wie kann er so ruhig bleiben, obwohl er kilometerweit von der Zivilisation entfernt eingeschneit ist? Er sieht fast glücklich darüber aus!

»Aber was, wenn du etwas brauchst?«, platzt es aus mir heraus.

»Deshalb lege ich Vorräte an.«

»Aber ...« Ich balle die Hände zu Fäusten. »Was, wenn ich etwas brauche?«

Das Lächeln auf seinem Gesicht wird breiter. »Dann schnappst du dir eine Schaufel.«

Wie ich diesen Kerl hasse.

Er geht zurück in die Hütte, und ich folge ihm auf dem Fuße. Ich verstehe nicht, wie um alles in der Welt es ihm egal sein kann, dass er vollständig eingeschneit ist. Ich meine, will er uns denn nicht schnellstmöglich wieder loswerden? Es gefällt ihm doch sicher nicht, dass zwei Fremde in seine Festung der Einsamkeit eingedrungen sind.

Es sei denn, er hat andere Pläne für uns.

Aber nein, das glaube ich nicht. Jake kommt mir tatsächlich inzwischen wie ein anständiger Mensch vor. Ich halte mich für eine ziemlich gute Menschenkennerin, und auch wenn sein Aussehen mir anfangs Angst eingejagt hat, denke ich nicht, dass er uns was antun wird. Er mag ein Arsch sein, aber gefährlich ist er wahrscheinlich nicht – soweit ich das nach der kurzen Zeit einschätzen kann.

Ganz sicher sein kann ich mir natürlich nicht. Immerhin ist das ein Mann, der möglicherweise seit Jahren keinen Sex gehabt hat. Aber nachdem ich seinen muskulösen Oberkörper und sein Gesicht gesehen habe, gehe ich mal davon aus, dass er in diesem Fall freiwillig enthaltsam lebt. Wenn er weibliche Gesellschaft wollen würde, hätte er kein Problem damit, welche zu kriegen.

»Gibt es nicht irgendjemanden hier in der Nähe, der uns helfen könnte? Jemand, der ein Telefon hat?«

»Nein.«

»Es muss doch jemanden geben!«

»Nein.«

Gott, er macht mich wahnsinnig mit seiner Art. Ich verschränke die Arme vor der Brust. »Vielleicht könntest du uns dann einfach zu der Hütte bringen, zu der wir eigentlich wollten? Ist die in der Nähe?«

Er zögert. Ich weiß, dass die Hütte nicht weit entfernt sein kann, weil wir laut Karte schon fast dort waren. Und Jake war nahe genug am Porsche, um mich nach Hilfe hupen zu hören. Ich wette also, dass sie vielleicht sogar zu Fuß erreichbar ist – zumindest für jemanden mit anständigen Stiefeln.

»Ich glaube nicht, dass der Pick-up es bis dorthin schafft«, antwortet Jake schließlich.

Ich gebe ein entnervtes Schnaufen von mir. »Was, wenn ich den Pick-up ausgrabe und einen Weg freischaufele? Wie sieht es dann aus?«

Er wirft den Kopf in den Nacken und lacht. Laut. »Du willst meinen Pick-up freischaufeln?«

»Klar. Warum nicht?«

»Hast du schon mal Schnee geschippt, Prinzessin?«

Ich beiße die Zähne zusammen. »Nein …«

»Schneeflocken sind ganz leicht, wenn sie auf deine hübschen, blonden Haare fallen, ja?« Er grinst mich an. »Aber wenn man all diese Schneeflocken zusammennimmt, dann werden sie verdammt schwer.«

»Ich kann das.«

»Sagt die Frau, die nicht mal ein Paar Handschuhe dabei hat.«

Okay, da hat er recht. Aber harte Arbeit hat mich noch nie abgeschreckt. Ich habe mein Catering-Unternehmen ganz allein aufgebaut. Ein Kredit von meinen Eltern wäre kein Problem gewesen, aber ich wollte ihr Geld nicht. Ich habe Geld von der Bank geliehen und Investoren angeworben, bis ich genug zusammen hatte, um loszulegen. Die ersten Schritte waren sehr klein und vor allem motiviert von meiner Liebe zum Essen, aber wie sich herausgestellt hat, habe ich nicht nur das Kinn der Rochesters, sondern auch ihre Geschäftstüchtigkeit und ihren Ehrgeiz geerbt.

Ich habe einen überaus erfolgreichen Catering-Service aus dem Nichts aufgebaut, und das schafft man nicht, indem man vorm Fernseher sitzt und Süßigkeiten futtert.

»Außerdem«, fährt Jake fort, bevor ich noch weiter protestieren kann, »weiß ich nicht genau, wo sie ist. Das Risiko gehe ich bei dem Wetter nicht ein.«

Ich muss wieder an seinen Gesichtsausdruck denken, als ich ihm die Adresse der Hütte genannt habe. Er lügt wie gedruckt. Ich weiß nicht, warum er sich so sträubt, uns zu der Hütte zu bringen, aber irgendetwas verschweigt er mir auf jeden Fall.

Doch bevor ich weiterbohren kann, stöhnt Chase plötzlich auf dem Sofa. Diesmal wacht er richtig auf, auch wenn er noch sehr neben der Spur wirkt. Aber er ist am Leben.

»Wenn du willst, kannst du ihm Suppe aufwärmen«, sagt Jake. »Im Schrank neben der Spüle sind Dosen. Er sollte was essen.« Dann deutet er mit dem Kopf zur Tür des anderen Raums. »Ich bin nebenan.«

Während Chase auf der Couch langsam etwas wacher wird, gehe ich zum Vorratsschrank, um die Suppen zu begutachten. Ich bin durchaus beeindruckt, wie gut Jake ausgestattet ist. Es gibt drei Etagen, randvoll mit Trockenvorräten und Snacks, Soßengläsern, Erdnussbutter und Konservenfleisch – Dosen über Dosen. Obwohl ich selbst nur mit frischen Zutaten arbeite, weckt irgendetwas daran meine Kreativität. Wenn man es schafft, Essen aus der Dose gut schmecken zu lassen, ist man ein Koch, der sein Handwerk versteht.

Ich wähle eine Dose Nudelsuppe aus und gehe hinüber zum Herd, um sie zu erwärmen. Die Küche ist klein und penibel aufgeräumt, sodass ich ohne Probleme Löffel und Schüsseln finde. Schließlich bringe ich

Chase, der inzwischen versucht, sich aufzusetzen, eine Portion zum Sofa.

»Hey«, mache ich mich bemerkbar.

Chase reibt sich die blutunterlaufenen Augen. Sein normalerweise perfekt frisiertes Haar steht in alle Richtungen ab. So sieht er sonst nicht mal direkt nach dem Aufstehen aus. Und auch wenn er nicht mehr so blass wie letzte Nacht ist, wirkt sein Hautton immer noch alles andere als gesund.

»Hey«, murmelt er.

Ich setze mich neben ihn. Das Sofa hat Dellen und ist fast so unbequem wie der Fußboden. »Wie fühlst du dich?«

»Scheiße.« Chase' Stimme klingt unglaublich heiser. »Was ist passiert?«

»Du hattest eine Unterkühlung.« Ich lege ihm eine Hand aufs Knie. »Du bist fast gestorben. Ein Mann … er lebt hier und … er hat uns gerettet. Uns beide.«

Erst als ich die Worte ausspreche, wird mir das ungeheure Ausmaß dessen bewusst, was Jake für uns getan hat. Er hat uns gerettet. Ich wäre wahrscheinlich inzwischen erfroren, wenn er nicht vorbeigekommen wäre. Dieser Kerl hat sein eigenes Leben riskiert, indem er in einen Schneesturm gefahren ist, um uns zu finden und uns in Sicherheit zu bringen. Das muss ich mir immer vor Augen halten, ganz egal, wie unhöflich er sich mir gegenüber verhält. *Er hat mir das Leben gerettet.* Nur, weil er mich gerettet hat, sitze ich noch hier und atme.

»Verdammt …« Chase reibt sich wieder die Augen, unter denen sich dunkelviolette Schatten abzeichnen. »Ich fühle mich wie vom LKW überrollt. Ich kann mich kaum rühren.«

»Versuch es mal mit ein bisschen Suppe.«

Ich halte die Schüssel für ihn, und Chase schafft es, etwa zehn Löffel mit zitternden Händen zu sich zu nehmen, bevor es zu anstrengend für ihn wird. Ich lasse die Suppe für ihn auf dem Couchtisch stehen und ihn sich wieder hinlegen. Er muss wirklich mitgenommen sein, denn er schläft trotz der unbequemen Couch sofort wieder ein.

Kapitel 8

Während Chase schläft und Jake im anderen Raum Gott weiß was macht, nutze ich das Tageslicht der Fenster und lese eins meiner mitgebrachten Taschenbücher. Es handelt sich um einen Thriller mit einem Serienkiller und war ein großer Bestseller. Drew hat ihn mir geliehen und meinte, dass es sein Lieblingsbuch des Jahres war. Mein Bruder und ich haben bei Büchern einen ähnlichen Geschmack. Wenn er also etwas mag, mag ich es normalerweise auch. Ich hoffe, das gilt auch für dieses Buch, denn ich muss mich dringend von meiner Situation hier ablenken.

Meinen Reader habe ich auch dabei, aber den werde ich erst anmachen, wenn die Sonne untergegangen ist, damit ich den Akku schone. Ich mache mir Sorgen, dass mir schnell die Beschäftigungsmöglichkeiten ausgehen werden, falls wir hier mehrere Tage ohne Internet und Fernsehen festsitzen – möglicherweise gibt es ja irgendwo ein Radio?

Irgendwann bemerke ich in einer Zimmerecke ein Bücherregal, das mit Hardcovern und Taschenbüchern vollgestopft ist. Jake ist mir bis jetzt nicht wie die Sorte Mensch vorgekommen, der gemütlich Bücher liest – als ich ihn das erste Mal gesehen habe, wäre ich eher davon ausgegangen, dass er Analphabet ist. Aber ich muss auch zugeben, dass ich mit meiner Einschätzung zu diesem Zeitpunkt falschgelegen habe. Wenn man ganz allein in einer Hütte im Wald lebt, dann ist eine Aktivität wie Lesen sicher von Vorteil. Dafür braucht man zumindest keine zweite Person.

Ich lege mein Taschenbuch weg und schlendere hinüber zum Bücherregal. Keine Ahnung, was ich erwartet habe. Vielleicht ein paar Tom-Clancy-Thriller oder Bücher übers Fischen und Jagen. Zu meiner Überraschung gibt es zwei Regalbretter voller Fachbücher über Kriminologie und Strafrecht. Und es handelt sich eindeutig um Bücher, die viele Male gelesen wurden – als ich eins von ihnen aus dem Regal nehme, sehe ich, dass die Seiten abgenutzt sind und Eselsohren haben.

»Wie sieht's aus mit Mittagessen?«

Beim Klang von Jakes Stimme fahre ich erschrocken zusammen. Er steht hinter mir, gekleidet in Jeans und ein Sweatshirt, dessen hochgekrempelte Ärmel den Blick auf seine muskulösen Unterarme freigeben. Das Buch fällt mir aus den Händen, und ich bücke mich hastig, um es wieder aufzuheben. Jake lässt es unkommentiert, dass ich sein Bücherregal durchstöbert habe.

»Du interessierst dich für Strafrecht, was?« Was Besseres fällt mir nicht ein.

Er zuckt mit den Schultern. »Geht so.«

Ich ziehe eine Augenbraue hoch. »Du hast eine Menge Bücher zu dem Thema.«

»Japp.«

»Und du hast … sie alle gelesen. Oder?«

Er zuckt wieder mit den Schultern. »Hier draußen hat man viel Zeit.«

»Hast du ein Lieblingsbuch? Irgendwas, das du empfehlen kannst?«

»Eigentlich nicht.«

Gott, Gespräche mit ihm sind so frustrierend! Chase redet wie ein Wasserfall, wenn ihn jemand was über Golf, den neuesten Club im North End oder seine anderen Interessen fragt – er hört sich echt gerne selbst reden, und oft kommt sein Gegenüber dann kaum noch zu Wort. Ich fand das immer anstrengend, aber wie sich nun herausstellt, ist das Gegenteil davon auch nicht so toll. Wie soll man denn da irgendwas über Jake erfahren?

»Also, was möchtest du zum Mittagessen?«, fragt mich Jake.

Mich schaudert es bei der Erinnerung an das schreckliche Frühstück, das er für uns zubereitet hat. »Eigentlich könnte ich vielleicht etwas für dich kochen. Um mich dafür zu revanchieren, dass du uns das Leben gerettet hast.«

»Gut zu wissen, dass dein Leben immerhin eine Mahlzeit wert ist.« Aber Jake lächelt dabei. »Du willst kochen, dann nur zu.«

Ich gehe zurück zum Vorratsschrank und verbringe gute zehn Minuten damit, den Inhalt genauer durchzusehen. Auch wenn es sich hier ausschließlich um minderwertige Zutaten handelt, inspiriert mich die schiere Menge durchaus. Ich nehme mir letzten Endes eine Packung Spaghetti, eine Dose Tomaten, Olivenöl und ein Glas Oliven. Wie durch ein Wunder entdecke ich ein Fach mit ein paar Gewürzen, unter anderem Knoblauchpulver, Oregano und rote Chiliflocken. Ich habe seit Ewigkeiten kein Knoblauchpulver mehr verwendet, weil es einfach nicht mit richtigem Knoblauch mithalten kann. Selbst ein Glas gewürfelter Knoblauch wäre mir lieber als dieses Zeug, aber was nicht da ist, ist nicht da. Salz und Pfeffer stehen schon auf der Arbeitsplatte bereit.

Jake sieht mir schweigend zu, als ich auf dem Herd Wasser für die Nudeln aufsetze und den Inhalt der Tomatendose in einen kleineren Topf schütte. Ich würze großzügig, da ich weiß, dass er salziges Essen mag, und lasse das Ganze dann köcheln.

Zwanzig Minuten später serviere ich zwei Teller mit dampfender Pasta und Tomatensoße. Jake setzt sich mir gegenüber, schaut das Essen skeptisch an, wickelt dann aber ein paar Spaghetti mit seiner Gabel auf und steckt sie sich in den Mund. Ich warte mit dem Essen noch, aber ich habe die Soße vorher schon abgeschmeckt, und für Dosenfutter ist es meiner bescheidenen Meinung nach echt gut geworden. Aber wer weiß, wie Jake es findet. Er wird wahrscheinlich meckern, dass mehr Salz rein muss und es nicht angebrannt genug ist.

Aber dann hellt sich sein Gesichtsausdruck auf, was den griesgrämigen Einsiedler auf einen Schlag verschwinden lässt und an seine Stelle tritt ein … nun, sagen wir einfach, er ist kein bisschen unattraktiv, und er hat ein tolles Lächeln, aber leider liegt mein Ex-Freund nur drei Meter entfernt, wenn auch nicht bei vollem Bewusstsein.

»Verdammt«, sagt er. »Das ist echt gut.«

Ich lächele. »Danke.«

»Nein, ich meine, es ist *wirklich* gut.«

»Freut mich, dass es dir schmeckt.«

Er nimmt einen weiteren Bissen, diesmal mit mehr

Begeisterung. Wann hat er wohl zum letzten Mal eine anständige Mahlzeit bekommen? Jake ist nicht gerade der Typ, der nur in Restaurants isst, die mindestens einen Michelin-Stern haben. (Ich nenne keine Namen, aber Chase, ich schaue in deine Richtung.)

»Wann hast du zum letzten Mal etwas gegessen, das du nicht selbst gekocht hast?«, frage ich.

Er grinst schief. »Ist schon … eine Weile her. Jahre, seit ich in einem Restaurant war. Und es war nicht so lecker wie das hier.«

»Dankeschön.«

»Bist du so was wie eine Köchin?«

Ich lache. »Ja, so was wie eine Köchin.«

»In einem Restaurant?«

Ich schüttele den Kopf. »Ich habe einen eigenen Catering-Service.«

»Hm.« Erst will er sich anscheinend mit dem Handrücken Tomatensoße vom Mund wischen, doch dann steht er auf, um sich ein Stück Küchenpapier zu holen. Es ist wirklich nett, dass er sich zumindest bemüht, Manieren zu zeigen. »Das hätte ich nicht gedacht.«

»Wirklich? Warum nicht?«

»Keine Ahnung.«

Jake schaut mich aufmerksam an – diesen Gesichtsausdruck kenne ich bei ihm noch nicht. Wenn ich es nicht besser wüsste, würde ich es Respekt nennen.

»Und was ist mit Abercrombie da drüben?« Jake deutet mit dem Kopf Richtung Chase, der immer noch tief und fest auf dem Sofa schläft. »Ist der auch Koch?«

»Nein.« Ich lache wieder. »Chase … ähm, er arbeitet irgendwie für die Firma seines Vaters.«

»Irgendwie?«

Ich wickele etwas Pasta um meine Gabel. »Er ist dort angestellt, aber niemand weiß so genau, was er da tut.«

Gott, ich hoffe, Chase schläft wirklich und hört dieses Gespräch nicht mit an.

»Welches Unternehmen?«, fragt er.

»Hollister and Co.«, sage ich. »Ist eine große Nummer in Boston.«

»Hab ich schon von gehört.« Jake lehnt sich für einen Moment auf seinem Stuhl zurück und spielt mit seiner Gabel. »Die Firma gehört also seinem Vater?«

»Richtig.«

Er nickt. »Und seit wann seid ihr beide zusammen?«

Ich bin immer noch nicht dazu gekommen, ihm zu erzählen, dass ich mit Chase Schluss gemacht habe, kurz bevor er sich im Schnee verirrt hat. Aus irgendeinem Grund beschließe ich, es Jake auch jetzt nicht zu sagen. »Seit etwa einem Jahr.«

Sein Blick wandert zu meiner linken Hand. »Aber ihr seid nicht verlobt?«

»Nein …«

Warum stellt er mir diese Fragen, zumal ich ja umgekehrt nie eine vernünftige Antwort von ihm bekomme? Warum will er wissen, seit wann Chase und ich ein Paar sind, oder wer Chase' Vater ist? Es sei denn …

Na ja, es sei denn, er glaubt, er könnte Geld aus uns herausschlagen. Ist gut möglich. Ich meine, er hat mich aus einem brandneuen Porsche gerettet. Ihm muss klar sein, dass wir beide steinreich sind.

Wenn ich mich hier so umsehe, bekomme ich allerdings nicht den Eindruck, dass Jake Geld besonders wichtig ist. Oder überhaupt wichtig ist. Andererseits weiß ich gar nichts über ihn. Vielleicht ist er verschuldet. Möglicherweise schuldet er der Mafia Geld. Wer weiß?

Jake scheint zu spüren, dass mir die Fragen lästig sind, also bohrt er nicht weiter nach. Kann er eigentlich auch nicht, so wie er sich Spaghetti in den Mund schaufelt. Als sein Teller komplett geleert ist, schaut er mich erwartungsvoll an. »Ist noch was da?«

»Das ist das größte Kompliment für eine Köchin.« Ich stehe auf und löffle den restlichen Inhalt aus dem Topf. »Um Nachschlag bitten.«

»So was krieg ich nicht so oft.« Er senkt den Blick und reibt sich über den Nacken, was seltsam niedlich wirkt. »Du kochst wirklich gut. Und ich … nicht.«

»Ich könnte dir ein paar Tipps geben, bevor wir gehen.«

»Wirklich?« Er wirkt einen Moment lang ehrlich begeistert, dann räuspert er sich und schaut weg. »Ähm, ja, das wäre gut.« Er zögert. »Danke, Natalie.«

Er hat mich Natalie statt Prinzessin genannt. Es ist mir peinlich zuzugeben, wie glücklich mich das macht.

Während ich ihn aufessen lasse, komme ich für mich zu dem Schluss, dass er unmöglich Geld von mir und Chase erpressen will. Dieser Kerl hier ist glücklich damit, nichts zu besitzen. Er hofft vielleicht höchstens auf eine Belohnung, damit er sich eine nagelneue Hacke oder noch ein paar Konserven für seinen Vorrat kaufen kann.

Jake fährt sich gedankenverloren durch das frisch geschnittene Haar. Anfangs sah es ja ganz annehmbar aus, aber nun fällt mir auf, dass er es offenbar wirklich einfach nur irgendwie mit der Schere bearbeitet hat. Zugegebenermaßen wird ihn niemand außer mir sehen, aber er verdient trotzdem einen besseren Haarschnitt. Und es ist ja nicht so, dass direkt um die Ecke ein Friseurgeschäft ist, in das er spazieren könnte.

»Ich möchte dich was fragen«, sage ich. »Sei bitte nicht beleidigt.«

Er zieht die Augenbrauen hoch. »Okay ...«

»Hast du schon mal Haare geschnitten?«

Er blinzelt ein paar Mal, lacht dann laut auf und reibt sich über den Kopf. »Ich hab's versaut, oder?«

»Na ja«, meine ich nachdenklich, »den Bart hast du gut hinbekommen – größtenteils. Aber, ja, der obere Teil ist ziemlich verhunzt.«

»Ich bin davon ausgegangen, dass ein Kerl mit schlechtem Haarschnitt immer noch besser als ein gruseliges Waldmonster ist.«

»Nur minimal besser.« Ich lege den Kopf schief. »Ich könnte es für dich nachbessern. Wenn du möchtest.«

»Oh tatsächlich? Hast du auch einen Friseursalon?«

»Nein. Aber ich bin ziemlich sicher, dass ich es besser hinkriege als das da.«

Ein Lächeln umspielt seine Lippen. »In Ordnung. Warum nicht?«

* * *

Zehn Minuten später befinden wir uns in Jakes engem Pseudo-Badezimmer. Der Raum ist so klein, dass man mittendrin stehen und trotzdem alle vier Wände berühren kann. Das Porzellan der Kloschüssel hat einen Riss, und die Badewanne und das Waschbecken sind schlimm verrostet. Das einzige Licht im Zimmer kommt von einem kleinen Fenster neben dem Waschbecken.

Jake sitzt auf dem Toilettendeckel, ein Handtuch über seine Schultern gebreitet, um abgeschnittene Haare aufzufangen. Ich habe es vor ihm nicht zugegeben, aber ich habe in meinem ganzen Leben noch keinem Mann die Haare geschnitten. Allerdings hab ich auch das Gefühl, dass ihm das egal wäre, wenn er es wüsste. Er vertraut mir in dieser Sache vollkommen – und es schadet auch nicht, dass es ihn nicht kümmert, wie das Ergebnis aussehen wird. Immerhin war es seine Idee, sich selbst die Haare abzusäbeln.

»Du hast nicht zufällig einen elektrischen Rasierapparat, oder?«, frage ich nachdenklich.

»Nein. Ich hab auch keinen Strom, schon vergessen?«

Oh, richtig. Ich fahre mit der Hand über die ungleich langen Haarsträhnen an seinem Hinterkopf. Sein Haar ist voll und dunkelbraun mit ein paar grauen Strähnen dazwischen. Als ich ihn zum ersten Mal im Schneesturm gesehen habe, hätte ich sein Alter für kein Geld der Welt schätzen können, aber nun würde ich auf Mitte Dreißig tippen.

Meine Finger stoßen an das Gummiband der Augenklappe, das eine Linie durch seine Haare zieht. »Kann ich die Augenklappe abnehmen?«

»Nein«, sagt er.

»Sie macht es schwieriger, alles gleichmäßig hinzubekommen …«

»Lass sie, wo sie ist.«

»Jake …«

Er schüttelt den Kopf und dreht sich zu mir um. »Es sieht nicht … schön aus. Okay?«

»Das macht mir nichts aus.«

»Aber vielleicht macht es mir etwas aus.«

Ich schaue auf die schmale, weiße Narbe, die unter seiner Augenklappe hervorlugt, und frage mich, welchen Schrecken darunter er mir unbedingt ersparen möchte. Er glaubt, dass er mich damit abschreckt, aber das bezweifle ich. Mit oder ohne Augenklappe – Jake ist … er ist sexy. *Wirklich* sexy. Chase könnte mit seinem Aussehen Model werden, aber in der ganzen Zeit, die wir uns kennen, hat mein Herz wegen ihm nicht solche Purzelbäume geschlagen wie jetzt hier. Wenn Chase mich anschaut, dann prickelt mein ganzer Körper nicht so, wie wenn Jake mich mit seinem gesunden Auge anblickt.

Ich hasse die Vorstellung, im Nirgendwo ohne Strom und Warmwasser festzusitzen, aber plötzlich erscheint es mir doch gar nicht mehr so schlimm, hier mit Jake festzustecken. Es klingt … eigentlich richtig schön. Richtig, richtig schön.

Unsere Blicke treffen sich, und mir werden die Knie weich. Weiß er, was ich gerade denke? Er muss es wissen. Ein Kerl mit so viel Sex-Appeal muss wissen, dass er anziehend ist. Vielleicht wohnt er hier schon seit ein paar Jahren, aber er hat nicht immer hier gelebt. Er muss sich seiner Wirkung auf Frauen bewusst sein.

Chase und ich sind nicht mehr zusammen. Niemand könnte mir einen Vorwurf machen, wenn ich zum Trost ein bisschen Spaß hätte … oder?

Nein, was denke ich denn da? Das ist eine furchtbare Idee.

»Also, kannst du es ausbessern?«, fragt mich Jake. »Oder werde ich für den Rest meines Lebens entstellt sein?«

Ich bringe ein Lächeln zustande. »Ich gebe mein Bestes. Aber ich verspreche nichts.«

Ich kann es nicht vollständig richten, aber ich kann zumindest einen großen Teil des Haarschnitts begradigen. Er sieht nicht aus, als ob er bei Rolando's war, aber wenigstens hat man nicht mehr den Eindruck, dass ihm sein Haarschnitt verpasst wurde, als im Friseursalon Stromausfall herrschte. Ich wische ihm die losen Haare aus dem Nacken, trete zurück und begutachte mein Werk.

Jake rutscht auf dem Toilettendeckel hin und her. »Und?«

»Viel besser.«

»Gott sei Dank. Heute Abend kommt ein heißes Date per Bobschlitten her.«

Ich pruste los. »Soll ich dir den Bart auch nachbessern?«

Er reibt mit der Hand darüber. »Du hast doch gesagt, dass der ganz okay aussieht.«

Ich mustere sein Gesicht mit zusammengekniffenen Augen. »Es gibt ein paar unebene Stellen. Es würde nicht schaden, ein bisschen nachzuarbeiten.«

Er zuckt mit den Schultern. »Meinetwegen. Leg los.«

Im gleichen Augenblick wird mir klar, dass das ein Fehler ist. Ich knie mich hin, um den richtigen Blickwinkel zu haben, und ich befinde mich ganz nah an Jakes Gesicht. Ich bin ihm, na ja, viel zu nahe. Er riecht nach Kiefernnadeln und frischer Luft, und die Stoppeln auf seinem Gesicht, die ich ihm kürzen soll, sind einfach so verdammt attraktiv. Ich sollte dringend auf Abstand gehen.

»Alles in Ordnung?«, fragt er.

»Halt still«, krächze ich.

»Oh, tut mir leid.«

Allerdings bin ich diejenige, die herumwackelt, denn mir zittern die Hände. Es ist wirklich schwierig, einem so heißen Kerl so nahe zu sein und sich gleichzeitig darauf zu konzentrieren, winzig kleine Stückchen seiner Barthaare abzuschneiden. Ich werde dabei wahrscheinlich ein Stück Haut erwischen. Seine Haut oder auch meine. Aber ich weiß nicht, was ich ihm sagen soll …

»Natalie? Alles in Ordnung mit dir?«

»Hm«, bekomme ich heraus.

Er schaut mir direkt in die Augen. Und ihm scheint erst jetzt ein Licht aufzugehen. Er atmet scharf ein und lehnt sich kaum wahrnehmbar in meine Richtung. Noch fünfzehn Zentimeter und er wird mich küssen. Mehr braucht es nicht. Und das ist ein Kerl, der seit weiß der Himmel wie lange nicht mehr mit einer Frau im Bett war. Ich kann mir nicht vorstellen, dass er sich das entgehen lässt, vor allem, wenn es so offensichtlich ist, dass ich es auch will.

Doch dann zieht er sich zurück.

»Ich glaube, mein Bart ist okay so«, sagt er. »Jedenfalls gut genug. Es ist ja nicht so, dass ich für die Titelseite einer Zeitschrift modeln soll.«

»Stimmt.« Ich richte mich wieder auf. Bin ich jetzt erleichtert oder enttäuscht? »Er ist gut so.«

Er lächelt schief. »Danke für deine Hilfe.«

»Gern geschehen«, antworte ich.

Kapitel 9

Ich habe mich beinahe von Jake küssen lassen.

Und es ist nur deswegen nicht passiert, weil er es anscheinend nicht wollte.

Ja, ich habe die Beziehung mit Chase beendet, bevor er das Auto verlassen hat. Aber es fühlt sich trotzdem falsch an, nur einen Tag später mit einem anderen Kerl rumzumachen, während Chase schwer krank im Zimmer nebenan liegt.

Chase war kein schlechter Freund. Ich schulde ihm mehr als das.

Von Jake dagegen muss ich mich fernhalten. Er ist anziehend, aber *so* anziehend nun auch wieder nicht. Ich bin absolut in der Lage, ihm zu widerstehen.

Obwohl Chase keinen Schimmer davon hat, mache ich es bei ihm wieder gut, indem ich noch etwas Suppe für ihn aufwärme. Die Hälfte der Dose von heute Morgen steht noch im Kühlschrank, also setze ich ihren Inhalt auf dem Herd auf, während ich mit Bedauern darüber sinniere, dass Jake keine Mikrowelle hat. Drew zieht mich immer damit auf, dass ich die einzige ausgebildete Köchin bin, die jeden Tag die Mikrowelle verwendet. Soll er sich ruhig lustig machen, aber ich liebe meine Mikrowelle einfach. Sie erhitzt alles so schnell! Wenn ich mich zwischen meinem Schnellkochtopf und meiner

Mikrowelle entscheiden müsste, würde ich wahrscheinlich die Mikrowelle wählen.

Ich bringe die Suppe hinüber zum Sofa, wo Chase vor sich hindämmert. Zwar erholt er sich immer noch von der Unterkühlung, aber er sieht fast wieder wie er selbst aus – absolut hinreißend. Unfasstraktiv. Er atmet durch leicht geöffnete Lippen, und seine langen Wimpern zucken. Ja, Chase hat längere Wimpern als ich.

Ich verstehe nicht, warum ich nicht mehr für ihn empfinden konnte. Es hätte mein Leben so viel einfacher gemacht. Aber keine Chance. Ich war nie in ihn verliebt. Wenn meine Familie nicht wäre, hätte ich schon vor Monaten mit ihm Schluss gemacht. Und nun, wo es vorbei ist, empfinde ich nichts als Erleichterung darüber, dass ich ihn los bin. Selbst als unsere Beziehung noch besser lief, habe ich mich nie so sehr zu ihm hingezogen gefühlt wie zu …

Nein, darüber werde ich jetzt nicht nachdenken. Es ist sinnlos und frustrierend.

»Hey.« Ich stupse Chase an der Schulter an. »Wach auf.«

Seine Lider flattern. »Nat?«

»Ja, ich bin's.«

Er kämpft sich in eine sitzende Position hoch. Man sieht, dass er immer noch ziemlich neben der Spur ist. Nachdem er sich die Augen gerieben hat, schaut er sich in der Hütte um. »Ist das … wo sind wir?«

»Wir bleiben ein paar Tage hier«, sage ich zu ihm. »Bis der Sturm vorbei ist.«

»Oh …«

Er belässt es dabei, was mir sagt, dass es ihm noch ziemlich schlecht geht. Der normale Chase hätte etwa eine Million Fragen dazu gestellt, wo wir sind, wie wir hierhergekommen sind und wo der Zimmerservice bleibt. Ich bin erleichtert, dass er noch nicht wieder ganz der Alte ist, weil ich damit jetzt einfach nicht zurechtkommen würde.

Weiß er noch, dass ich mit ihm Schluss gemacht habe? Gott, ich hoffe, dass ich das nicht wiederholen muss.

»Iss etwas Suppe. Du musst was in den Magen bekommen.«

»Mir ist übel«, sagt er. Aber er nimmt mir brav den Löffel ab und beginnt zu essen, verzieht jedoch sofort das Gesicht. »Was ist das für Suppe?«

Es ist Nudelsuppe aus der Dose. Aber das wird ihm nicht gefallen. Also sage ich stattdessen: »Sie ist aus dem Tavern.«

Das Tavern ist eins von Chase' Lieblingsrestaurants in seinem Viertel. Ich verlasse mich darauf, dass er die Zusammenhänge noch nicht wieder auf die Reihe bekommt.

»Oh«, murmelt er. »Ich glaube … Ich weiß nicht. Sie ist in Ordnung, denke ich.« Er stöhnt und hält sich die Schläfen. »Mein Kopf tut weh.«

Ich frage mich, ob Jake Kopfschmerzmittel im Haus hat. »Willst du eine Tablette?«

»Vielleicht.« Er reibt sich wieder die Augen. »Ich bin so müde. Warum bin ich so müde?«

»Du bist fast erfroren.« Die Wahrheit, die in diesen Worten steckt, lässt mich erschaudern. Wenn Jake nur eine Stunde später vorbeigekommen wäre, wäre es vielleicht zu spät gewesen. »Das war erst gestern Abend.«

»Ja …« Er legt sich wieder hin, zieht eine Decke über sich und schließt die Augen. »Ich werde weiterschlafen. Okay?«

»Okay.«

Ich verschränke meine Finger mit seinen, die nun im Vergleich zur letzten Nacht sehr warm sind, und halte seine Hand, bis er gleichmäßig atmet. Er schläft wieder.

Jake kommt zurück in den Wohnbereich. »Er kann kaum die Augen offen halten«, sage ich zu ihm.

Er zuckt mit den Schultern. »Was erwartest du? Er ist letzte Nacht fast gestorben. Gib ihm einen Tag, um sich zu erholen.«

Da hat Jake natürlich recht. Aber ich mache mir trotzdem Sorgen.

Er sieht meinen Gesichtsausdruck, und seine Schultern sinken. »Pass auf, wenn er morgen immer noch so daneben ist, sehe ich mir die Straßen an. Vielleicht können wir es bis zum Krankenhaus schaffen.«

»Danke«, sage ich. Doch als ich das letzte Mal aus dem Fenster geschaut hab, lag so viel Schnee, dass man hier unmöglich wegkommt. Wir werden ziemlich sicher bis Montag warten müssen, bis jemandem auffallen wird, dass wir nicht planmäßig zurück sind. Zum Glück weiß Drew, wo wir hingefahren sind, also wird zumindest er dafür sorgen, dass jemand am richtigen Ort nach uns sucht.

* * *

In Boston sieht Schnee nie so aus.

In der Stadt fällt er auf den Boden und wird dann entweder sofort weggeräumt oder zu braunem Matsch.

Ich lese Drews Serienkiller-Thriller, aber er kann mich nicht fesseln. Mein Blick wird magisch vom Fenster und dem frischen, weißen Pulverschnee angezogen. Schließlich lege ich mein Buch endgültig beiseite.

Ich tigere ein paar Minuten lang im Zimmer hin und her und stehe am Ende vor der Tür, die wohl zu Jakes Schlafzimmer führt. Nach einigem Zögern klopfe ich.

»Komm rein!«, ruft er.

Zum ersten Mal, seit wir in der Hütte angekommen sind, bin ich hier drin. Der Nebenraum ist sehr klein – noch kleiner als das Wohnzimmer, und das ist schon winzig. Jakes Bett ist einfach nur eine Matratze auf dem Fußboden, und ich kann sogar von der Tür aus sehen, wie durchgelegen sie ist. Außer der Matratze gibt es noch einen Kleiderschrank, der aus rohem, dunkelbraunem Holz gefertigt ist und aussieht, als ob Jake ihn vielleicht selbst gebaut hat. Und dann steht noch ein rostiger Aktenschrank in einer Ecke.

Ich bemerke, dass oben auf dem Aktenschrank ein Fernglas liegt.

Interessant.

Jake selbst liegt auf seiner Matratze, immer noch mit Stiefeln an den Füßen – ich habe ihn noch nie ohne diese Stiefel gesehen. Er liest ein Buch, aber ich kann den Titel nicht erkennen. Als ich reinkomme, schiebt er es zur Seite und setzt sich aufrechter hin. »Was ist los?«

»Ich frage mich, ob ich mir ein Paar Handschuhe von dir borgen könnte?«

Er beäugt meine Hände. »Ich glaube, die sind dir zu groß.«

»Es wird schon gehen.«

Er zieht die Augenbrauen nach oben. »Wofür brauchst du sie denn?«

»Na ja …« Ich verschränke meine Finger miteinander. Das ist so peinlich – ich weiß gar nicht, was ich mir dabei gedacht habe. »Ach, ist nicht so wichtig.«

Jake rappelt sich von seiner Matratze auf. »Was denn? Sag's mir ruhig.«

Ich will ihm nicht unbedingt etwas Peinliches erzählen, während er nicht mal ein winziges Detail über sich selbst preisgibt. »Nichts. Vergiss es.«

Er zieht eine Augenbraue hoch. »Was ist los? Brauchst du sie als Fingernagelschutz, Prinzessin?«

»Nein.« Ich schaue ihn wütend an. »Ich … Ich habe nur überlegt, dass ich vielleicht raus in den Schnee gehen … und einen Schneemann bauen könnte.«

Er starrt mich einen Moment lang mit offenem Mund an. Nach ein paar Sekunden bricht er in schallendes Gelächter aus.

Mein Gesicht glüht. »Freut mich, dass du das lustig findest.«

»Nein, es ist nur …« Jake bekommt sein Lachen wieder unter Kontrolle, grinst aber immer noch. »Das hatte ich einfach nicht erwartet. Das ist das Letzte, was ich erwartet hätte.«

»Als mein Bruder Drew und ich noch klein waren, haben wir immer welche gebaut.« Ich lächele bei der Erinnerung an diese glückliche, einfache Zeit. Nicht, dass mein Leben jetzt schlecht wäre – ich habe einen Job, den ich liebe, was mehr ist, als die meisten Leute von sich behaupten können. Aber selbstständig zu sein ist stressig, und mein Liebesleben war vor Chase eine Aneinanderreihung von Katastrophen. Da sehnt man sich gerne mal nach einer Zeit, in der meine einzige Sorge darin bestand, dass ich morgens den Schulbus erwischen musste. »Drew und ich sind jedes Mal, wenn es geschneit hat, in den Park bei unserem Haus gegangen. Eigentlich hat er die meiste Arbeit erledigt, aber wir hatten immer viel Spaß. So was mache ich heutzutage nicht mehr.«

»Ja.« Jake neigt den Kopf ein wenig zur Seite und schaut mich nachdenklich an. »Geht mir genauso.«

Er geht zu seinem Schrank, kramt einen Moment darin herum und holt dann ein paar schwarze, wasserdichte Fingerhandschuhe hervor. Als ich sie ihm abnehme, streift sein Daumen ganz leicht meine Hand.

»Viel Spaß«, sagt er. »Denk dran: Wenn du ihm einen alten Seidenzylinder auf den Kopf setzt, erwacht er zum Leben. Sei also vorsichtig.«

Ich verdrehe die Augen. »Ja, ja.«

Tatsächlich hatte ich ein winzig kleines bisschen gehofft, dass Jake vielleicht anbieten würde, mit mir rauszugehen und mir beim Schneemannbauen zu helfen. Zu zweit macht das immer mehr Spaß – als Kind hätte ich ohne Drew nie auch nur darüber nachgedacht. Er war immer fest entschlossen, einen Schneemann zu bauen, der die Schneemänner aller anderen Kinder im Park überragte. Wenn er einen sah, der unserem Konkurrenz machte, forderte er die anderen Kinder zu einer Schneeballschlacht heraus. Und dann begann der Spaß erst richtig.

Drew. Gott, ich hoffe, dass er ein Suchteam hierherlotsen kann.

Als ich aus der Tür trete – eingemummelt in meine Steppjacke, meine Baskenmütze, meinen roten Schal und Jakes Handschuhe –, bin ich mir nicht ganz sicher, womit ich anfangen soll. Das hat Drew immer übernommen. Aber die Grundidee ist, eine große Kugel als Unterteil zu formen. Dann kommt eine mittlere Kugel und dann eine kleine für den Kopf. Kinderleicht.

Ich fange an, indem ich frischen Schnee zusammenkratze. Er scheint gut zusammenzuhalten, aber es ist schwierig, ihn zu einer Kugel zu formen. Vielleicht brauche ich eine Schaufel. Allerdings hat Drew nie eine Schaufel benutzt.

»Du hast keinen Schimmer, was du da tust, oder?«

Ich richte mich auf. Hinter mir steht Jake in seiner vollen Wintermontur. Er blinzelt mit seinem gesunden Auge gegen das gleißende Licht, das vom Schnee reflektiert wird, und schüttelt den Kopf.

»Du hast doch gesagt, dass ihr als Kinder ständig Schneemänner gebaut habt.« Schwingt da etwa ein Vorwurf in seiner Stimme mit?

»Das ist lange her«, sage ich abwehrend. »Und mein Bruder hat das meiste gemacht.«

Jake schaut hinunter auf den armseligen kleinen Haufen, den ich auf dem Boden zusammengeschoben habe. »Das sieht man.«

Ich schnaube. »Also willst du hier nur rumstehen und dich über mich lustig machen oder hilfst du mir?«

»Rumstehen macht viel mehr Spaß.«

Offensichtlich spricht mein Blick Bände, denn Jake seufzt und hinkt durch den Schnee zu mir. »Okay, ohne meine Hilfe kriegst du das wohl nicht hin.«

»Danke.«

»Aber ich erwarte, dass du deinen Teil dazutust. Hier wird sich vor nichts gedrückt.«

»Natürlich nicht.«

Er nickt, seine Stirn ist gerunzelt. »Okay. Als Erstes müssen wir einen Schneeball formen.«

Wir heben beide eine Handvoll Schnee auf und formen ihn zu einer Kugel. Er überprüft meinen Schneeball, um sicherzustellen, dass er in Ordnung ist, was ich etwas beleidigend finde. Ich weiß, wie man einen Schneeball macht!

»Gut«, sagt er. »Jetzt müssen wir Schnee zu unserem Schneeball hinzufügen, bis er zu groß zum Halten ist. Wird bei dir ziemlich schnell der Fall sein.«

Ich verdrehe erneut die Augen, tue aber wie geheißen. Er macht das Gleiche, auch wenn seine Kugel viel größer wird als meine.

»Gut gemacht«, lobt er. »Nun musst du deine Kugel auf den Boden legen und sie vor dir herrollen, damit Schnee an ihr kleben bleibt.«

Daran erinnere ich mich jetzt. Mir fällt auch wieder ein, wie Drew mal eine riesige Kugel produziert und mich dann stolz angegrinst hat.

Der Schnee ist für unser Vorhaben perfekt. Ich bin nicht ganz so schnell wie Jake, aber es gelingt mir, eine Kugel zu einer stattlichen Größe zu rollen. Meine könnte definitiv der Bauch sein, wenn die von Jake ganz unten hinkommt.

»Schön.« Er nickt zufrieden. »Du bist ein Naturtalent. Wenn es mit dem Catering-Service nicht klappt, hast du immerhin eine Alternativkarriere in Aussicht.«

»Du bist auch nicht schlecht«, kontere ich. »Für den Fall, dass die Sache mit der Waldhütte ohne menschlichen Kontakt scheitert.«

Für den Bruchteil einer Sekunde huscht ein trauriger Ausdruck über Jakes Gesicht. Ich bin nicht sicher, was ich davon halten soll, denn letztes Mal, als wir darüber gesprochen haben, schien er absolut zufrieden damit zu sein, mutterseelenallein hier zu leben. Aber bevor ich irgendetwas sagen kann, ist der Moment auch schon wieder vorbei.

»Okay«, sagt Jake. »Nun musst du deine Kugel auf meine heben. Denk daran, aus den Beinen zu heben, nicht aus dem Rücken.«

Mist. Ich hatte gehofft, dass er die kleinere Kugel für mich auf die größere setzen würde. So viel dazu.

Ich beuge mich runter und versuche, die Schneekugel ordentlich zu fassen zu bekommen. Auch wenn sie kleiner als seine ist, ist sie immer noch verdammt groß. Und schwer. Aber wenn ich sie an der Unterseite greife, kann ich wahrscheinlich … kann ich vielleicht …

»Brauchst du Hilfe?«, fragt er mich.

Ich will ihm nicht schon wieder einen Vorwand liefern, mich »Prinzessin« zu nennen. Ich werde diesen Schneebauch hochheben, und wenn es das Letzte ist, was ich tue. »Nein, es geht schon.«

»Lass mal, das kann man ja nicht mitansehen.« Jake schiebt mich sanft zur Seite. »Ich mach das.«

Und dann hebt er dieses verdammte Ding hoch, als ob es *nichts* wiegt.

Ich rolle rasch eine Kugel für den Kopf, während Jake hineingeht, um nach Materialien für das Gesicht zu suchen. Gerade als er aus dem Haus kommt, schaffe ich es, den Kopf ganz allein hochzuheben und auf den Körper zu setzen.

»Oh, hey«, lobt er. »Du hast sie ganz allein gehoben! Alle Achtung!«

Ich werfe ihm einen finsteren Blick zu. »Hast du nun ein Gesicht für unseren Schneemann gefunden?«

Er hält eine wirklich alte, vertrocknete Karotte und zwei kleine Holzkohlestückchen hoch. »Augen und Nase.«

»Und was ist mit dem Mund?«, frage ich, während er die Holzkohlestücke im Gesicht anordnet.

»Unser Schneemann ist wohl eher der schweigsame Typ.«

Ich male ihm mit meinem behandschuhten Finger ein Lächeln, das ein bisschen schief wird, weil mir die Handschuhe zu groß sind. Dann trete ich zurück, um unser Werk zu bewundern.

»Er ist ziemlich gut«, stelle ich fest. »Ich hätte mir Notizen machen sollen. Für den Fall, dass ich das meinen Kindern irgendwann beibringen möchte.«

Jake schnaubt leise. »Darum muss ich mir keine Gedanken machen.«

Ich klopfe mir etwas Schnee vom Hosenbein. »Warum nicht? Möchtest du keine Kinder?«

Er verdreht sein unversehrtes Auge. »Dieser Lebensstil ist nicht gerade für Kinder geeignet.«

»Na ja, du könntest ja irgendwann wieder etwas näher an die Zivilisation ziehen. Ich meine, wenn du möchtest.«

Er presst die Lippen fest zusammen. »Nein.«

»Es ist also ausgeschlossen, dass du je …«

»Ja.« Er unterbricht mich, bevor ich überhaupt den Satz herausbringen kann. »Unmöglich.«

Okay, wie er meint.

Damit scheint das Thema erledigt zu sein, denn Jake umrundet den Schneemann und vermeidet dabei, mich direkt anzusehen. Ich merke, dass er verzweifelt nach einem Thema sucht, das nichts mit den Hintergründen seines Lebens hier draußen zu tun hat. »Wir sollten ihm einen Namen geben.«

»Einen Namen?«

»Ein Schneemann ist erst ein Schneemann, wenn man ihm einen Namen gibt.«

Er hat ganz schön spezielle Ansichten zu Schneemännern. »Ich weiß nicht«, sage ich nachdenklich. »Darüber muss ich erst mal nachdenken.«

»Ist doch kein Name für ein Kind«, brummt er ungeduldig. »In ein paar Tagen wird er wahrscheinlich geschmolzen oder zerquetscht sein. Da gibt's keinen falschen Namen.«

»Okay, okay.« Ich kaue nachdenklich an einem der Handschuhfinger, bis mir einfällt, dass es nicht meine Handschuhe sind und ich sowieso nicht daran kauen sollte. Das gleiche Schicksal erleiden auch meine Fingernägel immer. »Wie wäre es mit … Schweinchen Dick?«

»Schweinchen Dick?« Er sieht mich stirnrunzelnd an. »Ich hab zwar eben gesagt, dass es keinen falschen Namen für einen Schneemann gibt, aber irgendwie hast du ihn doch gefunden.«

Schmollend erkläre ich: »Schweinchen Dick war meine liebste Trickfilmfigur, und du hast gesagt, dass ich ihm einen Namen geben soll. Also ist das sein Name.«

»Er ist ein ›er‹?« Er zeigt auf zwei Beulen auf der mittleren Kugel. »Ich war mir sicher, dass es ein Mädchenschneemann ist.«

»Schnee*mann*, Jake.«

Er grinst mich an. »Schnee*frau*.«

Ich kratze ein wenig des hervorstehenden Schnees ab. »Zufrieden?«

Er kratzt die andere »Schneebrust« ab und formt daraus eine Wölbung am unteren Drittel des Schneemanns. »Das ist besser.«

»Oh mein Gott.« Ich werfe die Schneebrust, die ich noch in der Hand halte, in seine Richtung. Sie trifft Jake an der Schulter, und sein Auge weitet sich überrascht. »Das hast du verdient.«

»Wow. Das wird dir noch leidtun.« Jake bückt sich und rafft etwas Schnee zusammen. »Ich hab vielleicht weniger Finger als du, aber ich habe hier mehr als genug Zeit gehabt, Schneebälle zu werfen. Und dieses Training werde ich jetzt gegen dich einsetzen.«

Ich will wegrennen, aber sein Schneeball erwischt mich voll an der Schulter. Einen Moment lang habe ich ein Déjà-vu, als ich mich an die Schneeballschlachten erinnere, in die ich als Kind immer mit meinem Bruder geraten bin. Ich erinnere mich, wie glücklich ich damals war. Das Leben schien so unkompliziert zu sein, und das vermisse ich. Vielleicht hat Jake vollkommen recht, hier draußen ohne Strom und Telefon zu leben.

Jake bückt sich, um noch mehr Schnee aufzuheben, und ich tue es ihm gleich. Die Schlacht kann beginnen.

Kapitel 10

Jake schlägt mich vernichtend, obwohl ich ziemlich sicher bin, dass er sich zurückhält. Wenn er wollte, hätte er mir wahrscheinlich den Kopf mit einem Schneeball wegballern können. Da mein Kopf aber noch an Ort und Stelle ist, nehme ich an, dass er Rücksicht auf mich nimmt. Er landet jedoch ein paar gute Treffer, ebenso wie ich.

Nach einer guten halben Stunde sind meine Nase und Finger eiskalt, meine Socken klatschnass, und meine Mütze liegt irgendwo im Schnee. Ich forme einen Ball, den ich mit aller Macht in Richtung Jake schleudere. Er erwischt ihn voll im Gesicht. Ich hatte natürlich auf seine Schulter gezielt.

»Du willst also Blut sehen.« Er streift sich Schnee von den Wangen, und seine Augenklappe verrutscht für einen Moment, aber er richtet sie schnell.

»Du bist völlig durchnässt«, stelle ich fest. »Und ganz voller Schnee.«

»Stimmt gar nicht.«

»Stimmt wohl.« Ich trete auf ihn zu, obwohl ich dadurch riskiere, noch einen Schneeball aus nächster Nähe abzubekommen, und klopfe ihm etwas Schnee von der Jacke. »Oder wie nennst du das hier?«

»Schneemannköttel?«

Ich muss lachen. »Das hat wirklich Spaß gemacht.«

»Ja«, stimmt er mir zu und wirkt, als würde ihn diese Erkenntnis überraschen. »Das hat es wirklich.«

Ich bin ihm so nahe, dass ich den Kopf in den Nacken legen muss, um sein Gesicht zu sehen. Er blickt zu mir herunter und blinzelt dabei Eiskristalle aus den Wimpern seines unversehrten Auges weg.

Gott, warum muss er so verdammt sexy sein?

»Wir sollten wieder reingehen«, sagt er und bricht damit den Bann. »Es wird langsam dunkel. Und du bist total durchgeweicht.«

Er hat recht. Aus meinen Haaren tropft Eiswasser. Ich folge ihm bibbernd zurück in die Hütte. Was würde ich jetzt für eine heiße Dusche geben. Wie hält er es hier draußen nur aus? Das fehlende Warmwasser ist für mich noch schlimmer als der fehlende Strom.

Jake hinkt hinüber zum Wäscheschrank und kramt darin herum, bis er ein Handtuch für mich findet. Mir geht auf, dass er seine Wäsche ohne Waschmaschine erledigen muss. Und er hat nicht einmal warmes Wasser, was das Ganze sicher zur Herausforderung macht. Hier draußen wird ihm bestimmt nicht langweilig.

Ich wickele das Handtuch um meine Haare und Schultern und versuche, das Klappern meiner Zähne zu unterdrücken. »Wie wäre es mit Suppe zum Abendbrot?«

Jake nickt. Seine Haare sind feucht vom Schnee, und wieder ist der Effekt wirklich anziehend. Ich muss aufhören, das zu bemerken. Auch wenn ich mit Chase Schluss gemacht habe, ist Jake ein fremder Kerl, den ich nie wiedersehen werde, und ich bin nicht der Typ für One-Night-Stands. »Suppe ist mehr als genug da.«

Und er hat recht: Zwei Regalböden sind vollgestapelt mit Suppen aller Art. Hühnernudelsuppe, Rindfleischeintopf, Hühnchen und Klößchen, Hühnerpastetensuppe, Rindfleischsuppe mit Gemüse, Tomatensuppe, Zwiebelsuppe … er scheint mindestens einmal am Tag Suppe zu essen. Ich kann mir nicht mal vorstellen, dass ein Drittel meiner Mahlzeiten aus Dosensuppe besteht. Schon allein der Salzgehalt würde mir wahrscheinlich einen Schlaganfall bescheren.

»Wir könnten sie mit ein paar Tricks ein bisschen leckerer machen«, schlage ich vor.

Das gefällt ihm sichtlich. Ich koche seit Langem für viele verschiedene Leute, aber ich bin mir nicht sicher, wann das letzte Mal jemand so begeistert von meinem Handwerk war wie er. Ich sollte mich wahrscheinlich nicht zu geschmeichelt fühlen, wenn man bedenkt, wie lange er nur Essen aus Dosen vertilgt hat. Trotzdem ist es schön, geschätzt zu werden. Chase bestellt lieber Essen, als mich kochen zu lassen.

Ich schnappe mir ein paar Dosen aus der Speisekammer: stückige Tomaten, grüne Bohnen, Rinderbrühe und Bohnenmus. Jake schaut mir aufmerksam zu, als ob er sich jeden Schritt für später einprägt.

»Kann ich helfen?«, fragt er. »Ich kann alles übernehmen, wofür man nicht zu viel … hm, Fingerfertigkeit benötigt.«

Mein Blick fällt unwillkürlich auf seine Hände. Er zieht den Kopf zwischen die Schultern, als er mir zeigt, was von den Fingern seiner linken Hand übrig ist.

»Du scheinst damit gut zurechtzukommen«, kommentiere ich.

Er nickt. »Ich habe mir beigebracht, wie ich es kompensieren kann. Aber es macht auf jeden Fall vieles schwieriger. Und mir ist klar, dass es nicht … na ja, dass es nicht schön aussieht.«

»Das macht mir nichts aus«, murmele ich. »Sind doch nur ein paar Finger.«

Ich würde gern fragen, was ihm passiert ist. Wie hat sich ein Mann, der in der freien Natur so gut zurechtkommt, Erfrierungen zuziehen können? Und was hat es mit seinem auffälligen Hinken auf sich – was hat das verursacht? Außerdem verliert man durch Frostbeulen kein Auge. Irgendetwas wirklich Schlimmes ist ihm zugestoßen, aber ich habe das Gefühl, dass ich ihn eher dazu bringen könnte, ein Gourmet-Menü zu kochen, als mir seine Geschichte zu erzählen.

»Der Trick für die Zubereitung einer perfekten Suppe ist Geduld«, erkläre ich ihm. »Du musst sie lange köcheln lassen und immer wieder abschmecken. Und du musst richtig würzen.«

»Okay.« Jake schnappt sich den Salzstreuer, den ich ihm jedoch hastig wieder aus der Hand reiße. »Was denn? Du hast gesagt, man soll würzen!«

»Das Zeug aus der Dose ist schon sehr salzig«, sage ich. »Salz wird nur noch mit meiner Erlaubnis verwendet. Klar?«

»Okay, okay!« Er grinst mich an. »Kommandierst du andere Leute immer so rum, wenn du kochst?«

»Ja.« Damit habe ich kein Problem – ich bin sehr stolz auf mein Essen, also will ich sicherstellen, dass es perfekt wird. »Aber das ist es wert. Versprochen!«

Ich lasse Jake die Suppe in regelmäßigen Abständen umrühren, während ich ein bisschen Speck kleinschneide, den ich im Kühlschrank gefunden habe. Essen in jeder Form ist großartig, aber wenn ich mein

Lieblingsnahrungsmittel wählen müsste, dann wäre es Speck. Ich bin eine große Verfechterin der These, dass Speck alles besser macht. Wenn ich ein Kochbuch schreiben würde, hieße es »Besser mit Speck«.

»Riecht das nicht wahnsinnig gut?«, frage ich, als ich mich über den Topf Suppe beuge und das Aroma mir in die Nase zieht. Jake schaut mich komisch an, und meine Wangen werden heiß. »Entschuldige. Ich liebe Essen einfach. Wahrscheinlich ein bisschen zu sehr.«

»Nein, das ist …« Jake lächelt mich schief an. »Davor hab ich Respekt. Wirklich.«

»Ja, na sicher …«

»Nein, ich meine es ernst. Meine Mom … sie kocht auch sehr gern.« Jake rührt in dem Topf und scheint mit seinen Gedanken weit weg zu sein. »Wobei, eigentlich bäckt sie mehr. Sie hat ein Rezept für Schokoladencupcakes, die besser als die vom Bäcker sind. Ich habe ihr geraten, dass sie sich damit selbstständig machen soll, aber … na ja, sie ist nicht wie du.«

Ich schaue von den vor mir liegenden Speckstückchen auf. »Was meinst du damit?«

»Ich meine, sie wollte kein Risiko für etwas eingehen, das sie liebt.« Er taucht den Löffel in die köchelnde Brühe und pustet darauf. »Sie hat ihr Leben lang als Rezeptionistin gearbeitet und … nun ja, das war nicht schlimm, aber es war nicht ihre Leidenschaft. Ich war immer der Meinung, dass sie es mit dem Backen hätte versuchen sollen. Bei den Kuchenbasaren in der Schule war ihr Tisch immer als erster leergekauft.«

Ich schmunzle, als ich mir einen Jake im Schulalter vorstelle, der beim Kuchenbasar die Cupcakes seiner Mutter anpreist. »Bist du ein Einzelkind?«

»Ja.« Vorsichtig probiert er die Suppe vom Löffel. »Meine Eltern wollten noch mehr Kinder, konnten aber keine mehr bekommen. Also gab es nur mich.«

»Dann müssen sie dich sehr vermissen.«

Er zieht seine dunklen Augenbrauen zusammen. »Ja, aber …«

»Du hast doch gesagt, dass du nicht mit der Außenwelt kommunizierst. Du hast nicht mal ein Telefon.«

Er knallt den Löffel auf die Arbeitsplatte, und das metallische Klappern hallt im ganzen Raum wider. »Und? Was willst du mir damit sagen?«

»Nichts«, antworte ich hastig. Ich will ihn nicht verärgern, und vielleicht geht mich all das nichts an. Okay, es geht mich *definitiv* nichts an. »Ich wollte nur Konversation machen.«

Jake schaut mich einen langen Moment scharf an, bevor er sich wieder der Suppe zuwendet. Die braucht wahrscheinlich gar nicht so viel Aufmerksamkeit, aber ich mag es, wenn er neben mir steht. Und es ist warm am Herd – er ist bestimmt genauso durchgefroren und nass wie ich.

Während der nächsten Viertelstunde erledigen wir unsere Aufgaben schweigend. Ich gebe den Speck in eine Pfanne, und Jake macht mir Platz, damit ich bequem arbeiten kann. Er schaut zu, wie der Speck in der Pfanne brutzelt.

»Ich vermisse meine Eltern sehr«, sagt er plötzlich wie aus heiterem Himmel.

Ich schaue zu ihm hoch. Er sieht traurig aus. »Besuchst du sie manchmal?«

»Nein. Nie.«

»Warum nicht?«

Er schließt sein Auge. »Das ist kompliziert, Natalie. Aber … sie wissen, dass ich sie liebe. Sie verstehen es. Also …«

Er streckt die rechte Hand aus, um in der Suppe zu rühren. Ich würde einiges dafür geben, um zu erfahren, warum er hier draußen haust. Warum verlässt jemand seine Familie und Freunde, um in der Wildnis zu leben?

Der einzige Grund, der mir dafür einfällt, ist, dass er vor etwas wegläuft. Und das wird er mir ganz bestimmt nicht erzählen.

»Übrigens …« Er schaut mich kurz an. »Wenn du willst, kannst du heute Nacht mein Schlafzimmer haben. Es ist zwar nur eine Doppelbettmatratze auf dem Fußboden – nicht besonders bequem –, aber du kannst sie haben. Ich nehme den Schlafsack.«

Ich bin seltsam gerührt. Einerseits will ich ihm sein Schlafzimmer nicht wegnehmen, andererseits tut mir noch alles weh von der letzten Nacht, die ich auf dem Fußboden verbracht habe.

»Danke«, antworte ich. »Ich weiß das zu schätzen.«

»Kein Problem«, sagt er und rührt wieder in der Suppe.

* * *

Die Zeit nach dem Abendessen kommt mir unendlich lang vor. Wie lebt Jake hier ganz allein ohne Gesellschaft, ohne Strom und ohne Fernseher? Unfassbar! Erst habe ich mithilfe meiner Mini-Leselampe in meinem Buch geschmökert, aber ich sehne mich nach Abwechslung. Egal was, Hauptsache was anderes. Ausgehen in eine Bar ist hier keine Option, aber es muss doch irgendetwas geben, womit man sich beschäftigen kann. Die Spiele auf meinem Handy will ich nicht benutzen, weil dann der Akku schneller leer wird und ich ihn nicht wieder aufladen kann. Wenn ich jemals wieder Netz bekomme, sollte mein Telefon möglichst nicht tot sein.

Ich lege mein Buch auf den Küchentisch und wandere durch den Wohnbereich, der nur von den brennenden Scheiten im Kamin beleuchtet wird. Kurz verharre ich bei Chase, der nach dem Abendessen zwar aufgewacht ist und noch etwas Suppe gegessen hat, dann jedoch gleich wieder eingeschlafen ist. Er wird immer mal wieder munter, also ist wohl im Großen und Ganzen alles in Ordnung mit ihm. Es sieht nicht so aus, als ob er im Sterben liegt, aber ich mache mir immer noch Sorgen, dass er eventuell ärztlich versorgt werden sollte. Was, wenn er eine Infusion benötigt? Oder Antibiotika? Oder … Insulin?

Keine Ahnung. Ich bin keine Ärztin, und Jake ist auch kein Mediziner.

Schließlich gehe ich mit großen Schritten zu Jakes Schlafzimmertür. Diesmal ist sie nur angelehnt, was immerhin ein wenig einladender wirkt als heute Nachmittag. Vorsichtig linse ich ins Zimmer, wo Jake auf seiner Matratze liegt und an die Decke starrt. Sein Gesichtsausdruck ist undurchdringlich, und einen Moment lang habe ich das Gefühl, dass ich ihn nicht hätte stören sollen. Doch dann dreht er den Kopf in meine Richtung. »Was ist los?«

Ich schiebe die Tür ganz auf, bleibe aber unbehaglich im Türrahmen stehen. »Ich mache mir … Ich mache mir Sorgen um Chase.«

Jake sieht nicht aus, als würde er diese teilen. »Er wacht immer mehr auf. Wo liegt das Problem?«

»Er ist immer noch nicht wieder er selbst.«

»Kommt mir so vor, als wäre das eine Verbesserung.«

Ich verdrehe die Augen, obwohl … na ja, irgendwie hat er recht.

»Pass auf«, meint Jake, während er sich im Bett aufsetzt, »wenn er morgen immer noch nicht wieder voll da ist, werde ich versuchen, ihn in ein Krankenhaus zu bringen. Okay?«

»Okay«, murmele ich. Ich habe sowieso keine Wahl. Dennoch bleibe ich im Türrahmen stehen. Ich habe keine Lust, zurück zu meinem Buch zu gehen.

Jake runzelt die Stirn. »Brauchst du noch was?«

»Nein.« Ich werfe einen Blick in den Wohnbereich, dann zurück zu ihm. »Ich bin nur … es ist irgendwie …«

Er zieht die Augenbrauen hoch.

»Es ist ein bisschen … weißt du …«

»Ja bitte?«,

»Mir ist langweilig«, bringe ich heraus. »Hier ist es ein bisschen langweilig. Das ist alles.«

Sein Gesichtsausdruck wirkt vollkommen verblüfft. »Dir ist *langweilig*?«

Meine Wangen glühen. Ich wünschte, ich hätte das nicht gesagt. Am liebsten würde ich meine Worte zurücknehmen, aber das geht nicht – raus ist raus. Gestern hat er mir das Leben gerettet, und jetzt jammere ich rum, dass mir langweilig ist. Ich seh's schon kommen, dass sich der Respekt, den ich mir mit meinen Kochkünsten bei ihm verdient habe, in Luft auflöst. »Na ja, du hast keinen Fernseher.«

Uncool, Natalie. So etwas von uncool.

Zuerst bin ich mir sicher, dass er mich anfahren wird. Aber das tut er nicht, was wohl eine Menge darüber aussagt, wie dankbar er mir für meine Kocherei ist und wie sehr uns der Schneemann einander näher gebracht hat.

Stattdessen lacht er. Ich habe das Gefühl, dass er das nicht oft tut, was schade ist, denn er hat ein wirklich schönes Lachen. Ich liebe es, wie sich Lachfältchen um sein Auge bilden.

»Ich habe ein Deck Karten«, sagt er.

Karten. Auf meinem Computer habe ich unendlich oft Solitär gespielt, doch ich kann mich nicht erinnern, wann ich zum letzten Mal mit echten Karten hantiert habe. Aber das klingt nach Spaß.

»Okay«, erwidere ich. »Spielen wir.«

Jake kommt auf die Beine und zuckt nur kurz zusammen, als er sich hochstemmt. Er wühlt in einer der Schrankschubladen, bis er die Spielkarten findet. Das Fernglas, das mir vorher ins Auge gefallen ist, ist verschwunden. Keine Ahnung, was ich davon halten soll, aber ich werde nicht nachfragen, sondern einfach davon ausgehen, dass er ein begeisterter Vogelbeobachter ist. Mitten im Winter. In einem Schneesturm.

»Was spielst du denn normalerweise?«, frage ich Jake, als wir uns an seinen wackeligen Esstisch setzen. An diesem verdammten Tisch habe ich mir schon einen Splitter eingezogen.

»Normalerweise?« Er zieht ein rostiges Feuerzeug aus der Hosentasche und zündet eine große Kerze in der Mitte des Tisches an. »Solitär.«

»Oh.« Blöde Frage.

»Was willst du spielen?«

Ich denke einen Moment lang nach. »Wie wäre es mit Gin Rommé?«

Jake starrt mich ungläubig an. »Gin Rommé?«

Was ist denn an Gin Rommé auszusetzen? »Das macht echt Spaß.«

»Ja, wenn man achtzig ist.« Er schnaubt. »Warum schnappen wir uns nicht ein paar Spielsteine und spielen gleich noch Mah-Jongg, wenn wir schon mal dabei sind?«

Ich weiß, er meint das ironisch, aber meine Großmutter hat mir als Kind beigebracht, wie man Mah-Jongg spielt, und das war ziemlich lustig. Trotz seines Kommentars gehe ich davon aus, dass er keine entsprechenden Spielsteine hat.

»Okay«, sage ich. »Was spielst du denn in Gesellschaft?«

Er zögert nicht. »Poker.«

»Okay, meinetwegen. Dann lass uns pokern.« Gemächlich lehne ich mich auf meinem Stuhl zurück.

Ein Lächeln spielt um seine Lippen. »Du weißt, wie man das spielt?«

»Natürlich.«

Drew hat es mir schon im Teenageralter beigebracht, also kenne ich die Regeln und werde wohl durch eine Runde kommen, ohne mich zu blamieren. Hoffentlich.

Jake schaut mich abschätzend an. »Also gut. Wir spielen Five Card Stud.«

»Brauchen wir nicht irgendwas zum Setzen?«

Er nickt nachdenklich. »Ja. Ich habe da was.«

Rasch verlässt er den Raum, und als er wiederkommt, schleppt er ein großes Glas voller Münzen an. Über mich hat er sich lustig gemacht, weil ich ein Spiel für alte Damen mag, aber selbst sammelt er Kleingeld wie meine Grandma! Wir sortieren die Münzen auf dem Tisch und teilen sie gerecht unter uns auf. Vorfreude macht sich in mir breit – das macht viel mehr Spaß als mein langweiliges Buch.

Jake nimmt die Spielkarten aus ihrer Schachtel, aber das Mischen bereitet ihm große Probleme. Ist nicht verwunderlich, wenn man bedenkt, wie seine Finger aussehen. Er probiert die Bogenmischtechnik, aber das ist eindeutig hoffnungslos. Dann versucht er, sie nur zwischen seinen Handflächen zu mischen, doch dabei lässt er die Hälfte der Karten fallen.

»Soll ich das übernehmen?«, frage ich.

»Hm …« Er schaut auf die Karten, die sich quer über den Tisch verteilt haben, und dann auf seine Finger. »Ja, in Ordnung. Danke.«

Ich sammele die Karten zusammen. »Was machst du denn normalerweise, wenn du Solitär spielst?«

Er zeigt mit seinem Kopf in Richtung Schlafzimmer. »Ich habe einen Kartenmischer. Aber ich dachte …«

Er senkt den Blick und führt seinen Gedanken nicht zu Ende.

Ich mische die Karten und gebe sie aus – fünf für jeden. Um sie aufzunehmen, schiebt Jake jede einzeln bis zur Tischkante und fummelt dann etwas ungeschickt mit ihnen herum, bevor er es schafft, sie auf die Hand zu nehmen. Ich schaue in sein Auge und versuche den Ausdruck darin zu deuten, aber er ist undurchdringlich.

Dann blicke ich hinunter auf meine eigenen Karten. Ohhh, zwei Asse!

Kapitel 11

Jake zockt mich gnadenlos ab. Meinen kleinen Münzhaufen hat es komplett dahingerafft, und er hat mir einen »Kredit« aus dem Münzglas genehmigt, damit wir weiterspielen konnten. Aber den habe ich genauso schnell verloren. Nun bin ich schon bei meinem zweiten Kredit, der mit jeder Runde weiter schwindet. Hoffentlich komme ich nie auf die Idee, in Las Vegas um Geld zu spielen.

»Wie machst du das?«, grummele ich, als er noch einen Münzhaufen aus der Tischmitte einstreicht.

Er zuckt mit den Schultern und lächelt. »Wahrscheinlich nur Glück.«

»Blödsinn!« Jake mag mitunter ein gutes Blatt bekommen, aber es gab auch etliche Runden, bei denen ich seine Karten nicht mal zu Gesicht bekommen habe. Ich nehme an, dass er zu einem gewissen Prozentsatz blufft, aber bis jetzt habe ich es nicht geschafft, ihn dabei zu erwischen. Immer wenn ich wirklich gute Karten habe, steigt er fast sofort aus. Und jedes Mal, wenn ich schlechte Karten habe, scheint er das auch umgehend zu merken. Es ist so frustrierend – ich kann ihm nichts vormachen. »Was ist dein Geheimnis?«

»Geheimnis?« Er lacht. »Es gibt kein Geheimnis. Ich hab das einfach nur schon oft gespielt, also bin ich gut darin.«

»Das kann nicht alles sein.«

Sein Blick sucht meinen. »Ich kann Menschen gut einschätzen.«

»Eine Fähigkeit, die sicher sehr praktisch ist, wenn man im Nirgendwo lebt.« Ich mische die Karten und habe keine Lust, schon wieder total plattgemacht zu werden. »Du durchschaust mich also einfach so?«

Er lehnt sich in seinem Stuhl zurück, während er über meine Frage nachdenkt. »Ja. Normalerweise schon.«

»Wie denn?«

Dieses Mal zögert er sogar noch länger, bevor er antwortet. »Du hast einen Tell.«

»Einen … Tell?«

Er nickt. Im Schein der einzelnen Kerze zucken Schatten über sein Gesicht.

Ich halte beim Mischen inne und schaue ihn mit zusammengekniffenen Augen an. »Was bedeutet das?«

»Immer wenn du lügst, tust du etwas, das dich verrät«, erklärt er.

Wirklich? »Das ist dir aufgefallen, während wir gespielt haben?«

»Eigentlich«, sagt er, »habe ich es schon bemerkt, bevor wir überhaupt mit dem Spielen angefangen haben.«

Was soll das denn heißen? »Also, was ist mein Tell?«

Er zuckt mit den Schultern.

»Du willst es mir echt nicht sagen?«, murre ich verärgert.

»Wie soll ich dann in Zukunft wissen, dass du lügst?«, kontert Jake grinsend.

Ich werfe ihm einen finsteren Blick zu. »Manchmal bist du wirklich nervig, weißt du das?«

Noch ein Schulterzucken.

»Na schön.« Ich klatsche den Kartenstapel auf den Tisch – eine Reaktion, die ihn sichtlich amüsiert. »Dann sag's mir eben nicht.«

»Okay.«

Ich versuche, die Sache zu vergessen, schaffe es aber nicht. Tue ich wirklich etwas, das verrät, wenn ich lüge? Wenn ja, könnte mir das große Probleme bereiten. Ich will nicht, dass die Leute das mitbekommen. Nicht zuletzt, weil das Planen von Überraschungspartys dann zu einem Ding der Unmöglichkeit wird.

Zuckt mein Augenlid? Blinzele ich? Ist es ein Zwinkern? Husten? Niesen?

Oh mein Gott, was ist es nur?

»Grrrr!« Ich würde Jake am liebsten schütteln. »Los, mach schon. Sag's mir einfach. Was tue ich?«

Er lacht. »Okay, beruhige dich, Natalie. Ich sag's dir ja.«

»Ich bitte darum.«

Er fährt mit seinem Daumennagel eine Linie auf dem Tisch nach. »Du spielst mit deinem rechten Ohrring.«

Meine rechte Hand schießt sofort zu dem Diamantstecker an meinem Ohr. »Oh …«

»So, jetzt weißt du's. Das ist dein Tell. Der Ohrring.«

In Ordnung. Das ist einfach. Das kann ich auf jeden Fall unter Kontrolle halten. »Danke.«

Er nickt.

Ich studiere im Kerzenlicht Jakes kantige Gesichtszüge und sein blaues Auge, das mich direkt anblickt. Ich mag zwar (gelinde ausgedrückt) keine Profispielerin sein, aber ich würde Haus und Hof darauf verwetten, dass er keinen Tell hat. Irgendwie habe ich das Gefühl, dass andere Leute nur Dinge über ihn erfahren, die er bereit ist, preiszugeben. Dass er eine gute Menschenkenntnis besitzt, glaube ich auch sofort.

Meine Hand wandert wieder zu meinem Ohrring. Spiele ich wirklich jedes Mal damit, wenn ich lüge?

Jake nickt in Richtung Kartenstapel auf dem Tisch. »Nachdem du dein letztes Hemd beim Pokern verspielt hast, wie wär's mit ein bisschen Gin Rommé?«

Ich sehe ihn mit hochgezogenen Augenbrauen an. »Du weißt, wie man das spielt?«

»Natürlich.«

»Du hast gesagt, dass das ein Spiel für alte Leute ist.«

»Das heißt nicht, dass ich die Regeln nicht kenne.« Er beugt sich nach vorn, und Hitze durchzuckt mich wie ein Stromstoß. Warum muss er so verdammt sexy sein? Es ist irrsinnig, wie sehr ich mich zu ihm hingezogen fühle. Ich kann mich nicht erinnern, dass je ein anderer Mann so ein Gefühl in mir ausgelöst hat – nicht mal der unfasstraktive Chase in den besten Zeiten unserer Beziehung. »Was ist los? Hast du Angst vor meinen Gin-Rommé-Künsten?«

»Nie im Leben!« Ich nehme den Kartenstapel auf. »Bereiten Sie sich auf die Niederlage Ihres Lebens vor, Sir.«

»Das werden wir ja sehen.«

Während ich die Karten gebe, nehme ich den Blick nicht von seinem Gesicht. Die Erkenntnis, dass er mich vielleicht besser kennt als ich mich selbst, ist mir unangenehm.

* * *

Ich schaffe es nicht, Jake in Grund und Boden zu spielen, umgekehrt gelingt es ihm aber auch nicht bei mir. Und wir haben ungeheuer viel Spaß. Mit diesem Spiel bin ich vertrauter, sodass ich mich ein bisschen entspannen kann. Wir witzeln herum, wie vorhin beim Schneemannbauen. In der ersten Nacht, als er mich beim Ausleihversuch seines Pick-ups erwischt hat, hätte ich nicht vermutet, dass er so viel Humor besitzt, doch die Gespräche mit ihm sind wirklich lustig. Wir holen uns ein Bier aus dem Kühlschrank, und es ist ein wirklich schöner Abend.

»Ich habe eine Frage«, sage ich, während ich das Deck in Vorbereitung auf die zwanzigste oder dreißigste Gin-Rommé-Runde mische – ich habe mittlerweile den Überblick verloren. »Bevor Chase und ich hierhergekommen sind, wann hattest du da zum letzten Mal mit Menschen zu tun?«

Er lächelt mich an. »Zählen die Stimmen aus dem Radio?«

»Antworten sie dir denn?«

»Nur, wenn ich zu viel getrunken habe.«

Ich lache und bin kurz davor, ihm einen Klaps auf die Schulter zu geben, halte mich dann aber in letzter Sekunde zurück. Chase befindet sich buchstäblich im gleichen Raum mit uns. Ich sollte nicht mit anderen Männern flirten – nicht kurz nachdem ich mich von ihm getrennt habe. Es ist in Ordnung, sich zu unterhalten, um sich die Zeit zu vertreiben, aber das war's dann auch.

»Das ist noch gar nicht so lange her«, antwortet Jake. »Ich hab erst letzte Woche Lebensmittel besorgt, weil der Sturm im Anmarsch war, und musste den Einkauf abholen. Ist ja nicht so, dass Amazon Fresh hierher liefert.«

»Bist du mit dem Ladenbesitzer befreundet?«

Er zögert. »Nicht wirklich. ›Stimmt so‹ war wahrscheinlich alles, was ich zu ihm gesagt habe.«

»Mit wem hattest du sonst noch Kontakt?«

Darüber muss er ziemlich lange nachdenken, während er einen Schluck aus seiner Bierflasche nimmt. »Ich hab letzten Monat einen Anhalter mitgenommen.«

»Einen Anhalter?« Meine Augen werden groß. »Ist dir das nicht zu gefährlich?«

»Gefährlich?« Jake schnaubt. »Schau mich doch mal an, Natalie. *Ich* bin der Kerl aus den Gruselgeschichten. Wenn jemand Angst haben sollte, dann der *Anhalter*.«

Ich lache, auch wenn ich nicht seiner Meinung bin. Ja, ich hatte entsetzliche Angst vor ihm, als er während des Schneesturms vor dem Porsche aufgetaucht ist. Aber jetzt, wo er seinen wilden Bart abrasiert und sich die Haare geschnitten hat, ist er nicht mehr Furcht einflößend. Einschüchternd vielleicht. Aber man hat nicht mehr den Eindruck, dass er sich gleich mit einer Axt durchs Autodach arbeitet. Jede Frau, die Augen im Kopf hat und nicht komplett dumm ist, würde ihn als gut aussehend bezeichnen.

»Und wo wollte er hin?«, frage ich.

»Zum Krankenhaus. Er hatte mit seinen Kumpels hier in der Nähe übernachtet, und sie haben ziemlich viel getrunken. Dann gab es Streit, und seine sogenannten Freunde haben irgendwie …«

Ich ziehe eine Augenbraue hoch. »Was?«

»Sie haben ihm die Eier angezündet. Und dann sind sie ohne ihn gefahren.«

Ich schlage mir eine Hand vor den Mund. »Nein!«

»Oh doch. Ich hab den Schaden mit eigenen Augen gesehen.«

»Aber … wie geht das überhaupt?«

»Ich habe nicht die leiseste Ahnung.« Er schüttelt den Kopf und verzieht das Gesicht. »Ich glaube, es hatte etwas mit Alkohol auf seiner Kleidung zu tun. Auf jeden Fall hat er es geschafft, das Feuer zu löschen, bevor es ernste Verbrennungen gab. Tat wohl aber trotzdem weh und er wollte das von einem Arzt anschauen lassen.«

»Wow.« Ich kann mir ein Kichern nicht verkneifen, auch wenn mir der Kerl mit den verbrannten Genitalien natürlich leidtut. Es ist nur lustig, weil er keinen bleibenden Schaden davongetragen hat. »Also abgesehen von dem Mann aus dem Lebensmittelladen ist das die einzige Person, mit der du im letzten Monat gesprochen hast?«

»Ja, glaub schon.« Er grinst schief. »Warum so neugierig, Natalie?«

Ich weiche seinem Blick aus und nippe an meinem Bier. »Keine Ahnung. Ich kann mir einfach nicht vorstellen, hier draußen im Nirgendwo zu leben und nie mit jemandem zu reden.«

»Mir gefällt's. Es ist friedlich.«

»Aber jeder fühlt sich doch manchmal einsam.«

»Ich nicht.«

Ich mustere sein Gesicht. Er mag keinen offensichtlichen Tell wie ich haben, aber ich bin mir nicht sicher, ob ich ihm das abkaufe. Ganz besonders, nachdem er zugegeben hat, wie sehr er seine Eltern vermisst. »Und was ist mit Sex?«

Es ist schon lustig, wie sich Jake den Nacken reibt, wenn er verlegen wird. Er schaut angestrengt auf sein Bier. »Hm, ja. Ich denke … das Bedürfnis kommt schon mal vor.« Er nickt in Richtung Kartendeck. »Teilst du noch mal aus?«

Es ist offensichtlich, dass er das Thema wechseln will, aber so leicht kommt er mir nicht davon. »Und was machst du dann?«

»Wann?«, fragt er, während ich Karten in seine Richtung schiebe.

»Wenn du Sex willst!«

»Äh ...« Er kratzt sich am Kopf. »Es gibt eine Bar, etwa dreißig Kilometer von hier ...«

»Bar oder Puff?«

Er wirft mir einen finsteren Blick zu. »*Bar.* Samstagabends ist dort Ladies Night, und es gibt viele ... na ja, Frauen, die vielleicht Interesse haben. Da fahre ich so alle fünf bis sechs Monate hin.«

Ich bin mit dem Austeilen der Karten fertig, aber es ist ein bisschen schwierig, mich jetzt aufs Spiel zu konzentrieren. Dieses Gespräch ist viel interessanter. »Du baggerst also nur wildfremde Frauen an, die du danach nie wieder siehst?«

Er fingert an seinen Karten herum, versucht aber nicht, sie aufzunehmen. »Ist einfacher so. Ich meine, ich suche ja nur jemanden für eine Nacht, nicht für mehr.«

Warum nicht? Die Frage liegt mir auf der Zunge, und ich weiß, dass er nur darauf wartet, dass ich sie stelle. Ich sehe es an der Art, wie er die Schultern strafft. Aber das werde ich nicht tun. Ich weiß, dass ich ohnehin keine vernünftige oder ehrliche Antwort bekommen werde. Also ist es sinnlos.

»Rasierst du dich, bevor du hinfährst?«, frage ich stattdessen.

Seine Schultern entspannen sich etwas, und er lächelt. »Normalerweise nicht. Aber ich dusche.«

Lachend ordne ich die Karten auf meiner Hand. »Also schlafen Frauen auch mit dir, wenn du aussiehst, als würdest du Anhalter ermorden?«

»Klar.«

Das glaube ich ihm sofort. Selbst mit wildem Bart strahlt Jake etwas unwiderstehlich Anziehendes aus. Kann sein, dass nicht jede Frau darauf steht, aber ich wette, in einer Kleinstadtbar fliegen ein Haufen williger Frauen auf den großen, sexy Holzfällertypen mit Augenklappe.

»Was ist mit dir und Abercrombie?«

Ich zucke zusammen und werfe einen Blick hinüber zu Chase, der immer noch tief und fest auf dem Sofa schläft. Sorgen mache ich mir durchaus noch, aber im Moment bin ich froh, dass er nicht wach ist. Mir wäre es unangenehm, wenn er uns hört. »Was soll mit ihm sein?«

»Komm schon«, meint Jake lachend. »Der Kerl kann unmöglich gut im Bett sein. Das glaub ich dir nicht.«

Ich lege meine Karten weg und verschränke die Arme vor der Brust. »Warum nicht?«

»Na, ist er es denn?«

»Er ist …« War Chase ein guter Liebhaber? Ich schließe die Augen und denke an unser letztes Intermezzo vor diesem Ausflug. Einen Orgasmus hatte ich, auch wenn ich zugegebenermaßen selbst dafür sorgen musste. Aber der Sex war … Na ja, er war okay. Durchaus annehmbar. Er war nicht grob oder unangenehm. Kein Versuch von Chase, etwas zu tun, das ich nicht wollte. »Er ist in Ordnung.«

»So gut, ja?«

Ich blitze Jake an. Mir war es lieber, als wir über *sein*

Liebesleben gesprochen haben. »Er ist ausgezeichnet. Fantastisch. Er bringt meine Welt zum Beben.«

Jake zuckt mit den Schultern und trinkt sein Bier aus. »Okay, wie du meinst.«

»Was?«, fahre ich ihn an. »Glaubst du, dass du besser bist?«

Diese Frage überrumpelt ihn offensichtlich. Als er seine Bierflasche auf den Tisch stellt, rutscht sie ihm beinahe aus den Fingerstummeln. Aber er senkt den Blick nicht, sondern schaut mich unverwandt an. »Ja. Ich wäre besser. Ich wäre viel besser.« Seine Stimme wird etwas leiser: »Ich weiß, wie man eine Frau befriedigt, Natalie.«

Und nun starren wir uns in die Augen. Mein Herz klopft so laut, dass Jake es ganz sicher in der Stille der Hütte hören kann. In mir kribbelt alles, und ich wünsche mir, dass er mir zeigt, wie viel besser als mein Ex-Freund er ist. Ich will es so sehr, dass es schmerzt. Gin Rommé macht Spaß, aber … damit kann es dann doch nicht mithalten.

Ich kann mich nicht erinnern, wann ich das letzte Mal einen Mann so begehrt habe. Es ist Wahnsinn, wie sehr ich mich nach ihm sehne. Gott, ich will ihn.

Doch dann stöhnt Chase auf dem Sofa laut auf und lässt mich erschrocken zusammenzucken. Dass er mit uns im Raum ist, hatte ich vollkommen verdrängt.

Was immer mir gerade durch den Kopf gegangen ist, darf nicht passieren. Nicht hier und nicht jetzt – so viel ist sicher.

Ich greife nach meinen Karten und reiße den Blick von Jake los. Dann räuspere ich mich vernehmlich. »Spielen wir nun oder nicht?«

Kapitel 12

Jakes Bett ist in der Tat sehr unbequem. Besser als der Fußboden oder das Sofa ist es wohl, aber nicht viel. Keine Ahnung, wie er hier jede Nacht schläft, wahrscheinlich ist er einfach daran gewöhnt.

Während ich mich auf seiner Matratze hin und her wälze, um eine bequeme Position zu finden, wandern meine Gedanken zu Chase, der immer noch wie ausgeknipst auf dem Sofa liegt. Ich konnte ihn letztlich dazu bewegen, ein bisschen übrig gebliebene Suppe zu essen, aber dann war er sofort wieder weg. Hoffentlich ist das wirklich kein schlechtes Zeichen. Wenn er morgen nicht über längere Zeit wach ist, werde ich Jake an sein Versprechen erinnern, ihn ins Krankenhaus zu bringen. Falls es denn möglich ist, ein Krankenhaus zu erreichen.

Und wie soll ich nach Hause kommen? Auch dieser Gedanke lässt mich kein Auge zumachen. Es ist jetzt Samstag, bald ist Sonntag, und niemand weiß, dass wir nicht dort sind, wo wir sein sollten. Unter anderen Umständen würde ich jetzt tot in Chase' Porsche liegen, und diese Erkenntnis erschüttert mich nach wie vor. Und Chase wäre im Schnee auf jeden Fall erfroren und nun ein Eis am Stiel in Menschengestalt.

Ich weiß nicht, wem Chase von dem Ausflug erzählt hat, aber zumindest Drew hat die Adresse unserer

Hütte. Wenn er am Montag nicht die üblichen zehntausend Textnachrichten von mir erhält, wird er auf jeden Fall wissen, dass irgendwas nicht stimmt. Zumindest hoffe ich das.

In dem verzweifelten Versuch, bequem zu liegen, rutsche ich auf der Matratze herum. Zuerst habe ich auf dem Rücken gelegen, dann auf der rechten Seite, dann auf der linken, und nun liege ich auf dem Bauch und meine Wange ist in Jakes dünnes Kissen gedrückt. Hier drin ist es mindestens fünf Grad kälter als im Wohnbereich. Ich liege unter drei Decken, und trotzdem friere ich. Wenn ich zu Hause solche Einschlafprobleme hätte, würde ich jetzt eine Schlaftablette einwerfen. Leider habe ich nicht daran gedacht, die mitzubringen, was sich nun als großer Fehler herausstellt.

Vielleicht hilft ja ein Glas Wasser.

Ich schleiche auf Zehenspitzen in Richtung Küchennische, damit ich Chase und Jake nicht aufwecke. Das Feuer ist fast komplett runtergebrannt, und es ist extrem dunkel. Ich gebe mein Bestes, um einen Weg durchs Zimmer zu finden, aber plötzlich stolpere ich über etwas und kann gerade so verhindern, auf die Nase zu fallen.

»Natalie?« Mein Stolpergrund war anscheinend der auf dem Boden schlafende Jake. In dem schwachen Licht, das durch die Fenster hereinscheint, sehe ich, wie er sich die Augen reibt. »Was machst du denn?«

»Ich … ich konnte nicht schlafen.«

Gähnend setzt er sich im Schlafsack auf. »Also hast du dir gedacht, dass du mich auch aufweckst?«

»Nein.« Ich versuche, ihm einen bösen Blick zuzuwerfen, aber ich kann sein Gesicht kaum sehen. »Ich wollte mir ein Glas Wasser holen.«

Er richtet seine Augenklappe – hat er damit geschlafen? Wegen mir? Macht er sich wirklich so große Sorgen darum, dass ich sehen könnte, was sich darunter befindet? Das kann ich mir gar nicht vorstellen.

Meine Augen gewöhnen sich langsam an das schwache Licht im Raum, und der Mond schenkt ein bisschen zusätzliche Helligkeit durchs Küchenfenster. Jake steht auf und hinkt schwerfällig zur Küchenanrichte, wo er mit einem Streichholz eine seiner vielen Kerzen anzündet. Nicht perfekt, aber das Beste, das momentan möglich ist.

Jake hinkt auf bloßen Füßen viel mehr, als wenn er seine Stiefel anhat. Ich frage mich wieder, was ihm zugestoßen ist, das ihm diese Gehbehinderung beschert hat. Wenn er sein rechtes Bein belastet, hat er sichtlich Schmerzen.

Bevor er es bemerkt, wende ich den Blick ab. Ich möchte auf keinen Fall noch mal beim Starren erwischt werden.

»Also, was wolltest du noch mal?«, fragt er mich.

»Wasser.«

Er schnaubt. »Das wird dir nicht beim Schlafen helfen.«

»Du hast nicht zufällig Ambien im Haus, oder?«, frage ich hoffnungsvoll.

Er lacht laut auf. »Ambien«, wiederholt er lang gezogen.

»Was denn? Das ist das am häufigsten verschriebene Schlafmittel.«

Jake greift in einen Schrank, der so hoch ist, dass ich nicht mal auf Zehenspitzen stehend rankommen würde, und entnimmt ihm eine Flasche mit kupferfarbener Flüssigkeit. Ich blinzele ins Halbdunkel und erkenne die

Worte »Jack Daniel's« auf dem Etikett. Schnell landen noch zwei Schnapsgläser auf der Küchenanrichte, und Jake füllt beide fast bis zum Rand.

»Ähm«, sage ich. »Hast du Wein da?«

»Wein?« Seine Lippen zucken leicht in der Andeutung eines Lächelns. »Nein. Kein Wein.«

Jake hebt das Glas und stürzt den Inhalt in einem Zug runter. Mit Whiskey kenne ich mich nicht besonders gut aus, auch wenn Drew normalerweise immer Alkohol im Haus hat. Jack Daniel's ist jedoch nie dabei – Drew bevorzugt den guten Stoff. Sein Lieblingsbier kostet um die hundert Dollar pro Flasche. Dafür musste er sich von mir schon oft ein bisschen Spott gefallen lassen.

Jake scheint nicht so wählerisch zu sein.

Ich hebe mir das Glas an die Nase. Seit ich die Uni verlassen habe, habe ich nichts Stärkeres als Wein getrunken und das auch nur in Maßen. Dieses Zeug riecht so hochprozentig, dass es mir beinahe die Schuhe auszieht.

»Mann, Natalie, trink einfach. Es ist *Whiskey*. Schau nicht so, als würde ich dir Schwarzgebrannten anbieten, den ich in meiner Badewanne angesetzt habe.«

Er hat recht. Einen Whiskey werde ich schon vertragen, ich bin ja kein Weichei. Ich zähle im Geist bis drei und kippe den Inhalt des Glases dann genauso runter, wie Jake es getan hat. Und wow, das Zeug brennt in der Kehle. Ich bekomme einen heftigen Hustenanfall, aber als er vorbei ist, durchströmt ein wohlig warmes Gefühl meine Glieder und meinen Brustkorb.

»Bestes Mittel gegen Schlaflosigkeit«, meint Jake.

»Meine Ärztin hat mir erklärt, dass Alkohol einen zwar schneller einschlafen lässt, dann aber für einen unruhigeren Schlaf und früheres Aufwachen sorgt.«

Jake starrt mich wortlos an. Ich sollte wahrscheinlich einfach die Klappe halten.

»Wo du mich schon mal aufgeweckt hast«, sagt er dann, »würde ich dir gern etwas zeigen, das dir vielleicht gefällt.«

»Was denn?« Jeder andere Kerl, mit dem ich die Nacht in einer dunklen Hütte verbringen würde, hätte nach dieser Einleitung wahrscheinlich seine Hose aufgemacht. Aber ich glaube nicht, dass Jake das vorhat.

»Ziehe dir Mütze und Jacke an.«

Ich tue wie geheißen. Sobald wir beide eingemummelt sind, greift er mit seiner rechten Hand nach meiner und führt mich zur Tür. Seine Handfläche fühlt sich so warm und rau auf meiner an – ganz anders als Chase' babyweiche Hände. Ein Kribbeln durchströmt mich, und plötzlich fällt mir das Schlucken schwer.

Jake zieht mich nach draußen, und wir stehen auf seiner kleinen Veranda. Es ist kalt, doch der Whiskey in meinem Magen wärmt mich. Ich erwarte, dass er meine Hand gleich wieder loslässt, aber das tut er nicht.

»Du kommst aus Boston, oder?«, fragt er.

Ich nicke.

»Wenn du nachts nach oben schaust, ist das wahrscheinlich nicht mit dem hier vergleichbar?«

Ich hebe den Blick. Sterne habe ich natürlich schon öfter gesehen, aber noch nie so. Der Himmel ist so klar, dass ich jedes einzelne stecknadelkopfgroße Licht perfekt erkennen kann. Es ist wirklich spektakulär. Wunderschön. Unfasstraktiv.

Jake hält immer noch meine Hand, während wir den Nachthimmel betrachten. Ich habe Angst, mich zu bewegen, weil ich nicht will, dass er mich loslässt. Er soll nicht denken, dass ich das nicht mag, denn das Gegenteil ist der Fall: Ich mag es viel zu sehr.

Ich räuspere mich. »Kennst du irgendwelche Sternbilder?«

»Was? Glaubst du im Ernst, ein dummer Waldschrat kennt sich mit Astronomie aus?«

»Bist du das denn?« Ich schaue ihn mit einer hochgezogenen Augenbraue an. »Ein dummer Waldschrat?«

Er zuckt mit den Schultern, betrachtet aber weiterhin den Himmel. »Was glaubst *du* denn?«

»Ich glaube …« Ich glaube, dass er wahnsinnig intelligent ist. Ich glaube, er ist hier draußen, weil er sich vor etwas oder jemandem versteckt. Ich glaube, er würde gern zurück nach Hause, wo auch immer das sein mag, aber er kann nicht. »Ich glaube, das dort oben ist der Oriongürtel.«

»Woher weißt du das?«

»Sieht irgendwie aus wie ein Gürtel.«

»Sind das im Grunde nicht einfach nur drei Sterne hintereinander?«

»Keine Ahnung. Ich bin nur eine dumme Köchin.«

Er lacht und drückt meine Hand. Ich glaube nicht, dass ich mir einen perfekteren Moment vorstellen könnte – hier draußen gestrandet mit diesem unglaublich sexy Kerl, etwas beschwipst vom Jack Daniel's, Händchen haltend unter dem Sternenzelt. Überraschenderweise lässt er meine Hand noch immer nicht los. Chase befindet sich nur ein paar Meter von uns entfernt, wenn auch im Tiefschlaf. Und Jake weiß nicht, dass Chase und ich nicht mehr zusammen sind. Plötzlich habe ich den Drang, ihm alles zu erzählen. Er blickt mir lange in die Augen, und das Herz hämmert wie wild in meiner Brust.

»Natalie ...«

Mir stockt der Atem. »Ja?«

Jake hebt meine Hand an und betrachtet die zarte Haut an den Fingerknöcheln. Mein Ärmel rutscht nach unten, und das silberne Gehäuse meiner Tag-Heuer-Armbanduhr reflektiert das Mondlicht. Ich hatte sie vor dem Schlafengehen umgebunden, weil es mich verrückt macht, nicht zu wissen, wie spät es ist. Jake bemerkt die Uhr, und das Lächeln verschwindet aus seinem Gesicht, als er die Augenbrauen zusammenzieht.

»Ich hab eine Frage«, sagt er.

Mein Herz klopft noch schneller. »Ja?«

Plötzlich lässt er meine Hand los. »Du und Abercrombie, wie habt ihr euch kennengelernt?«

Tja, nichts tötet romantische Stimmung schneller als die Erwähnung eines anderen Mannes. Ich habe die Situation eindeutig falsch interpretiert. Nur, warum hat Jake dann meine Hand gehalten? Stört er sich an der Armbanduhr? Das wäre unfair, die hab ich mir nicht mal selbst gekauft. Sie war ein Geburtstagsgeschenk meiner Eltern, und ich weiß nicht einmal, wie viel sie kostet. Obwohl ich mal eine ähnliche Uhr für um die fünftausend Dollar gesehen habe.

»Bei einer Dinnerparty«, murmele ich. »Warum?«

»Ich weiß nicht.« Sein gesundes Auge mustert unverwandt mein Gesicht. »Hollister and Co. ist eine große Firma. Er muss stinkreich sein. Ich frage mich nur, ob ihr beide in den gleichen Kreisen verkehrt.«

Ich mache einen Schritt von ihm weg. »Fragst du mich gerade, ob ich reich bin?«

Er legt den Kopf schief. »Hm, ja.«

»Spielt das eine Rolle?«

»Nein. Ich betreibe nur nächtliche Konversation.«
»Ist es für dich wichtig, ob ich reich bin?«
Er schnaubt. »Ich vermute mal, dass die Antwort auf meine Frage ›ja‹ lautet.«
Ich senke den Blick, da ich weder ihn noch den spektakulären Nachthimmel ansehen will. »Wir sind nicht gerade arm.«
»Wie heißt du mit Nachnamen?«
»Was?«,
»Einfache Frage. Dein Nachname?« Er zieht die Augenbrauen hoch. »Oder ist das ein Geheimnis?«
»Rochester«, murmele ich.
»Du meinst, wie in Rochester Intel?«
Ich nicke, was Jake einen leisen Pfiff entlockt.
»Wow. Ich stehe auf meiner Veranda mit Rochester Intel.«
»Hör auf damit.«
»Womit?«
»Hör auf …« Es fällt mir schwer, die richtigen Worte zu finden. »Bei dir klingt das, als wäre ich ein schlechter Mensch, nur weil ich Geld habe.«
»Das habe ich nicht gesagt.«
»Blödsinn!«
»Ich denke nur …« Er schaut wieder hoch zu den wunderschönen Sternen am Nachthimmel. »Wenn dir Milliarden von Dollar den Rücken stärken, ist es leicht, mutig genug zu sein, um ein eigenes Catering-Unternehmen aufzubauen.«
»Ich habe jeden einzelnen Cent dafür selbst aufgebracht.«
»Ja, aber du heißt Natalie Rochester.«
Meine Wangen werden heiß. »Und?«

»Und nichts«, seufzt er und schiebt die Hände in seine Jackentaschen. »Es ist einfach nur interessant. Mehr nicht.«

»Nur Konversation, hm?«

»Genau.« Er beäugt die Eingangstür. »Ich geh wieder rein. Bleibst du draußen, oder kommst du mit?«

»Draußen.«

Er hat recht – es ist schön hier, und so etwas bekomme ich in der Stadt nie zu sehen. Ich will das noch ein bisschen länger genießen, selbst wenn er mir dabei keine Gesellschaft leisten will.

Kapitel 13

Irgendwann falle ich – dank der frischen Luft und wahrscheinlich auch dank des Jack Daniel's – in einen tiefen Schlaf. Jedenfalls zeigt meine Uhr schon neun Uhr an, als ich wieder aufwache. Ich ziehe schnell ein paar Sachen an und schlurfe dann in den Wohnbereich.

Dort sehe ich, dass Jake bereits wach und vollständig angezogen ist. Und zu meiner Überraschung durchsucht er Chase' Gepäck. Ich weiß nicht, ob er nicht mitbekommt, dass ich hier stehe, oder ob es ihm einfach egal ist. Er holt etwas aus der Tasche, das ich als Chase' Smartphone identifiziere, und tippt mit seinem Daumen darauf herum.

»Entschuldige mal«, mache ich mich bemerkbar.

Jake schaut auf. Falls es ihn überrascht, mich hier stehen zu sehen, dann zeigt er es nicht. »Guten Morgen.«

»Was denkst du eigentlich, was du da tust?«

Er wackelt mit dem Handy in seiner Hand. »Ich schaue, ob es hier Empfang gibt.«

»Ach ja? Für mich sieht das eher nach rumschnüffeln aus.«

Jake zuckt nur mit den Schultern. »Glaub doch, was du willst.«

Es ist ihm völlig egal, dass ich ihn beim Durchsuchen von Chase' Tasche erwischt habe, und ich kann ihm das nicht mal richtig vorwerfen. Ich habe ihn also bei etwas ertappt, das er nicht tun sollte? Na, wenn schon. Das hier ist sein Zuhause, er wiegt wahrscheinlich doppelt so viel wie ich und kann vier von meiner Sorte stemmen. Warum sollte er also Angst vor mir haben?

Und meine Eltern sind eindeutig auch kein Grund für ihn, mich zu respektieren.

»Soll ich Frühstück machen?« Wenn ich mich gut mit ihm stellen möchte, dann geht das wahrscheinlich am besten mit Essen.

»Ich hab schon gegessen.«

Wow, er hat sich eine meiner Mahlzeiten entgehen lassen. Es muss ihm wirklich zu schaffen machen, wer ich bin.

Irgendwie ist das jedoch auch erfrischend. Die traurige Wahrheit ist, dass die Augen der meisten Männer aufleuchten, wenn ich ihnen erzähle, wie viel Geld ich besitze. Eigentlich wissen das die meisten schon, bevor wir überhaupt den Punkt erreichen, an dem ich es ihnen verklickern müsste. Jake ist womöglich der einzige Mann, der mich offenbar weniger mag, nachdem er von dem riesigen Vermögen meiner Eltern erfahren hat.

Ich frage mich, wonach er in Chase' Tasche gesucht hat. Falls es das Telefon war, dann ist er sicher enttäuscht. Es sei denn, er ist Experte im Knacken von Smartphone-Passwörtern, was ich jedoch nicht annehme. Obwohl mich mittlerweile gar nichts mehr überraschen würde.

Jake ist in der Küche und wäscht Geschirr ab. Ich gehe zu ihm hinüber, aber er verspannt sich sichtbar, als ich in seine Nähe komme.

»Ich kann das Geschirr übernehmen«, mache ich ihm ein Friedensangebot.

»Nicht nötig.«

»Das macht mir nichts aus.«

Er schaut nicht vom Seifenschaum in der Spüle auf. »Hast du zu Hause kein Personal, das das für dich übernimmt, Prinzessin?«

Mein Gesicht wird heiß. »Das ist wirklich unfair.«

»Aber es stimmt.«

»Tut es nicht. Ich hab kein Personal.« Okay, da ist Maria, die dienstags meine Wohnung putzt. Aber ich darf doch wohl eine Reinigungskraft haben, die einmal pro Woche kommt, oder? Ist das so schrecklich?

Er spült eine der Schüsseln aus, die wir gestern für unser Abendessen benutzt haben. Die Suppe war wirklich gut, und sie hat ihm geschmeckt – hat er zumindest gesagt. »Du kannst es ruhig zugeben. Es ist mir egal, ob du Dienstpersonal hast.«

»Ganz offensichtlich ist es dir nicht egal.«

»Oh doch.«

»Ja, na klar doch.«

Er stellt die Schüssel auf das Abtropfgestell. »Ich hab mich nur gefragt …«

Ich sehe ihn mit hochgezogenen Augenbrauen an.

»… wie du Milliarden von Dollar besitzen kannst, aber nicht ein Paar Handschuhe.« Er schaut mich mit seinem unversehrten Auge an. »Das interessiert mich dann doch.«

Ich gebe auf. Wenn er sich wie ein Arschloch benehmen will, kann er das gerne ohne mich tun. »Ich werde was lesen.«

»Gute Idee.«

Ich marschiere hinüber zu meiner eigenen Tasche, um meine Bücher herauszuholen. Erst als ich meine

Kleidung durchgehe, um nach ihnen zu suchen, kommt mir ein Gedanke: Wenn Jake Chase' Tasche durchsucht hat, dann wahrscheinlich auch meine.

* * *

Jake verbringt den größten Teil des Morgens entweder im Freien oder in seinem Schlafzimmer. Ich schaffe es, Chase kurz aufzuwecken, damit er mehr Suppe isst. Diesmal gelingt es ihm, ganze zwanzig Minuten wach zu bleiben. Meine Sorge ist nicht ausgeräumt, aber wenigstens geht es bergauf. Vielleicht müssen wir ihn doch nicht ins Krankenhaus bringen. Allerdings kann ich mir vorstellen, dass Jake im Moment die Fahrt dahin durchaus riskieren würde, nur um uns loszuwerden.

Das Feuer ist nach dem Mittagessen heruntergebrannt, und Jake kommt in den Wohnbereich, um es wieder in Gang zu bringen. Ich beobachte, wie er eine Minute lang im Kamin herumstochert, bevor er sich zu mir umdreht: »Kannst du Feuerholz von draußen holen?«

Mein Herz klopft schneller. »Feuerholz?«

»Ja. Hinter der Hütte ist ein Holzstapel.«

»Oh … und wie erkenne ich den?«

Jake schaut mich an, als hätte er noch nie im Leben eine dümmere Frage gehört. »Er sieht wie ein Stapel Holz aus.« Dann runzelt er die Stirn. »Vergiss es. Ich hol es selbst.«

»Nein«, erwidere ich hastig. Ich will Jake unbedingt beweisen, dass ich kein verwöhntes, reiches Mädchen bin, auch wenn ich eine Tag-Heuer-Armbanduhr besitze, nicht weiß, wie Feuerholz aussieht, und vergessen habe, Handschuhe zu einem Ausflug nach Vermont im

Februar mitzubringen. Ich weiß nicht, warum mir das so wichtig ist – es ist einfach so. »Ich hole es.«

Er sieht mich mit zusammengekniffenem Auge an. »Bist du sicher?«

»Absolut!«

Schließlich trage ich ja nur etwas Holz ins Haus. Wie schwer kann das schon sein? Das kommt mir ziemlich idiotensicher vor.

Und tatsächlich, als ich durch die Hintertür nach draußen gehe, sehe ich einen kleinen Holzstoß, der nahe am Haus aufgeschichtet ist. Die Scheite wirken schwer, und wahrscheinlich werde ich mir ohne Handschuhe einen Haufen Splitter einziehen, aber ich werde Jake nicht die Genugtuung geben, ihm zu sagen, dass ich das nicht schaffe. Ich werde ihm dieses Brennholz bringen, koste es, was es wolle.

Ich bücke mich im Schnee und fröstele, als mich ein Windstoß trifft. Fünf Holzscheite sind schnell auf meine Arme gesammelt. Das erscheint mir ausreichend, um uns durch den Tag zu bringen. Vielleicht. Ich habe keine gute Vorstellung davon, wie schnell Feuerholz verbrennt, da Jake sich die ganze Zeit darum kümmert. Aber es sieht so aus, als ob der Stapel, den er da hat, nicht mehr lange reicht. Egal – mehr als das hier kann ich ohnehin nicht auf einmal tragen.

Ich stehe auf und balanciere das Holz vorsichtig auf meinen Armen, als ich ein lautes Poltern höre. Ich erstarre, nicht sicher, woher das kommt. Bevor ich reagieren kann, erwischt mich etwas am Kopf und reißt mich von den Füßen. Schreiend lasse ich das Brennholz fallen, als ich zu Boden gehe.

»Natalie!«

Jakes Stimme. Er klingt panisch. Ich schaue auf, und mir wird klar, dass ich auf dem Boden in einem Schneehaufen liege. Jake wühlt sich durch die Schneewehe, die die Hütte umgibt, und beugt sich dann zu mir herunter, um den Schnee wegzuräumen, der auf mir liegt.

»Shit, Natalie. Geht's dir gut?«

»Was ist passiert?«, murmele ich.

»Das muss eine Dachlawine gewesen sein.« Er blinzelt zum Rand des Hüttendachs hoch. »Sieht so aus, als ob ein Teil des Schnees heruntergekommen ist. Aber wenigstens war es kein Eis.«

Ich versuche, mich aufzusetzen, und für ein paar Sekunden dreht sich alles vor meinen Augen, aber das Gefühl vergeht schnell wieder. Ich bin etwas benommen, aber nicht verletzt.

Jake zieht seine Augenbrauen zusammen. »Alles in Ordnung mit dir?«

»Ich … ich glaube schon.«

»Gott sei Dank.« Seine Schultern sinken erleichtert nach unten. »Ich hab das Krachen gehört und befürchtet, dass … verdammt.« Er streicht mir etwas Schnee aus dem Haar, und erst jetzt fällt mir auf, dass er weder Handschuhe noch seine Jacke trägt. Er ist sofort nach draußen gestürzt, als er mich hat schreien hören. »Ich hätte dich nicht rausschicken sollen. Hätte ich das Brennholz mal lieber selbst geholt!«

Ich bringe ein Lächeln zustande. »Na ja, dann wärst du vom Schnee begraben worden.«

»Ach, das halte ich aus. Ich bin mehr gewöhnt als du.«

»Ich bin zäher, als ich aussehe.«

Er lacht in sich hinein. »Ja, das wird mir auch langsam klar.«

Ich strecke eine Hand aus, um seinen Arm zu berühren, der nur vom Stoff seines Pullovers bedeckt ist. »Ist dir nicht kalt?«

»Mir geht's gut.«

»Aber ich friere.« Ich zittere am ganzen Körper. »Lass uns wieder reingehen.«

Ich will aufstehen, aber prompt wird mir wieder schwindelig, und ich muss innehalten. Jake bemerkt mein Zögern und bevor ich mich versehe, schiebt er seine Hände unter meine Arme und Beine und hebt mich hoch. Er trägt mich zurück in die Hütte, als würde ich nichts wiegen.

»Ich hätte laufen können«, murmele ich.

»So ist es einfacher.«

Ich frage mich, wie es ist, wenn man so stark ist, dass es einfacher ist, eine erwachsene Frau zu tragen, statt sie selbst laufen zu lassen.

Jake trägt mich direkt in sein Schlafzimmer und legt mich auf seine Matratze. Er hilft mir aus der Jacke und nimmt mir die Mütze ab. Dann schnappt er sich zwei Decken und deckt mich damit zu. Offensichtlich fühlt er sich schuldig, weil er mich zum Holzholen geschickt hat. Aber da ist noch mehr. Irgendwas hat sich verändert.

Als ich mich aufgewärmt habe, nicht mehr völlig durchnässt bin und das Schwindelgefühl verschwunden ist, setzt Jake sich neben mich auf den Rand der Matratze. Ein undurchdringlicher Ausdruck liegt auf seinen kantigen Zügen.

»Es tut mir leid«, sagt er schließlich.

»Was denn?«

»Ich war ein Idiot«, erklärt er. »Gestern Nacht und heute Morgen. Ich habe mich wie ein Arsch benommen, und das tut mir leid.«

Ich streiche mir ein paar nasse Haarsträhnen aus dem Gesicht. »Ich verzeihe dir.«

Jake seufzt kopfschüttelnd. »Die Sache mit der reichen Familie hat mich aus dem Konzept gebracht«, gibt er zu. »Meine Freunde und ich … wir hatten nichts, als wir Kinder waren. Ich hab mich immer über Leute geärgert, die keinen Tag in ihrem Leben arbeiten müssen.«

Es ist schwer, ihm diese Gefühle übel zu nehmen. Wie es ist, mit nichts aufzuwachsen, kann ich mir nur schwer vorstellen. Ich hatte immer alles, was ich mir nur wünschen konnte.

»Aber ich weiß, dass du eine wirklich talentierte Köchin bist«, sagt er. »Ich meine, du hast es geschafft, dass die Dosen aus meiner Vorratskammer *gut* schmecken. Also … es war unfair, dir zu sagen, dass du dein erfolgreiches Unternehmen nicht verdienst. Das tust du auf jeden Fall.«

»Vielen Dank«, erwidere ich.

Das erklärt allerdings nicht, warum er Chase' Sachen durchwühlt und versucht hat, Zugriff auf sein Smartphone zu bekommen. Er wollte nichts stehlen – dafür würde ich meine Hand ins Feuer legen. Wonach hat er also gesucht?

»Ich bin es tatsächlich nicht mehr gewöhnt, jemanden um mich zu haben. Das hast du wahrscheinlich schon mitbekommen. Du bist der erste Mensch, der seit wirklich langer Zeit hier bei mir in dieser Hütte ist und …«

Etwas in seinem Blick verändert sich, als er mir tief in die Augen schaut. Mein Körper kribbelt, was nichts damit zu tun hat, dass die Durchblutung zurückkehrt. »Und was?«

»Es ist …« Er reibt sich den Nacken. »Es ist schön.«

Er wendet sich nicht ab, und ich kann nicht anders, als ihn unverwandt anzublicken. Seine Hand findet meine auf der Matratze, und trotz der Kälte draußen ist seine raue Handfläche warm. Ich wollte noch nie einen Mann so sehr küssen wie Jake in diesem Moment. Und ich wette, er küsst unglaublich gut. Wenn dieser Kerl nicht gut küsst, dann fress ich einen Besen.

Er muss sich nur ein bisschen weiter vorbeugen …

»Was zum Teufel geht hier vor?«

Oh mein Gott. Chase.

Kapitel 14

Mein Ex-Freund ist aus seinem halbkomatösen Zustand auf dem Sofa erwacht. Und er ist sauer.

Chase steht ziemlich unsicher auf seinen besockten Füßen im Türrahmen zum Schlafzimmer. Sein normalerweise perfektes Haar ist zerzaust und sein hübsches Gesicht gerötet, als er uns beide aus leicht blutunterlaufenen Augen wütend anstarrt.

Nun ja, wenigstens müssen wir ihn nicht mehr ins Krankenhaus bringen.

Jake springt von der Matratze hoch, sofort auf der Hut. Ich sehe, wie er die Finger seiner rechten Hand zur Faust ballt.

»Chase.« Ich bemühe mich, schnell in eine aufrechte Position zu kommen, und ignoriere dabei einen weiteren Schwindelanfall. Gott sei Dank hat mir Jake nur die Jacke ausgezogen und mich nicht noch mehr von den nassen Sachen befreit, wie ich es gern gehabt hätte. »Du bist wach.«

»Verdammt richtig! Ich bin wach!«, blafft Chase. Er sieht sich suchend um. »Und es sieht so aus, als ob du dir ziemlich schnell Beschäftigung gesucht hast.«

»Chase, bitte …« Er muss sich beruhigen, weil ich nicht will, dass die beiden sich am Ende noch prügeln. Oder besser gesagt: Ich will nicht, dass Jake Chase vermöbelt, weil das sicher passieren wird, wenn die beiden aufeinander losgehen. Jake mögen ein Auge und ein paar Finger fehlen, aber er hat Oberarme wie Baumstämme. »Das ist Jake. Der Mann, der uns das Leben gerettet hat.«

»Und ganz offensichtlich hast du eine Möglichkeit gefunden, ihm dafür zu danken!«, schnauzt Chase mich an.

Jakes Ohren werden knallrot, aber er sagt nichts, was wahrscheinlich das Beste ist. »Ich bin im Schnee draußen gestürzt!«, schreie ich. »Er hat mir zurück ins Haus geholfen – mehr nicht.«

»Wer's glaubt, wird selig«, knurrt Chase.

»Es ist die Wahrheit!«, beharre ich. »Ist dir klar, dass Jake raus in den Schneesturm gefahren ist und dich aus dem Schnee gezogen hat? Ohne ihn wärst du jetzt tot! Tot! Und er lässt uns hier bleiben, bis die Straßen wieder frei sind.«

Darüber muss Chase offenbar nachdenken. Wahrscheinlich ist er wegen seiner Unterkühlung immer noch etwas neben der Spur, aber er muss sich doch daran erinnern können, wie er allein losgezogen ist. Vielleicht denkt er an den Moment zurück, als er sich unter den Baum gekauert hat und nicht mehr weitergehen konnte.

»Oh«, meint er schließlich. Er schaut hinunter auf die schäbige Matratze auf dem Boden und dann auf mich – vollständig bekleidet und immer noch ziemlich nass. Jetzt scheint er mir zu glauben. Gott sei Dank. »Richtig. Ich … ich erinnere mich an den Schnee …«

Ich schaue ihm fest in die Augen. »Du wärst fast gestorben, Chase.«

Er fährt sich mit der Hand durch das blonde Haar, das von zwei komplett durchgeschlafenen Tagen in alle

Richtungen absteht. Trotzdem sieht er immer noch aus, als ob er gerade einem Modekatalog entsprungen ist. »Ich … das wusste ich nicht.« Zögerlich sieht er Jake wieder an. »Danke, dass du uns geholfen hast. Es tut mir leid, dass ich gerade voreilige Schlüsse gezogen habe.«

»Nichts zu danken«, sagt Jake steif.

Jakes Gesichtsausdruck wirkt misstrauisch und steht im scharfen Gegensatz zu der Art, wie er mich anschaut. Seine rechte Hand ist immer noch zur Faust geballt, und er macht keine Anstalten, das Schlafzimmer zu verlassen. Auch lässt er Chase keine Sekunde lang aus den Augen. Sein Verhalten macht mich nervös.

»Du siehst viel besser aus«, sage ich zu Chase. »Du hast geschlafen, seit wir dich Freitagnacht hergebracht haben.«

Er kratzt sich stirnrunzelnd den Kopf. »Welcher Tag ist heute?«

»Sonntag.«

»Sonntag?« Er reißt die Augen weit auf und wird erneut ganz blass. »Es ist *Sonntag*? Machst du Witze?«

Ich schüttele den Kopf. »Nein.«

»Oh Gott.« Chase hält sich am Türrahmen fest und schwankt dabei gefährlich. »Wie zum Teufel kann heute Sonntag sein? Und wo ist der Porsche?«

»Wahrscheinlich im Schnee vergraben«, antworte ich.

»Großartig.« Er zuckt zusammen, als er auf seine Armbanduhr blickt. Seine Uhr ist eine Patek Philippe, die meine kleine Tag Heuer beinahe lächerlich wirken lässt. Wenn ich raten müsste, würde ich sagen, dass sie fünfmal so viel kostet, wie diese Hütte wert ist. »Wo ist hier das Telefon? Ich muss jemanden anrufen.«

»Äh …« Ich schaue kurz zu Jake, der immer noch kein

Wort sagt. »Die Sache ist die: Es gibt hier kein Telefon.«

»Kein Telefon!« Chase sieht genauso entsetzt aus, wie ich mich gefühlt habe, als ich von dem fehlenden Telefon erfahren habe. Er schaut Jake an. »Das ist nicht dein Ernst. Du musst doch ein Telefon haben.«

»Nein«, antwortet dieser knapp. »Kein Scherz.« Er schaut zwischen uns beiden hin und her, und seine Faust lockert sich langsam. »Ich muss ein paar Sachen erledigen.«

Jake eilt aus dem Zimmer und stößt Chase dabei gegen die Schulter. Ich könnte schwören, dass das Absicht war. Dann schnappt Jake sich seine Jacke und verschwindet durch die Hintertür, die laut hinter ihm zuknallt.

Okay.

»Na, der ist ja ein richtiger Sonnenschein.« Chase verdreht die Augen. »Tut mir leid, dass ich dich mit diesem Kotzbrocken allein gelassen habe. Du kannst ja echt von Glück sagen, dass er nicht … ich meine, er hat doch nicht etwa versucht …?«

»Er hat mich nicht angefasst«, unterbreche ich ihn rasch. Obwohl ich es mir verzweifelt gewünscht habe. Das sollte ich aber wahrscheinlich nicht laut sagen.

»Gott sei Dank.« Er zupft am Kragen seines Pullovers, schaut dann hinunter auf den Stoff und runzelt die Stirn. »Hatte ich das hier am Freitag an?«

»Nein. Deine Sachen waren nass, wir mussten sie wechseln.«

»Oh Gott.« Er fährt sich mit einer Hand durchs Haar. »Wie peinlich.«

»Ich bin nur froh, dass du es überstanden hast.« Beinahe hätte ich nach seiner Hand gegriffen, aber dann lasse ich es sein. Ich will nicht, dass er denkt, ich hätte es nicht ernst gemeint, als ich mit ihm Schluss gemacht habe.

»Und er hat wirklich kein Telefon?«, fragt Chase. »Ich meine, gar keins?«

»Das sagt er jedenfalls. Wir wären wahrscheinlich nicht mehr hier, wenn er eins hätte.«

Chase starrt auf die geschlossene Hintertür. »Er muss lügen. Es muss doch hier irgendwo ein Telefon geben.«

»Da wäre ich mir nicht so sicher. Er hat nicht mal Strom.«

»Kein Strom?« Chase reißt die Augen entsetzt noch weiter auf. »Himmel, was für ein Hinterwäldler. Wir müssen schleunigst weg.« Er wirft einen Blick aus dem Fenster auf die Landschaft, die nach wie vor unter blendend weißem Schnee begraben liegt. »In unserer Hütte gibt es ein Telefon. Wenn er uns dorthin bringen könnte …«

Ich muss an Jakes Gesichtsausdruck denken, als ich ihm von unserem Reiseziel erzählt habe. Er hat mir das nie erklärt, aber es gibt eindeutig einen Grund, weshalb er nicht hinfahren will. »Er sagte, es ist zu gefährlich, jetzt zu fahren.«

Chase lacht. »Sicher – zumindest ohne Bezahlung. Ein Kerl wie der – ich wette, wenn man dem den richtigen Preis nennt, geht es plötzlich doch.«

»Ich weiß nicht, ob …«

»Komm schon, Natalie.« Sein Lächeln strahlt bereits wieder das Selbstbewusstsein aus, das so typisch für ihn ist. Der Unerschütterliche Chase ist wieder da. Auch wenn ich froh bin, dass es ihm besser geht – dieses überhebliche Grinsen hab ich nicht vermisst. Das ist der

Kerl, wegen dem wir hier überhaupt festsitzen. »Jeder hat seinen Preis. Ich wette, seiner ist sogar niedriger als der der meisten Leute.«

Da wäre ich mir nicht so sicher.

Aber Chase ist mal wieder nicht zu stoppen, weil der Unerschütterliche Chase nicht auf die Stimme der Vernunft hört. Ich konnte ihn in jener Nacht nicht daran hindern, hinaus in den Schnee zu gehen, und ich kann ihn auch jetzt nicht davon abhalten, zur Hintertür zu gehen und Jakes Namen nach draußen zu brüllen.

Nach einer Weile kommt Jake wieder herein und stampft sich den Schnee von den Stiefeln. Auf seinem Gesicht liegt ein undurchdringlicher Ausdruck. »Was gibt es denn?«

Chase zeigt sein weißes Strahlelächeln, das jedoch alles andere als ehrlich wirkt. Jakes Zähne sind vollkommen in Ordnung, aber Chase' befinden sind auf einem Niveau, das Perfektion übersteigt. So etwas erreicht man nur mit jahrelangen kieferorthopädischen Behandlungen und Zahnaufhellungen. »Also … Jake?«

Jake nickt.

»Ich würde dir gerne danken für das, was du für mich und Natalie getan hast.« Er streckt seine Hand aus. »Du hast uns das Leben gerettet.«

Jake schaut einen langen Moment auf Chase' Hand, bevor er sie schüttelt. Chase bemerkt zum ersten Mal die fehlenden Finger, und ein angeekelter Ausdruck huscht über sein Gesicht.

»Wir wollen dir nicht weiter zur Last fallen«, fährt er rasch fort. Seine Lippen sind weiterhin zu einem breiten Lächeln verzogen. »Natalie hat dir ja schon erzählt, dass wir auf dem Weg zu unserer eigenen Hütte waren, die eigentlich ganz in der Nähe sein müsste. Wenn du so nett wärst, uns dorthin zu fahren, könntest du dein Zuhause wieder ganz für dich allein haben. Und wir würden dir gern, sagen wir, fünfzig Dollar für deine Mühe geben.«

»Ich habe es Natalie schon gesagt«, erwidert Jake mit tonloser Stimme. »Im Moment ist Autofahren zu gefährlich. Deswegen kann ich euch leider nicht hinbringen, so gern ich das auch würde.«

»Okay.« Chase überdenkt das und nickt. »Ich verstehe vollkommen, dass es nervig ist, deinen Pick-up freizuschaufeln. Im Ernst, Kumpel, ich verstehe das wirklich. Wie wäre es also mit hundert Dollar für deinen Aufwand?«

Bevor die Worte Chase' Mund verlassen, weiß ich, dass Jake sich nicht darauf einlassen wird. Er zögert nicht einmal eine Sekunde. »Tut mir leid, das geht nicht.«

»Okay, okay.« Chase lacht. Er schüttelt den Kopf, als würde er Jakes unglaubliches Verhandlungsgeschick bewundern. »Du hast mich überzeugt. Zweihundert Dollar. Zweihundert Dollar dafür, dass du uns nicht mal eine Meile die Straße runter fährst. So eine Gelegenheit kannst du dir doch nicht entgehen lassen, oder?«

»Hör zu«, sagt Jake, »du musst mir gar nichts zahlen. Wenn es sicher wäre, würde ich euch sofort und kostenlos hinfahren. Ist es aber nicht.«

Die beiden Männer starren sich an. Das Lächeln schwindet langsam von Chase' Lippen, und er sieht aus, als ob er Jake am liebsten eine reinhauen würde. Hoffentlich ist ihm bewusst, wie dumm das wäre. Jake würde ihn plattmachen.

»In Ordnung«, erwidert Chase mit zusammengebissenen Zähnen. »Ich verstehe. Wenn du sagst, dass es zu gefährlich ist, dann ist das so.«

Jake nickt. »Freut mich, dass du das einsiehst.«

Und dann drängt er sich an Chase vorbei, geht ins Schlafzimmer und schließt die Tür vor unserer Nase.

Auch wenn es mich ebenso frustriert, dass wir hier nicht wegkommen, macht es trotzdem ein bisschen Spaß zu sehen, wie Chase in die Schranken gewiesen wird. Ich würde ihm das liebend gern unter die Nase reiben, aber dafür ist jetzt nicht der richtige Zeitpunkt.

Chase ballt die Hände zu Fäusten, und an seiner Schläfe pulsiert eine Ader. »Der Kerl spinnt doch. Das wäre locker zu schaffen, wenn er wirklich wollte.«

Insgeheim vermute ich, dass Chase recht hat. Aber ich habe dennoch das Bedürfnis, Jake zu verteidigen. »Ich weiß nicht, ob das stimmt.«

»Sei nicht so naiv, Nat.« Er schüttelt den Kopf. »Glaubst du echt, dass der Kerl seinen Pick-up nicht ausgraben und uns eine Meile die Straße hinunter fahren kann? Das wäre ein Klacks für ihn.«

»Warum tut er's dann nicht?«

»Keine Ahnung.« Chase' Blick verdüstert sich. »Vielleicht ist er einfach nur ein Arschloch und findet es lustig, dass wir hier festsitzen. Aber eins weiß ich ganz sicher: Jeder hat seinen Preis.«

»Meiner Meinung nach …«

»Im Ernst?« Chase gestikuliert in Richtung des wackeligen Küchentischs und des rostigen Ofens. »Meinst du nicht, dass dieser Kerl ein paar Hundert Dollar gut gebrauchen könnte? Garantiert hat er so viel Geld auf einmal noch nie gesehen. Der kriegt doch nur

Mindestlohnjobs, für die man keine Ausbildung braucht. Er kann wahrscheinlich nicht mal richtig lesen.«

Ich denke an das mit Gesetzestexten gefüllte Bücherregal in der Ecke. »Das würde ich so nicht …«

»Der ist vermutlich ständig arbeitslos«, fährt Chase unbeirrt fort; was ich zu sagen habe, interessiert ihn nicht. »Schau dir doch nur seine Hände an. Bestimmt wurden sie von einer Maschine verstümmelt. Und ich wette, die meisten Arbeitgeber schauen nur einmal kurz in seine Visage und schicken ihn dann wieder weg.«

Es überrascht mich nicht, dass gerade Chase in Jakes Gesicht nur das fehlende Auge und die Narbe, die unter der Augenklappe hervorlugt, bemerkt. Dass er sich bei so was unbehaglich fühlt, ist nicht neu.

Aber es ist auch unendlich weit von dem entfernt, was ich sehe, wenn ich Jake anschaue.

Chase blickt wieder kurz hinüber zur Schlafzimmertür. »Ich lasse ihn darüber nachdenken. Dann versuche ich es noch einmal.«

Das Ergebnis wird das gleiche sein.

Kapitel 15

Die nächste Stunde verbringt Chase damit, maulend in der Hütte auf und ab zu gehen, während ich ein Buch lese. Er ist ein Mann, der seinen Willen normalerweise sehr gut durchsetzen kann, und es wurmt ihn unheimlich, dass er einen »Niemand« wie Jake nicht zum Spuren bringt. Er marschiert von einem Fenster zum anderen, schimpft dabei vor sich hin und hofft anscheinend, dass der Schnee wie durch ein Wunder plötzlich verschwunden ist, wenn er das nächste Mal hinausschaut.

Aber der Schnee tanzt ebenfalls nicht nach seiner Pfeife.

Schließlich kramt er sein Handy und die Mini-Lautsprecher aus seiner Tasche hervor. Innerhalb von Minuten dröhnt Billy Joel durch den Wohnbereich. Diese Lautsprecher haben ein Vermögen gekostet und sind für ihre winzigen Maße beeindruckend laut.

Billy Joel beruhigt ihn jedoch immerhin. Während der zweiten Strophe von »Piano Man« setzt Chase sich neben mich aufs Sofa und greift nach meiner Hand, die ich ihm jedoch sofort entziehe.

»Was soll das denn werden?«, frage ich.

»Was meinst du? Darf ich die Hand meiner Freundin nicht mehr halten?«

Ich rutsche auf dem Sofa von ihm weg, um Abstand zwischen uns zu bringen. »Ich hab mit dir Schluss gemacht. Weißt du das nicht mehr?«

»Doch, aber das war doch nur, weil du in Panik warst.«

»Nein, war es nicht.«

Sein Blick wird düster. »Ist das dein Ernst? Du willst das jetzt wirklich durchziehen?«

»Hör mal, Chase ...« Ich schlage einen sanften Ton an. »Du bist ein guter Mann, aber ... wir passen nicht zusammen. Dieses Gefühl hab ich schon länger.«

Er starrt an mir vorbei aus dem Fenster auf die verschneite Landschaft. Das trifft ihn hart – mich beschleicht das Gefühl, dass noch nicht oft Schluss mit ihm gemacht wurde. »Ich verstehe.«

»Ich würde mich freuen, wenn wir Freunde bleiben.«

Das lässt ihn die Augen verdrehen. »Gut. Meinetwegen. Wir bleiben Freunde.«

Ich kaue auf meiner Unterlippe. »Es tut mir wirklich leid ...«

»Bitte«, unterbricht mich Chase. »Du bist hier diejenige, die einen Fehler macht.«

Was soll ich dazu sagen? Außer vielleicht, dass ich mir ziemlich sicher bin, dass dem nicht so ist.

»Verdammt.« Chase schaut sich im Wohnbereich um. Sein Blick wandert zwischen den abgenutzten Möbelstücken hin und her. »Ganz toll. Wir sitzen zusammen fest. Was soll ich denn hier machen? Weißt du, dass es im Bad nicht mal warmes Wasser gibt?«

Ich verziehe das Gesicht. »Ja, ich weiß.«

Wenn wir hier noch viel länger bleiben, werde ich duschen müssen, aber ich weiß nicht, wie um alles in der Welt ich das mit eiskaltem Wasser schaffen soll. Jake muss echt hart im Nehmen sein.

Chase wirft mir einen bösen Blick zu und steht dann auf. »Ich schau mich draußen mal ein bisschen um. Vielleicht hab ich irgendwo Netz. Damit ich hier verdammt noch mal wegkomme.«

Ich blicke auf meine Armbanduhr. Es ist ein paar Minuten nach vier. »Die Sonne geht bald unter. Sei vorsichtig.«

»Mir passiert schon nichts.«

Sicher, und wenn nötig, kann Jake ihn ja einfach noch mal retten.

Der Unerschütterliche Chase zieht sich seine nutzlose Jacke über und marschiert mit seinem Handy nach draußen. Ich hab keine große Hoffnung, dass er hier irgendwo Empfang hat, aber es kann wohl auch nicht schaden, wenn er es versucht.

Aber insgeheim hoffe ich ein klitzekleines bisschen, dass der Versuch erfolglos bleibt.

»Wo ist denn Abercrombie hin verschwunden?«

Ich schaue von meinem Taschenbuch auf und sehe, dass Jake vor mir steht. Sein Blick ist auf mein Gesicht gerichtet, und um seine Mundwinkel spielt ein winziges Lächeln. Er ist bestimmt begeistert, dass Chase nicht da ist.

»Er will nach einem Handysignal suchen«, sage ich.

Jakes Lächeln wird breiter. »Ja? Na, dann erwarte ihn mal nicht so schnell zurück. Hier in der Gegend gibt es nirgendwo Empfang.«

»Ich hab versucht, ihm das klarzumachen.«

Jake schaut kurz aus dem Fenster auf die Sonne, die bereits tief am Himmel steht. »Es wird langsam spät.

Wie sieht es mit Abendessen aus?« Er zögert. »Ich dachte … vielleicht könntest du mir zeigen, wie man noch was anderes kocht, das … na ja, gut schmeckt.«

Das bringt mich zum Lachen. »Willst du damit sagen, dass das Essen, das du selbst fabrizierst, nicht schmeckt?«

Er verzieht das Gesicht. »Das weißt du doch. Immerhin hast du mein Rührei schon probiert. Ich hab keine Ahnung, was ich da tue.«

Ich markiere meine aktuelle Seite mit einem Eselsohr, lege das Buch auf den Tisch und stehe auf. »Okay, dann bekommst du jetzt eine Kochstunde.«

In der Vorratskammer entdecke ich eine Dose Krabbenfleisch, und eine Viertelstunde später mischen wir den Inhalt mit Eiern und Paniermehl, um Krabbenküchlein daraus zuzubereiten. Darin habe ich viel Übung, nur habe ich sie noch nie zuvor ohne frisches Krabbenfleisch hergestellt. In Boston kommt man leicht an frische Meeresfrüchte – hier in den tiefsten Wäldern Vermonts sieht die Sache anders aus. Aber wenn wir genügend Gewürze hinzufügen, wird es schon gehen.

Jake mischt die Zutaten mit den Händen zusammen, auch wenn er wegen seiner Finger dabei ein bisschen ungeschickt ist. Er könnte wahrscheinlich mit einem Messer umgehen, da seine rechte Hand relativ unversehrt ist, ausprobieren will ich das um seinetwillen aber nicht. Mein Arbeitstag besteht aus so viel Gemüseschneiden, ich kann mir nicht vorstellen, wie ich das machen sollte, wenn ich nicht alle Finger zum Arbeiten hätte.

»Du und ich – wir müssen uns mal über Salz unterhalten«, meine ich irgendwann zu Jake.

»Salz?« Er leckt sich über die Unterlippe. »Salz ist toll. Ich liebe Salz.«

»Salz ist großartig«, stimme ich ihm zu. »Es hebt den natürlichen Geschmack der Zutaten hervor. Aber es muss mit Bedacht eingesetzt werden. Du kannst es nicht einfach massenweise auf dein Essen schütten.«

Jake reibt sich den Nacken. »Äh ...«

»Idealerweise salzt du dein Essen aus dreißig Zentimeter Höhe«, erkläre ich weiter. Ich führe es vor, indem ich etwas Salz in meine Hand streue und es in entsprechender Höhe über die Krabbenmischung halte, an der er arbeitet. »Dadurch siehst du, wie stark du dein Essen würzt.«

»Ich verstehe ...«

»Außerdem«, füge ich hinzu, »ist Dosenfutter sowieso schon salzig, da braucht man kaum noch was. Es ist viel einfacher, Salz hinzuzufügen als es wieder aus dem Essen zu bekommen – also sei vorsichtig.«

»Das werde ich«, schwört er betont ernst. »Versprochen.«

Dann grinst er mich an und ich muss einfach zurücklächeln. Trotz des lodernden Kaminfeuers ist es kühl im Raum, doch wenn ich neben Jake stehe, ist mir warm. Er scheint regelrecht Hitze auszustrahlen, obwohl er nur ein T-Shirt trägt. Beim Kneten der Krabbenmischung treten die festen Muskeln an seinen Ober- und Unterarmen deutlich sichtbar hervor. Ich erwische mich dabei, wie ich ein bisschen näher an ihn heranrutsche, auch wenn das zugegebenermaßen nicht nur wegen seiner Körperwärme ist. Ich schaue hoch in sein Gesicht, in sein linkes, leuchtend blaues Auge, auf die Augenklappe, die abdeckt, was früher mal sein rechtes Auge war, auf den sexy Bart.

Gott, ich will ihn so gerne küssen.

Seine Finger bewegen sich nicht mehr in der Krabbenmischung. Er schaut mich wieder mit diesem Blick an, der mein Herz zum Rasen bringt. Chase ist praktisch direkt vor der Tür – wenn er hereinplatzt, während Jake und ich uns küssen, flippt er sicher aus. Aber wenn Jake es wagt, werde ich ihn nicht daran hindern. Ich hoffe nur, dass er mehr Willenskraft hat als ich …

Oder vielleicht hoffe ich das auch nicht.

»Verdammt noch mal, es gibt nirgendwo Empfang!«

Hinter uns fällt eine Tür lautstark ins Schloss. Hastig bewege ich mich von Jake weg und mache mich an der Bratpfanne zu schaffen. Viel gibt es da nicht zu tun – ich muss eigentlich nur Öl hineingeben und sicherstellen, dass sie heiß genug ist, damit die Krabbenküchlein nicht matschig werden. Aber ich runzele die Stirn und beobachte sie, als bräuchte ich meine ganze Konzentration dafür.

»Das ist doch lächerlich!«, zetert Chase, als er zur Küche gestampft kommt. Jake schaut kurz über seine Schulter und wendet sich dann wieder dem Krabbenfleisch zu. »Kein Telefon … kein Mobilfunksignal … wie kannst du nur so leben?«

Jake zuckt mit den Schultern, antwortet jedoch nicht.

»Jake.« Chase stemmt die Hände in die Hüften. »Können wir uns mal eben unterhalten?«

»Sicher.« Jake schaut nicht mal auf, obwohl der Inhalt der Schüssel schon wirklich, wirklich gut durchgeknetet ist. »Schieß los.«

»Unter vier Augen?«

Jakes Finger halten inne. Seine Schultern heben sich, als er tief einatmet. »Klar.«

Er wäscht sich Krabbenfleisch, Ei und Paniermehl von den Fingern und deutet dann in Richtung seines Schlafzimmers. »Gehen wir in mein Büro.«

Chase nickt, und sie schließen die Tür hinter sich.

Allerdings kann ich sie fast genau so laut reden hören wie zuvor. Die Wände in dieser Hütte sind dünn wie Papier. Das weiß Jake wahrscheinlich auch, und ich frage mich, ob er wollte, dass ich ihr Gespräch mithöre. Wenn er wirklich ein vertrauliches Gespräch hätte führen wollen, dann hätte er mit Chase nach draußen gehen können. Und tatsächlich könnte ich jedes Wort verstehen, wenn ich nur ein bisschen näher an der Tür wäre. Ich sollte das aber wahrscheinlich nicht tun. Ich sollte es wirklich nicht.

Tja, ich tu's aber.

»Hör zu, jetzt lass uns mal Klartext reden«, sagt Chase. »Wir beide wissen, dass es absolut kein Problem für dich ist, uns zu der Hütte zu fahren.«

Keine Ahnung, ob Jake nicht antwortet oder ob ich es einfach nicht hören kann. Mein Ohr ist praktisch an die Tür gepresst.

»Nenn mir deinen Preis«, fordert Chase. »Was kostet die Fahrt dorthin?«

»Ich habe dir schon mehrfach gesagt, dass …«

»Fünfhundert Dollar.« Das ist viel Geld für eine so kurze Strecke. Chase hält es hier offenbar wirklich kaum aus. »Ich gebe dir fünfhundert Dollar, damit du mich und Natalie zu dieser Hütte bringst.«

»Wie ich schon sagte …«

»Eintausend Dollar.« Hui. »Ich zahle dir eintausend Dollar, du verdammter Mistkerl. Du sitzt am längeren Hebel, und das weißt du auch. Also schön.«

»Ich kann nicht ...«

»Das glaube ich dir nicht.« Chase klingt wütend. Ich kann die Ader, die an seiner Schläfe hervortritt, vor meinem inneren Auge sehen. »Ich weiß, dass du lügst, verarschen kann ich mich alleine. Du hast einen verdammten Schneepflug da draußen.«

Jake schweigt einen Augenblick, während ich mein Ohr noch fester an die Tür drücke. »Mehr gibt es da nicht zu sagen. Es geht nicht.«

Ich höre einen dumpfen Schlag und dann ein lautes Krachen. Um Gottes willen, hat Chase Jake gerade eine reingehauen? Was geht da drinnen vor?

»Lass meine Möbel bitte ganz«, sagt Jake ruhig.

»Du bist ein Arschloch.«

Wieder Stille. Ich bin beeindruckt, wie ruhig Jake bei all dem bleibt. Chase ist Profi im Leute provozieren. Seine Köder nicht zu schlucken, fällt manchmal echt schwer.

»Geht es hier um Natalie?«, fragt Chase schließlich.

»Inwiefern soll es um Natalie gehen?«

»Sie ist eine attraktive Frau. Du hast sicher nicht viel weibliche Gesellschaft hier draußen. Vielleicht willst du ja nicht, dass *sie* wieder geht.« Eine lange Pause. »Ist es das?«

»Ich habe keinerlei Interesse an Natalie.« Als Jake diese Worte ausspricht, jagt ein Stich der Enttäuschung durch meine Brust. Meint er das ernst, oder sagt er das nur, um den Mann zu beruhigen, den er immer noch für meinen Freund hält? »Natalie ist deine Freundin. Ich will nichts von ihr.«

Ich atme scharf ein. Ich will Jake so gerne sagen, dass ich nicht Chase' Freundin bin. Nicht mehr. Warum habe ich es ihm nicht schon längst erzählt?

»Du lügst doch wie gedruckt«, schnaubt Chase. »Glaubst du, ich sehe nicht, wie du sie anschaust? Kann ich dir nicht mal verübeln.«

»Du irrst dich.«

»Ist das dein Plan?«, fragt Chase. »Brauchst du so verzweifelt eine Frau, dass du dich meiner Freundin aufdrängst, sobald ich schlafe und dich nicht daran hindern kann?«

»Jetzt hör mir mal gut zu, Chase.« Jakes Stimme ist tief und ruhig. »Ich würde mich nie – niemals – einer Frau aufdrängen. Nicht deiner Freundin und auch keiner anderen. Niemals.« Er hält inne. »Aber nur, damit das klar ist: *Du* hinderst mich sicher an gar nichts.«

Ich glaube, was Chase daran am meisten ärgert, ist die Wahrheit in Jakes Worten. Ich kann fast hören, wie er vor Wut schäumt.

»Du Arschloch«, faucht Chase.

»Pass auf, was du sagst.«

Ich halte den Atem an und erwarte schon, ein weiteres Krachen in dem Zimmer zu hören. Mir wird immer klarer, dass Jake eine ungeheure Selbstbeherrschung hat. Aber ich bin nicht sicher, ob er es hinnehmen würde, falls Chase den ersten Schlag austeilt. Falls nicht, könnte ihm das niemand übel nehmen.

Doch stattdessen höre ich Schritte und mache, dass ich von der Tür wegkomme – schnell. Ich husche zurück in die Küchennische und mache mich ziemlich überzeugend am Herd zu schaffen, als Chase aus dem Schlafzimmer stürmt. Sein Gesicht ist feuerrot.

Das wird ein interessanter Abend werden.

Kapitel 16

Die Krabbenküchlein sind überraschend lecker für Dosenfleisch. Ich habe zwar noch nicht viel mit Konserven gekocht, aber hey, in Hawaii schwören sie ja auch auf dieses billige Frühstücksfleisch aus der Dose. Jake schlingt seine Portion runter, als ob er monatelang gehungert hätte. Chase hingegen schiebt das Essen auf seinem Teller hin und her.

»Was ist da drin?«, murrt er.

»Es sind Krabbenküchlein«, antwortet Jake überaus freundlich. »Also … Krabben.«

»Schmeckt widerlich.« Chase stochert mit seiner Gabel in einem der Küchlein herum, spießt ein Stück Krabbenfleisch auf und betrachtet es genau. »Sind das Kalifornische Taschenkrebse oder Schneekrabben?«

»Büchsenkrabben«, antwortet Jake todernst, während ich mein Lachen hinter meiner Serviette aus Küchenpapier verstecke.

»Büchsenkrabben?« Chase schüttelt den Kopf. »Nie davon gehört.«

»Büchse wie in ›Konservenbüchse‹.« Jake deutet auf seinen Vorratsschrank. »Nur das Beste.«

Chase' Kinnlade klappt nach unten. »Willst du damit sagen, dass dieses Krabbenfleisch aus der Dose stammt?«

Jake blinzelt ein paar Mal überrascht. »Hast du gedacht, dass ich hier irgendwo im Schnee Krabben fischen gegangen bin?«

»Oh Gott.«

Chase schiebt den Teller von sich und stürzt zum Badezimmer. Wahrscheinlich, um die kleine Menge Dosenkrabben, die er herunterbekommen hat, wieder hochzuwürgen. Jake starrt ihm mit gerunzelter Stirn nach. »Was ist denn sein Problem? Ich finde, das schmeckt wirklich gut.«

»Du hast wohl einfach nicht seine feinen Geschmacksknospen.«

»Glaub ich auch.« Jake lacht in sich hinein. »Das ist das Beste, was ich seit Jahren gegessen habe. Du solltest ein Geschäft draus machen, Leuten beizubringen, wie sie mit Zeug aus der Dose besser kochen können. Das wäre sehr praktisch.«

Ich zwinkere ihm zu. »Solange ich noch hier bin, geb ich dir gerne noch ein paar Kochstunden.«

»Das wäre toll.« Jakes Lächeln verblasst ein wenig. »Das würde mich sehr freuen.«

Er blickt mir in die Augen, bis mir das Herz in der Brust hämmert und ich die Krabbenküchlein komplett vergesse. Plötzlich erinnere ich mich an das, was Chase im Schlafzimmer zu Jake gesagt hat: *Ich kann sehen, wie du sie anschaust.* Wenn Chase das mitbekommt, merkt er dann auch, wie ich Jake ansehe?

Chase poltert wieder in den Wohnraum und flucht dabei etwas über Bakterien aus Konservendosen. Mein Respekt ist Jake sicher, denn er steht auf und zeigt Chase geduldig seinen Kühlschrank und den Vorratsschrank. Letzten Endes isst Chase eine Schüssel Cornflakes mit

Milch. Glücklich scheint er damit aber nicht zu sein.

Nach dem Abendessen ist es bereits ziemlich dunkel in der Hütte. Jake geht durch den Raum, zündet Kerzen an und legt Brennholz im Kamin nach, doch viel kann man in diesem Licht nicht machen. Ich denke daran, wie Jake und ich gestern Abend Karten gespielt haben – ich wünschte, wir könnten das wiederholen. Gin Rommé, Poker … verdammt, ich würde sogar Quartett mit ihm spielen. Mit Chase ist das aber ein Ding der Unmöglichkeit. Also lese ich stattdessen ein bisschen auf meinem E-Reader, doch die Aufregung des Tages und die frische Luft haben mich müde gemacht. Als Jake schließlich verkündet, dass er schlafen geht, entscheide ich mich auch dazu.

»Ihr beide könnt mein Schlafzimmer haben, wenn ihr wollt. Es macht mir nichts aus, hier zu schlafen«, bietet Jake nach kurzem Zögern an.

»Das machen wir«, erwidert Chase sofort.

Es ist schwer, Jakes großzügiges Angebot abzuschlagen. So durchgelegen seine Matratze auch ist, sie ist immer noch besser als der Fußboden oder das Sofa. Aber es wird Zeit, ihm die Wahrheit zu sagen.

»Chase und ich werden nicht im selben Bett schlafen«, erkläre ich bestimmt.

Chase funkelt mich böse an, während Jake fragend eine Augenbraue hochzieht. »Ich hätte dich nicht für altmodisch gehalten«, sagt Jake.

Ich senke den Blick. »Chase und ich sind nicht mehr zusammen.«

Als ich einen kurzen Blick nach oben riskiere, ist Jake sichtlich verblüfft. Und Chase sieht wütend aus.

»Oh«, bringt Jake heraus. »Ich … Ich wusste nicht …«

»Jetzt mach dir bloß keine falschen Hoffnungen«, höhnt Chase.

Jake blinzelt ein paarmal. »Nein, ich wollte nicht … ich meine …«

Schweigen breitet sich zwischen uns aus. Da das jetzt auf dem Tisch ist, ändert sich alles.

»Ich sollte hier auf dem Sofa schlafen«, sage ich.

»Bist du dir sicher?«, fragt Jake und mustert dabei mein Gesicht.

Liebend gern würde ich Jakes Matratze nehmen, aber hier draußen zu bleiben, ist die vernünftigste Lösung. »Das Sofa ist vollkommen okay, aber danke.«

Er zuckt mit den Schultern, auch wenn sein gesundes Auge weiterhin unverwandt auf mein Gesicht gerichtet ist. »Okay. Ich bring dir noch zusätzliche Decken. Chase kann den Schlafsack nehmen.«

Während Jake zum Wandschrank geht, betrachtet Chase die Couch aus zusammengekniffenen Augen. Es ist offensichtlich, dass er diese Aufteilung nicht für sehr bequem hält, und damit hat er recht. Aber was bleibt uns anderes übrig?

»Hör zu, Nat«, murmelt mir Chase zu. »Ich bin von der ganzen Sache immer noch etwas neben der Spur. Macht es dir was aus, wenn ich das Sofa nehme und du auf dem Boden schläfst?«

Na toll. Jetzt muss ich nicht nur auf die Matratze verzichten, sondern darf auch wieder auf dem Boden schlafen.

»Meinetwegen«, murre ich. Tut meinem Rücken wahrscheinlich ganz gut. Wird das nicht immer behauptet? »Ich nehme den Schlafsack.«

Jake kommt rechtzeitig zurück, um das Ende des Gesprächs mitzuhören. Er runzelt die Stirn, und sein gesundes Auge spiegelt Verwirrung wider. »Der Schlafsack ist für den Boden da.«

Ich nicke. »Ich werde auf dem Boden schlafen. Chase fühlt sich nicht gut, also braucht er das Sofa.«

Jake schaut Chase streng an. »Ich werde jetzt mal so tun, als hätte ich das nicht gehört. Natalie hat in der ersten Nacht auf dem Fußboden geschlafen und ich letzte Nacht. Du liegst nicht mehr im Sterben, also schläfst du auf dem Boden. Natalie bekommt das Sofa, wenn sie mein Bett nicht möchte.«

Chase öffnet den Mund, um zu protestieren, schließt ihn aber schnell wieder. Trotz allem ist ihm offenbar noch bewusst, dass er hier der Gast ist.

Ich frage mich, ob Chase jemals zuvor auf dem Boden geschlafen hat – er wirkt nicht wie ein Typ, der viel Zeit in Schlafsäcken verbringt. Tja, nun bekommt er einen Crashkurs.

* * *

Die Decke, in die ich mich eingekuschelt habe, verströmt den frischen Kiefernnadelduft, den ich mittlerweile mit dieser Hütte und Jake verbinde, und ich gleite fast sofort in einen traumlosen Schlaf. Während ich eindöse, stelle ich mir für einen Moment vor, dass Jakes Körper sich gegen meinen drückt, sein angenehm schwerer Arm auf meinem Körper liegt, seine Lippen an meinem Hals.

Wahrscheinlich hätte ich auch zwölf Stunden durchschlafen können, aber gegen drei Uhr morgens werde ich wachgerüttelt. Ich reibe mir die Augen und blinzle angestrengt. Als ich mich umdrehe, rückt Chase' perfekt symmetrisches Gesicht in mein Blickfeld.

»Natalie«, raunt er. »Wach auf.«

»Was?« Ich kämpfe mich in eine sitzende Position hoch, bin aber noch ganz benebelt. Warum weckt er mich mitten in der Nacht auf? »Was ist denn los?«

Er deutet mit dem Kopf zur Vordertür. »Ich hab den Pick-up freigeschaufelt. Wir sollten die Schlüssel nehmen und abhauen.«

Mir klappt die Kinnlade nach unten, obwohl ich eigentlich nicht überrascht sein sollte. Ich weiß, wie sehr Chase von hier weg will, und Jake gibt nicht nach. »Ich glaube nicht, dass das eine gute Idee ist.«

»Warum nicht? Die Schlüssel hängen da am Haken, und Jake schläft tief und fest.«

Da wäre ich mir nicht so sicher. Ich bin kurz davor, Chase zu erzählen, wie ich genau das Gleiche vor zwei Nächten probiert habe und Jake mich aufgehalten hat. Na ja, eigentlich hat er mich gar nicht aufgehalten. Er hat mich spektakulär scheitern lassen.

Aber Chase wird nicht scheitern. Er hat den Pick-up freigeschaufelt, und er weiß, wie man ein Schaltgetriebe fährt. Wahrscheinlich ist für ihn auch nicht beim Drehen des Zündschlüssels Ende der Fahnenstange.

»Das können wir nicht machen«, sage ich. »Jake hat uns das Leben gerettet. Und du willst es ihm danken, indem du seinen Pick-up klaust?«

»Ich borge ihn mir doch nur aus.« Genau das Gleiche habe ich gesagt, um meinen versuchten Diebstahl zu rechtfertigen. »Außerdem traue ich dem Kerl nicht. Ich habe Angst, dass er vielleicht … dir vielleicht etwas antut. Wir sind zwar kein Paar mehr, aber das heißt nicht, dass ich mir nicht Sorgen um dich mache. Der Mist, dass das Fahren zu gefährlich ist – das ist Quatsch, und das weiß er auch. Im Grunde hält er uns hier gefangen.«

Dieser Logik kann ich nicht komplett widersprechen. Dass es während des Schneesturms zu gefährlich war, hat mir eingeleuchtet, aber inzwischen schneit es nicht mehr. Es fällt mir schwer zu glauben, dass Jakes großer Pick-up es mit Schneeketten und dem anmontierten Schieber wirklich nicht die eine Meile bis zu unserer Hütte schafft.

Warum also lässt er uns nicht gehen? Mir fällt kein Grund ein, der Jake nicht in einem wirklich schlechten Licht erscheinen lässt. Normalerweise halte ich mich für eine gute Menschenkennerin, doch Jake kann ich nur sehr schwer einschätzen. Ich habe auch das Gefühl, dass nichts Gutes dabei herauskommt, wenn wir hierbleiben. Und Chase' Besorgnis rührt mich schon irgendwie.

Ich stoße einen Seufzer aus. »Versprichst du mir, dass wir den Pick-up zurückbringen, sobald uns jemand von der Hütte abholt?«

Chase nickt heftig. »Natürlich.«

Jake wollte ja wegen des Schnees ohnehin nirgendwo hin. Und er hat den Pick-up wahrscheinlich bis zum Abend wieder zurück.

Aber das ist nicht der einzige Grund, weshalb ich dagegen bin, den Pick-up zu nehmen. In Wahrheit will ich nicht weg von hier. Der Gedanke daran, Jake für immer zu verlassen, ist alles andere als schön.

»Vielleicht«, flüstere ich, »solltest du vorausfahren, und ich bleibe hier. Du kannst dann mit Hilfe zurückkommen.«

Chase starrt mich an. »Natalie, was zum Teufel redest du da? Hier bleiben?«

»Ich habe nur das Gefühl …«

»Kannst du oder willst du es nicht verstehen?« Seine Stimme wird etwas lauter. »Jake ist nicht vertrauenswürdig. Er könnte dir was antun, wenn ich weg bin. Besonders, wenn er merkt, dass ich seinen Pick-up genommen habe.«

Hat er recht? Mein Instinkt sagt nein. Außerdem müsste Jake mich nicht mal bitten, wenn er mir nah genug käme, um mich küssen zu können.

Andererseits will ich hier genauso wenig wie Chase noch länger feststecken. Am Montag muss ich wieder arbeiten – ich habe ein Unternehmen zu führen. Ich muss nach Hause.

»Komm schon«, sagt Chase. »Lass uns abhauen, bevor er aufwacht.«

»Na gut«, murmele ich. »Gehen wir.«

Rasch schlüpfe ich in Jacke, Stiefel und Mütze und folge Chase widerwillig hinaus. Er hält die Autoschlüssel in der Hand, und ich empfinde einen Stich des Bedauerns. Ich will Jake wirklich nicht verlassen. Gleichzeitig will ich von dieser verdammten Hütte fast so sehr weg wie Chase. Ich möchte Telefon, Internet, funktionierende Lampen und Warmwasser haben. Ich will hier raus. Ein Wochenende fernab der Zivilisation – das ist mehr als genug. Außerdem erwarten mich zu Hause Verpflichtungen.

Also klettere ich in die Fahrerkabine, als Chase die Tür des Pick-ups öffnet, auch wenn ich mir dabei noch so sehr wünsche, es gäbe eine andere Möglichkeit.

Chase rutscht neben mich auf den Fahrersitz. Seine Wangen sind von der Kälte stark gerötet. Aus dem Schaltgetriebe werde ich genauso wenig schlau wie vorletzte Nacht, aber Chase scheint es keine Probleme zu machen. Er ist wieder der Unerschütterliche Chase.

»Was glaubt ihr eigentlich, was ihr da tut?«

Mir rutscht das Herz in die Hose.

Es ist Jake. Genau wie in der anderen Nacht steht er vor seiner Tür und starrt uns an. Mein vorheriger Versuch, seinen Pick-up zu stehlen, schien ihn fast zu amüsieren, doch heute zeigt sein Gesicht keinerlei Belustigung. Der Blick seines linken Auges ist stahlhart.

Oh, und außerdem hat er ein Gewehr auf Chase gerichtet.

»Steigt aus dem Auto aus«, verlangt er. Der lange, schmale Lauf des Gewehrs zielt auf Chase. »Sofort. Hände da hin, wo ich sie sehen kann.«

Chase zögert. Die Schlüssel in seiner Hand sind nur ein paar Zentimeter vom Zündschloss entfernt.

»Denk nicht mal darüber nach«, knurrt Jake mit tiefer Stimme. »Ich bin ein verdammt guter Schütze. Dich würde ich sogar mit geschlossenen Augen treffen. Aber das müsste ich nicht mal. Ich müsste einfach nur einen Reifen zerschießen, meine Tür zumachen und bis morgen früh wärst du erfroren.«

Wir steigen aus dem Auto. Ich halte meine Hände hoch, doch Jake ist es anscheinend herzlich egal, was ich tue. Sein Auge ist durchgehend auf Chase gerichtet.

»Lass die Schlüssel auf dem Autositz«, weist ihn Jake an. »Langsam. Dann nimmst du die Hände wieder hoch.«

Chase gehorcht. Er legt die Schlüssel auf den Sitz und hebt dann die Hände wieder.

»Ich hab dir das Leben gerettet«, zischt Jake ihn an. »Und das ist der Dank dafür?«

Chase lässt die Hände langsam sinken.

»Nein«, schnauzt Jake. »Die Hände bleiben so lange oben, bis ich was anderes sage. Klar?«

»Hör mal, Jake.« Chase gelingt eine schiefe Version seines gewinnenden Lächelns. »Du wirst mich doch nicht wirklich erschießen. Meine Familie hat Geld und du kannst nicht einfach … Ich meine, die Schwierigkeiten willst du doch nicht haben. Oder?«

Jake schnaubt, lässt das Gewehr aber nicht sinken. »Soll mich das davon überzeugen, dich nicht zu erschießen? Klappt nicht besonders gut.«

Trotz der Kälte sammeln sich Schweißperlen auf Chase' Stirn. Jake meint es ernst. »Du hast recht«, lenkt Chase schnell ein. »Du hast mir das Leben gerettet … und du solltest wirklich eine Belohnung bekommen. Sobald wir wieder zu Hause sind, werde ich dafür sorgen, dass du eine riesige Belohnung bekommst. Sag, was du willst, und du kriegst es.«

Jake schüttelt den Kopf und entsichert das Gewehr mit einem lauten Knacken. »Streng dich ruhig ein bisschen mehr an.«

In Chase' weit aufgerissenen Augen steht die pure Verzweiflung. Er sieht aus, als ob er sich gleich in die Hose macht. »Ich … ich weiß nicht, was du willst. Aber … bitte. Bitte tu das nicht. Ich geb dir, was immer du willst. *Alles*, was du willst.«

Jake sieht Chase aus schmalem Auge an. Das Gewehr ist direkt auf die Brust meines Ex-Freundes gerichtet. Ich kenne mich nicht wirklich mit Waffen aus, aber ich vermute, wenn jemandem aus solcher Nähe in die Brust geschossen wird, war's das mit ihm. Doch Jake nimmt die Finger vom Abzug und lässt das Gewehr langsam sinken.

»Zurück ins Haus«, befiehlt er.

Das lässt sich Chase nicht zweimal sagen. Er hastet zurück ins Haus und lässt mich allein mit Jake in der Kälte zurück – mit dem Kerl mit dem Gewehr. Jake schaut mich an und verdreht sein gesundes Auge. »Dein Freund ist echt ein Held.«

»Er ist nicht mehr mein Freund.«

»Oh, richtig.«

Ich schaue hinunter auf meine zitternden Hände. »Du hättest ihn nicht wirklich erschossen, oder?«

Jake schüttelt den Kopf. »Das Gewehr ist nicht mal geladen. Ich wollte ihm nur einen Schreck einjagen.«

Nicht geladen? Wow, dieses Detail sollte ich Chase wohl lieber nicht erzählen.

»Du hast mich zu Tode erschreckt«, sage ich.

»Und du wolltest mein Auto stehlen«, erklärt er. »Zweimal.«

Ich werfe ihm einen ungehaltenen Blick zu.

Sein Gesichtsausdruck wird nachgiebiger. »Tut mir leid, dass ich dir Angst gemacht habe. Aber der Kerl hat's verdient. Mehr, als du dir vorstellen kannst.«

Mit diesen Worten geht er zurück in die Hütte. Ich habe keinen Schimmer, was er damit gemeint hat, aber er verschweigt mir eindeutig etwas. Ob er es mir je erzählen wird?

Kapitel 17

Am nächsten Morgen ist Chase sehr still. Die ruhige Version meines Ex-Freundes ist mir neu, aber nicht unwillkommen. Die Sache gestern Nacht muss ihn wirklich erschüttert haben. Chase' Vater hat ihn schon als Kind mit auf den Schießstand genommen. Der bloße Anblick des Gewehrs hat ihn also sicher nicht schockiert, aber ich bezweifle, dass schon mal eins auf ihn gerichtet wurde. Auch wenn sich letztendlich herausgestellt hat, dass das Gewehr nicht geladen war.

Irgendwann teilt er mir mit, dass er rausgeht, und zieht sich seine Jacke an. Das sind so ziemlich die ersten Worte, die er zu mir sagt, seit er heute Morgen aufgewacht ist.

»Wohin willst du denn?«

»Ganz egal, nur weg von diesem Wahnsinnigen mit der Waffe«, sagt er, während er sich mit einer Hand durch sein fettiges Haar fährt. Ich kann sehen, wie sehr es ihn stört, dass er seit zwei Tagen nicht geduscht hat.

Ich blicke kurz zu Jakes Schlafzimmer. Die Tür ist geschlossen, und er ist heute noch nicht aufgetaucht. »Er hätte dich nicht erschossen.«

»Ach ja? Das sah für mich aber ganz anders aus.«

»Sei nicht albern. Er wollte dir nur eine Lektion erteilen.«

Chase’ hellbraune Augen durchbohren mich mit einem Blick. »Also … was? Stellst du dich jetzt auf *seine* Seite?«

Meine Wangen glühen. »Ich bin auf gar keiner Seite.«

»Du kennst mich seit einem Jahr, und auch wenn wir kein Paar mehr sind, wäre es schön, wenn du mal für *mich* Partei ergreifen könntest. Vor allem, nachdem er mich mit einer Waffe bedroht hat.«

Ich weise Chase nicht darauf hin, dass er da gerade dabei war, Jakes Auto zu stehlen. Das könnte man wohl durchaus als Partei-Ergreifen meinerseits missverstehen.

Chase wirft mir noch einen Blick zu, dann stürmt er in seinen völlig ungeeigneten Schuhen aus der Hütte. Ich meine, Everlane-Lederslipper sind schön – und haben ihn wahrscheinlich eine vierstellige Summe gekostet –, aber sie sind definitiv nicht wasserdicht.

Fast unmittelbar, nachdem Chase die Haustür zugeknallt hat, kommt Jake aus seinem Schlafzimmer. Er trägt wieder ein weißes Unterhemd und Jeans. Der Anblick seiner Arme und der sich unter dem Stoff abzeichnenden Muskeln lässt mir die Knie weich werden. Warum muss er nur so verdammt gut aussehen? Das ist doch nicht fair.

»Wo ist denn Abercrombie?«, fragt er. »Ist er weg?«

Ich schaue ihn mit einer hochgezogenen Augenbraue an. »Hast du etwa gewartet, dass er geht?«

Er zuckt mit den Schultern. »Nach letzter Nacht wollte ich eine Konfrontation lieber vermeiden. Aber ich bin hungrig.« Er schaut zum Herd. »Was hältst du von Eiern?«

»Willst du sie machen?«

»Ich tue, was du mir sagst.«

Das klingt gut. Im Kühlschrank erspähe ich einen vollen Karton Eier. Außerdem ist nebst anderen Dingen passend dazu noch Speck da – verdammt viel Speck.

»Eier mit Speck?«, frage ich.

»Klingt perfekt.«

Dann durchstöbere ich den Vorratsschrank nach Zutaten für ein Omelett. Ich finde ein Glas mit ganzen, gerösteten, roten Paprika, das recht ansehnlich aussieht. »Schaffst du es, ein paar Paprika zu schneiden?«

Jake schaut kurz auf seine Hände. »Äh … sicher.«

Vielleicht hätte ich ihn nicht fragen sollen. Ich kann nicht einschätzen, was mit seinen fehlenden Fingern für ihn gut machbar ist. Wenn ich so ein Handicap hätte, könnte ich wahrscheinlich immer noch mit einem Küchenmesser umgehen, aber er ist kein ausgebildeter Koch. »Du musst aber nicht.«

»Nein, ist schon in Ordnung, solange du keine perfekten Stückchen erwartest.«

Jake hat kein Schneidbrett, also lasse ich ihn die Paprika auf einem Teller zerkleinern. Anfangs hantiert er ein bisschen ungeschickt mit dem Messer, aber seine rechte Hand ist so gut wie unversehrt, und nach einer Weile klappt es ganz gut. Vielleicht könnten wir, sobald der Schnee weg ist, zu dem Laden fahren und schauen, ob wir ein Schneidbrett bekommen. Und ein anständiges Messer ohne rostige Stellen. Eine bessere Pfanne könnte er auch gebrauchen, wenn wir schon mal dabei sind.

Moment – warum denke ich über so was nach? Wenn die Straßen wieder frei sind, muss ich hier weg! Ich kann nicht zu dem Laden fahren, um *Küchenutensilien* zu kaufen. Stattdessen werde ich wieder nach Hause gehen, wo ich eine vollständig ausgestattete Küche habe, und Mobilfunknetz und, oh ja, Strom. Ich kann es kaum erwarten.

Das muss ich mir nur oft genug sagen.

»Scheiße!«

Ich schaue auf und sehe, wie Jake die linke Hand zur Faust ballt. Auf dem Teller, auf dem er die Paprika geschnitten hat, befindet sich plötzlich schrecklich viel Rot. Natürlich sind die Paprika auch rot, aber trotzdem. Da ist mehr Rot, als eigentlich vorhanden sein sollte.

»Hast du dich geschnitten?«, frage ich ihn.

»Ist nur ein Kratzer«, behauptet er, obwohl Blut aus seiner Faust sickert. Das ist sicher kein Kratzer. »Mir geht's gut.«

»Kann ich mal sehen?«

»Glaubst du, ich schneide mich nicht hin und wieder? Ich hab doch gesagt, alles okay.«

Irgendwann bekomme ich ihn schließlich dazu, die Finger für mich zu öffnen. Und da sehe ich dann am Stummel seines linken Zeigefingers eine ziemlich tiefe Schnittwunde. Schnitte gehören bei mir und meinen Angestellten zum Alltag, und dieser hier würde normalerweise einen Besuch in der Notaufnahme rechtfertigen. Jake spült die Wunde unter dem Wasserhahn aus, wodurch man noch besser sieht, wie tief sie ist. Und sie blutet immer noch ziemlich stark.

»Das muss genäht werden«, stelle ich fest.

Er schnaubt. »Ach, wo! Das wäre eine totale Überreaktion.«

»Ich hab recht.«

»Tja.« Jake deutet in Richtung Fenster auf die

dahinter liegende, unter einer dicken Schneedecke begrabene Landschaft. »Sieht eher schlecht aus. Also wird es ohne Naht heilen müssen.«

»Der Schneesturm ist vorbei«, gebe ich zu bedenken. »Vielleicht sollten wir zumindest versuchen, ins Krankenhaus zu fahren.«

»Verdammt, Natalie. Ich werde sicher nicht wegen einer winzigen Schnittwunde da draußen rumfahren.«

»Die ist alles andere als winzig.«

Er verdreht die Augen. »Ich hab einen Erste-Hilfe-Kasten, das kann ich auch hier wieder zusammenflicken.«

Bevor ich protestieren kann, marschiert er zum Wandschrank und zieht eine Plastikkiste voller Erste-Hilfe-Material hervor. Und tropft dabei schön den Boden mit Blut voll. Der Schnitt muss auf jeden Fall genäht werden (und angesichts des Zustands des Messers wäre eine Tetanusimpfung auch keine so schlechte Idee), aber Jake wird nicht auf mich hören. Er setzt sich aufs Sofa und fummelt mit der rechten Hand an der Kiste herum, um sie zu öffnen. Dafür braucht er ein paar Anläufe, und dann muss er die Rolle Verbandsmull mit einer Hand aufreißen. Schließlich nimmt er sogar die Zähne zu Hilfe.

»Lass mich das machen«, sage ich und durchquere mit schnellen Schritten das Zimmer.

»Ich schaff das allein.«

»Red doch keinen Unsinn. Das sieht nicht danach aus.«

Er starrt mich einen Moment lang an. »Du willst meine blutige Hand verbinden? Meinetwegen. Tu dir keinen Zwang an.«

Er lehnt sich auf dem Sofa nach hinten, um mich machen zu lassen. Während meiner Berufsjahre habe ich so viele Schnittwunden versorgt, dass ich es inzwischen auch im Schlaf könnte. Als Erstes suche ich nach einem mit Jodlösung getränkten Desinfektionstupfer und reiße die Verpackung auf. Dann zögere ich jedoch. »Das wird brennen.«

»Mach dir keine Sorgen. Die Nervenenden oben an meinen Fingern sind so gut wie tot.«

Trotzdem zuckt er etwas zusammen, als ich mit dem Jodtupfer über die Wunde wische. Die Nerven sind also doch nicht so tot, wie er dachte. Er blutet stark, und ich trage keine Handschuhe, aber irgendwie kümmert mich das wenig. Vielleicht sollte es das aber, da er ja zugegeben hat, dass sein Sexleben nur aus One-Night-Stands besteht.

Nachdem ich die Wunde desinfiziert habe, bandagiere ich den Finger mit Verbandsmull. Jake hält geduldig still, während ich so fest wickle, wie ich kann. Trotzdem durchtränkt das Blut schnell den Verband.

»Das muss wirklich genäht werden«, beharre ich.

»Es wird schon gehen.«

»Aber wenn es nicht ordentlich versorgt wird …«

»Es ist *okay*.«

Ich seufze kopfschüttelnd. »Na schön, aber ich lasse dich keine Paprika mehr schneiden.«

Er lächelt ein wenig. »Abgemacht.«

Auf dem Verband prangt bereits ein ansehnlicher roter Fleck, aber wenigstens scheint er nicht größer zu werden. »Danke, dass du mich verarztet hast, Natalie.«

»Gern geschehen.«

Kapitel 18

Trotz seiner Verletzung geht Jake kurz nach dem Frühstück hinaus, um Brennholz zu hacken, das wir dringend brauchen. Er schlägt wie nebenbei vor, dass ich mitkommen und helfen könnte, aber Chase wirft mir vielsagende Blicke zu, also bleibe ich in der Hütte. Vielleicht will er was unter vier Augen mit mir besprechen.

Sobald Jake durch die Tür ist, beginnt Chase, sich sehr seltsam zu benehmen. Er geht in der Hütte herum und prüft, ob alle Fenster geschlossen sind. Dann schließt er plötzlich die Vorder- und Hintertür ab.

»Jake hat mit Sicherheit einen Schlüssel«, kommentiere ich sein seltsames Verhalten.

»Ich will ihn nicht ausschließen. Es soll ihn nur aufhalten.«

Ich ziehe eine Braue hoch. »Was meinst du damit?«

Chase reibt sich die Hände. Unwillkürlich muss ich daran denken, wie weich seine Handflächen sind – ganz anders als Jakes. »Du kannst ihn vom Küchenfenster aus sehen, also behalt ihn im Auge, Nat. Klar?«

»Ihn im Auge behalten? Was hast du denn vor?«

Er atmet tief ein. »Ich werde sein Schlafzimmer durchsuchen, um das Gewehr zu finden.«

Mein Puls schießt in die Höhe. »Bist … bist du sicher, dass das eine gute Idee ist?«

»Besser, als wenn er uns wieder damit bedroht, meinst du nicht?«

Ich würde gern darauf hinweisen, dass Jake eigentlich nur *ihn* mit der Waffe bedroht hat, nicht mich. Und außerdem war das Gewehr nicht geladen. Aber ich lasse beides unkommentiert, das würde ohnehin nichts gegen Chase' Dickschädel ausrichten. »Ich bin sicher, dass er es eingeschlossen hat.«

»Warum sollte er? Hier ist normalerweise niemand außer ihm.«

Das ist ein gutes Argument.

»Wir haben nicht viel Zeit.« Chase legt mir eine Hand auf die Schulter. »Ich zähle auf dich, Nat. Sag mir Bescheid, wenn du ihn kommen siehst.«

Damit das klar ist: Ich bin damit überhaupt nicht einverstanden. Aber ich weiß einfach nicht, was ich tun soll. Wenn Jake die Wahrheit sagt, dann ist die Waffe nicht geladen, also ist es eigentlich unwichtig, wer sie hat – es sei denn, Jake bewahrt die Munition zusammen mit dem Gewehr auf. Es ist nicht so, dass ich Jake nicht vertraue, aber ich kenne ihn nun mal erst seit zwei Tagen. Chase dagegen seit über einem Jahr – ich kenne seine Eltern, seine Freunde, weiß, wo er arbeitet. Ich vertraue Chase. Wenn ich zwischen Chase und Jake wählen müsste, dann wäre es mir lieber, dass Chase das Gewehr hätte. Obwohl ich es bevorzugen würde, wenn niemand eine Waffe hat.

Also setze ich mich ans Fenster und beobachte Jake, wozu ich mich jetzt nicht gerade zwingen muss. Ich habe noch nie einem Mann beim Holzhacken zugesehen, und wahrscheinlich ist das hier eine einmalige Gelegenheit. Er trägt keine Jacke und wuchtet gerade ein großes Stück

Holz senkrecht auf einen Baumstumpf, der aus dem Boden ragt. Dann nimmt er die Axt mit beiden Händen und hebt sie mit einer raschen Bewegung über den Kopf, bei der sich seine Muskeln anspannen. Das Holz wird durch den kräftigen Schlag in zwei Hälften gespalten.

Wow, Jake wirkt dabei so sexy.

Er schaut auf und sieht mich am Fenster. Hastig mache ich einen Schritt nach hinten. Bestimmt merkt er, dass ich auf Befehl von Chase hier stehe. Doch stattdessen erhellt sich sein Gesicht, und er bedeutet mir, dass ich rauskommen soll. Ich zögere nur für den Bruchteil einer Sekunde, bevor ich nach meiner Jacke greife und mich zu ihm geselle.

»Du machst das gut«, sage ich zu ihm, während ich mir in meinen furchtbaren Stiefeln einen Weg durch den Schnee bahne.

Er grinst mich an. »Soll ich es dir beibringen? Schließlich schulde ich dir was für den Kochunterricht.«

»Ich weiß nicht, wie oft ich das in Boston brauchen werde.«

»Das kann immer mal nützlich sein.«

Ich bezweifele, dass mir Holzhackkenntnisse je von Nutzen sein werden, aber ich nehme es gerne als Vorwand, um etwas Zeit allein mit Jake zu verbringen.

»Schnapp dir den Klotz dort drüben«, sagt Jake und zeigt auf ein riesiges Holzstück an der Hüttenwand.

Ich will es anheben, aber schon bevor ich es versuche, weiß ich, dass ich es nicht schaffen werde. Es ist verdammt schwer. Keine Ahnung, wie Jake auf den Gedanken kommt, dass ich das Ding zu ihm rübertragen kann. Ich bekomme es kaum richtig zu fassen, und ich fühle, wie sich Splitter in meine Finger piken.

»Ähm«, sage ich.

»Oh, tut mir leid.« Eilig kommt mir Jake zu Hilfe und hebt das Holz scheinbar mühelos an. Wahrscheinlich könnte er mich hochheben und über seinem Kopf herumwirbeln, wenn ihm danach wäre. »Wenn du Holz hacken willst, musst du zuerst das große Stück auf einen Baumstumpf stellen. Wenn der Untergrund zu weich ist, geht die ganze Kraft des Schlags in den Boden.«

»Oh«, murmele ich. Das klingt nicht allzu kompliziert.

Jake richtet das Holzstück auf dem Stumpf aus, indem er es auf der Stelle dreht. »Das Holz muss sehr stabil stehen, sonst könnte es dir wegfliegen, wenn du zuschlägst.«

Oh Gott, was mache ich hier eigentlich?

»Siehst du, hier?« Jake stößt mich leicht mit der Schulter an, als er mit einem behandschuhten Finger auf die Oberseite des Holzes zeigt. »Du musst nach Rissen Ausschau halten, weil du auf diese zielen solltest.«

»Okay …«

Dann hebt er die Axt vom Boden auf und behält sie in der linken Hand. »Eigentlich schwingst du die Axt nicht, sondern du bewegst sie nur auf und ab.« Er macht mir die Bewegung vor. »Fass mit der linken Hand relativ weit hinten am Stiel und stabilisier ihn mit deiner rechten etwas unterhalb vom Axtkopf. Dann hebst du sie über den Kopf.« Er demonstriert mir auch das. »Geh mal lieber einen Schritt zurück.«

Ich gehorche. Schnell.

»Man braucht dafür nicht viel Kraft«, erklärt Jake und wirft einen bedeutungsvollen Blick auf meine schlanken Arme. »Wichtig ist die richtige Technik. Du lässt die rechte Hand nach unten rutschen, damit beide Hände nahe beieinander sind und das Griffende halten. Dann bewegst du beide Hände nach unten und machst eine schnelle Drehung aus dem Handgelenk.« Er blickt mich wieder kurz an. »Du musst nur die Schwerkraft den Großteil der Arbeit für dich erledigen lassen.«

Die Axt saust nach unten und spaltet das Holz sauber in zwei Hälften. Wenn er es macht, sieht das so einfach aus, aber ich wette, das ist es nicht.

»Willst du es mal probieren?«, fragt er.

Auf gar keinen Fall. »Klar.«

Jake reicht mir die Axt, die viel schwerer ist, als ich erwartet habe. Warum ist hier eigentlich alles so schwer? Er erklärt mir noch einmal die richtige Position meiner Hände, dann hebe ich die Axt über den Kopf.

Er sieht mich stirnrunzelnd an. »Deine Hände sind an der falschen Stelle.«

»Ich habe meine Hände genau da hingelegt, wo du es mir gesagt hast.«

»Sieht trotzdem falsch aus.«

Zuerst denke ich, dass er mir die Axt wieder abnehmen und es mir noch einmal zeigen wird, aber stattdessen tut er etwas Unerwartetes. Er stellt sich hinter mich. Sein Körper berührt meinen ganz sacht, als er meine Hände in die richtige Position schiebt.

Sein Körper ist genauso warm wie zuvor in der Küche. Es ist ziemlich kalt hier draußen, aber wenn ich nahe bei Jake bin, merke ich das gar nicht mehr. Ich ertappe mich dabei, wie ich mich gegen ihn lehne und die Hitze, die sein Brustkorb ausstrahlt, förmlich aufsauge. Er bemerkt es wohl und lässt seine Hände länger auf meinen liegen, als unbedingt nötig wäre.

»Du bist echt warm«, bringe ich heraus.

»Du auch«, flüstert er in mein Ohr. Selbst sein Atem fühlt sich heiß an meinem Hals an.

Wäre es wirklich so falsch, diesen Mann zu küssen? Chase und ich sind nicht mehr zusammen – offiziell.

Andererseits ist Chase gerade in der Hütte und durchsucht Jakes Zimmer, während wir miteinander reden. Ich weiß nicht, wer wütender sein wird – Chase, wenn er herausfindet, dass ich hier draußen bin und Jakes Nähe genieße, oder Jake, wenn er herausfindet, dass ich Chase sein Schlafzimmer nach dem Gewehr durchwühlen lasse, ohne ihn zu warnen. Irgendwie fühlt sich das, was ich Jake antue, mehr wie Betrug an.

Ich muss die Karten auf den Tisch legen und ihm sagen, was Chase gerade tut.

»Jake«, bringe ich mühsam zustande.

»Ja«, raunt er.

Wenn ich es ihm sage, wird er wütend. Und dann ist dieser Moment vorbei, was ich wirklich nicht will. Aber ich muss es ihm sagen. Mir bleibt keine Wahl.

»Hör mal«, setze ich an.

Bevor ich auch nur ein weiteres Wort sagen kann, ertönt ein Krachen aus dem Haus. Jake macht einen hastigen Schritt von mir weg, einen überraschten Ausdruck im Gesicht. Aber als ich mich umdrehe, um ihn anzusehen, verengt sich sein gesundes Auge. »Was macht er da drin?«

»Ähm.«

Jake reißt mir die Axt aus den Händen und drängt sich an mir vorbei in Richtung Hintertür. Ich renne hinter ihm her, so schnell ich das in meinen unpraktischen Stiefeln kann. Als ich es endlich zur Hintertür schaffe, dringen weitere krachende Geräusche aus Jakes

Schlafzimmers zu uns. Es kostet Jake etwa eine halbe Sekunde, um richtig zu schlussfolgern, dass Chase anscheinend da drin sein Zeug durchwühlt. Sein Gesicht verdüstert sich.

»Was zum Teufel?« Er wirft mir einen vorwurfsvollen Blick zu. »Durchsucht Chase etwa mein Schlafzimmer?«

»Hm, ich ...«

Jake starrt mich wütend an, und in dem Moment bemerke ich, dass er immer noch die Axt in der Hand hält. »Hat er dir gesagt, dass du mich ablenken sollst, damit er mehr Zeit hat?«

»Nein.« Meine Wangen glühen. »Er ... na ja, er meinte nur, dass ich dich im Auge behalten soll.«

»Verdammte Scheiße.« Jakes Hand packt den Griff der Axt fester, und mir krampft sich der Magen zusammen. »Herzlichen Dank, Natalie. Ihr zwei seid wirklich tolle Hausgäste.«

Mit großen Schritten stürmt er durch den Wohnbereich, die Furcht einflößende Axt immer noch in der Hand. Als er gerade die Tür aufreißen will, schwingt diese auf, und Chase steht im Türrahmen. Er hat kein Gewehr in den Händen, aber er lächelt auf eine Weise, die mir sagt, dass er glaubt, etwas Besseres gefunden zu haben.

»Was zum Teufel hast du in meinem Zimmer gemacht?«, knurrt Jake.

Mein Blick wandert wieder zu der Axt. Bei Chase ohne Gewehr und Jake mit der Axt, ist klar, wer die Oberhand hat. Eigentlich hätte Jake auch ohne Axt die Oberhand ... selbst wenn man ihm eine Hand auf den Rücken binden würde. Hoffentlich hat er genügend Selbstbeherrschung, um die Axt nicht zu benutzen.

»Na, na, na.« Chase' Lächeln wird breiter. »Jetzt mal ganz sachte, Mr Decker.«

Jake hält abrupt inne, sein unversehrtes Auge weitet sich.

Chase hält eine braune Aktenmappe gerade außerhalb von Jakes Reichweite hoch. Doch Jake versucht nicht einmal, sie ihm abzunehmen. Er starrt Chase nur weiterhin unverwandt an. Unter seinem Bart zuckt ein Muskel an seiner Wange.

»So heißt du doch, oder?«, fragt Chase. »Jacob Decker. Der ein paar Menschen umgebracht hat.«

Jake wird kalkweiß im Gesicht. Er weicht einen Schritt zurück, die Axt rutscht ihm aus der Hand und landet mit einem lauten Knall auf dem Boden, worüber ich erleichtert aufseufze. Hastig greift er nach einem Stuhl, um sich daran abzustützen. »Ich … ich habe nicht …«

»Die hab ich unter deiner Unterwäsche gefunden.« Chase schnalzt mit der Zunge und wedelt mit der Mappe in der Luft herum. »Nicht, dass ich da unbedingt nachschauen wollte, aber ich hab das Gewehr gesucht. Das hab ich zwar nicht gefunden, aber ich glaube, das hier ist sogar noch besser. Da drin steht ziemlich viel über dich, Detective.«

Detective?

Chase bemerkt meinen verwirrten Gesichtsausdruck, was ihn nur noch breiter grinsen lässt. »Dieser Typ war Detective bei der New Yorker Polizei. Sehr beeindruckend.« Er öffnet die Mappe und überfliegt ihren Inhalt. »Bis zur Anklage, weil er zwei Zeugen eines Verbrechens ermordet hat. Und dann … ist er einfach verschwunden. Ich nehme an, er hat das nicht erwähnt, als ihr zwei euch in der Küche näher gekommen seid.«

»Du hast keinen blassen Dunst, wovon du da redest«, bringt Jake mit erstickter Stimme hervor.

»Sieh's dir selbst an, Natalie.« Chase reicht mir die dünne Mappe, die ich mit zitternden Händen entgegennehme. »Die *New York Times* lügt nicht.«

Ich öffne den Ordner und finde darin einen Haufen Zeitungsausschnitte. Der erste ist etwa vier Jahre alt und zeigt das Schwarz-Weiß-Foto eines Mannes im Anzug, der ein Gerichtsgebäude verlässt. Das Foto ist unscharf, aber bei genauerem Hinsehen kann ich zweifelsfrei Jake erkennen. Er sieht allerdings sehr viel anders aus – auf dem Foto ist er glattrasiert und hat noch beide Augen. Die Überschrift lautet: »Killer-Cop vor Gericht«.

»Killer-Cop«, sagt Chase. »Das hat doch mal Klang, Jake. Ich könnte mir gut vorstellen, dass man so einen Spitznamen nicht mehr so schnell loswird. Ich wette, sie haben nach dir gefahndet.«

Ich überfliege schnell den ersten Artikel. Jacob Decker, ein Detective des New York Police Department, wurde angeklagt, zwei Zeugen ermordet zu haben. Angeblich hat er sie unter dem Vorwand, den Gerichtsprozess besprechen zu wollen, an einen abgelegenen Ort gelockt und dort aus nächster Nähe erschossen. Dabei war Geld im Spiel. Angeblich.

Jake sinkt auf einen Stuhl am Küchentisch. Er lässt den Kopf hängen und fährt sich durch die Haare. »Was willst du, Hollister?«

»Ganz einfach«, erwidert Chase. »Du wirst mich und Natalie zu unserer Hütte bringen, so wie ich dich gestern freundlich gebeten habe. Kostenlos. Dann vergessen wir einfach, dass du existierst.«

Jake schaut auf und fixiert Chase mit einem scharfen Blick. Einen Moment lang bin ich mir sicher, dass er meinen Ex-Freund zum Teufel schicken wird. Aber dann lässt er die Schultern sinken. »Okay. Ich bringe euch hin.«

Chase lächelt selbstzufrieden. »Na, das war doch gar nicht so schwer.«

Wenn Blicke töten könnten, läge Chase jetzt leblos auf dem Boden, seine Gedärme dekorativ um ihn herum verteilt.

»Also, wann fahren wir ab, Detective?«, fragt Chase.

»Ich schaufel den Pick-up und die Ausfahrt frei«, murmelt Jake. »Sollte nicht länger als eine Stunde dauern.«

Chase klatscht in die Hände. »Ausgezeichnet. Und es versteht sich von selbst, dass wir die Behörden über deinen Aufenthaltsort informieren, falls du irgendwelche krummen Sachen versuchst.«

Jake kneift sein Auge zu. »Verstanden.«

Er sitzt am Küchentisch und wirkt wie betäubt. Ich mustere ihn von oben bis unten – den Mann, der in einen Schneesturm gefahren ist, um zwei ihm völlig unbekannte Menschen zu retten – und versuche zu verarbeiten, was ihm vorgeworfen wird. Dieser Mann kam mir nicht wie ein Mörder vor. Aber der Typ, der letzte Nacht das Gewehr auf Chase gerichtet hat, war sehr wohl fähig, abzudrücken.

Er ist ein Mörder. Jake ist ein Mörder. Das Bild, das ich von ihm hatte, ist falsch.

Das Verlangen, das ich nach ihm verspürt habe, war sehr falsch.

Allerdings … Wenn er fähig war, kaltblütig zwei Menschen zu ermorden, was hält ihn davon ab, das auch mit uns zu machen? Chase hat das Gewehr nicht gefunden, doch selbst wenn Jake es nicht greifbar hat, könnte er uns einfach mit der Axt erledigen. Oder sogar mit bloßen Händen, wenn er wollte.

Und eigentlich wäre es für ihn das Klügste, uns zu töten. Nur so könnte er sichergehen, dass wir sein Geheimnis wahren. Schließlich ist Chase genau die Art von Mann, der trotz seiner Versprechen sofort zu den Behörden rennt. Insbesondere, weil er Jake verabscheut.

Jakes Blick sucht meinen, und ein Schauer läuft mir den Rücken hinunter. Ich habe das schlimme Gefühl, dass diese Sache noch nicht vorbei ist.

Kapitel 19

Jake schaufelt draußen Schnee, während Chase und ich in der Hütte bleiben. Chase behält ihn durchs Fenster im Auge, während er weiter nach dem Gewehr sucht. Er hat Jake gefragt, wo es ist, aber keine Antwort bekommen. Chase hat nicht weiter Druck gemacht, aber er ist fest entschlossen, das Gewehr zu finden.

Ich kann's ihm nicht verübeln. Mir wäre auch viel wohler, wenn Chase das Gewehr hätte. Jake könnte sich immer noch entscheiden, das Problem zu lösen, indem er uns aus dem Weg räumt. Nur wenn wir das Gewehr haben, können wir uns halbwegs sicher sein, dass das nicht passiert.

Chase schaut gerade unter den Sofapolstern nach, und der Frust steht ihm ins Gesicht geschrieben. »Es muss hier doch irgendwo sein.«

»Wahrscheinlich hat er es gut versteckt.« Ich beuge mich hinunter, um unter der Couch nachzusehen, obwohl ich mir sicher bin, dass ich dort außer Wollmäusen nichts finden werde. »Wenn er nicht will, dass wir es finden, dann werden wir es auch nicht finden.«

Chase nickt nachdenklich. »Dir erzählt er es vielleicht.«

Ich mache einen Schritt von ihm weg. »Mir?«

»Oh, ich bitte dich.« Er verdreht die Augen. »Du musst doch merken, wie er dich anschaut. Mich hasst er, aber ich habe das Gefühl, dass du von ihm bekommen könntest, was immer du willst. Du musst nur auf die richtige Art darum bitten.«

Meine Wangen glühen. »Ich werde mich ganz sicher nicht prostituieren! Bist du nicht mehr ganz dicht?«

»Ich erwarte nicht, dass du irgendetwas mit ihm *machst.*« Er gibt ein würgendes Geräusch von sich. »So etwas würde ich nie verlangen. Ich denke nur ... wenn du nett zu ihm bist, sagt er dir alles, was du wissen willst.«

Ich schüttele den Kopf. »Hör auf, Chase. Bitte.«

»Na schön. Gehst du dann wenigstens hinaus zu ihm und fragst, wie lange es noch dauert?«

Ich ziehe mich an und gehe nach draußen, wenn auch nur, um von Chase und seinen tollen Vorschlägen wegzukommen. Jakes Stirn ist vom Schneeschaufeln schweißnass, und die Adern an seinem Hals treten sichtbar hervor. Als er mich bemerkt, hebt er kurz den Blick, senkt ihn jedoch gleich wieder.

»Chase will wissen, wie lange du noch brauchst.«

»Halbe Stunde«, brummt er.

Ich betrachte den Pfad, den er geschaufelt hat. Er sieht breit genug aus, um den Pick-up zur Straße durchzulassen. Wahrscheinlich hätte Jake mit dem Schaufeln schon vor zwanzig Minuten aufhören können, aber ich lasse das unkommentiert. »Okay.«

Als ich mich wieder zum Gehen wende, lässt mich Jakes Stimme innehalten: »Ich war's nicht.«

Ich bleibe stehen, nicht sicher, was ich tun oder sagen soll.

»Du glaubst mir sicher nicht«, murmelt er. »Zumindest würde ich mir nicht glauben. Ich meine, wenn ich du wäre, würde ich mir nicht glauben. Aber ich schwöre es dir. Ich habe niemanden ermordet. Ich war kein korrupter Cop.«

»Es tut mir leid.« Ich starre angestrengt auf den weißen Schnee am Boden. »Wir kennen uns nicht besonders gut, also …«

»Ja.« Er nickt. »Ginge mir genauso, wenn ich du wäre. Ich kann es dir nicht verübeln. Sogar meine damalige Freundin hielt mich für schuldig – und wir waren zwei Jahre zusammen. Sie hat mich direkt nach meiner Verhaftung verlassen. Und wenn sogar sie mir nicht geglaubt hat, dann kann ich erst recht nicht erwarten, dass du …« Er stößt einen tiefen Seufzer aus. »Aber … ich wollte es trotzdem gesagt haben. Denn es gibt nichts Schlimmeres, als für ein Verbrechen ins Gefängnis zu gehen, das man nicht begangen hat.«

»Also … hat man es dir angehängt?«

Jake blickt kurz zum Fenster der Hütte, vielleicht, um nach Chase zu schauen. »Ja.«

»Aber … warum?«

Er presst die Lippen zu einer schmalen Linie zusammen. »Das ist eine lange Geschichte.«

»Ich bin ganz Ohr.«

Kurz hält er beim Schaufeln inne, um mein Gesicht zu mustern. Er zögert, fährt dann aber mit dem Schneeschippen fort. »Hast du mal von einem Kerl namens Freddy Mancini gehört?«

»Ist das nicht ein Mafioso?«

Jake nickt. »Genau. Er gehört zur Mafia. Und ich war der Detective, der wegen etlicher seiner Machenschaften gegen ihn ermittelt hat. Es gab einen groß angelegten Undercovereinsatz – ich stand kurz davor, den Bastard auffliegen zu lassen. Ihn für den Rest seines Lebens ins Gefängnis zu bringen. Das wäre wohl der Höhepunkt meiner Karriere gewesen.« Er hält den Blick fest auf den Schnee gerichtet. »Und es lief gut. Richtig gut sogar. Aber dann wurde sein Sohn bei einer Club-Razzia erschossen.«

Ich schlage mir die Hand vor den Mund. »Oh …«

»Mancini hat mir persönlich die Schuld dafür gegeben«, fährt er fort. »Alles wäre gut gegangen, wenn wir es geschafft hätten, Mancini zu schnappen, aber diese zwei Zeugen – die, die ich angeblich *ermordet* habe – waren essenziell, um den Fall zu gewinnen. Nach ihrem Tod wurde er aus dem Gefängnis entlassen und ich verhaftet.« Er schließt das Auge. »Alles ging den Bach runter.«

»Aber …« Ich sehe ihn stirnrunzelnd an. »Du bist entkommen. Du bist hier.«

»Bobby Mancini war Freddys einziger Sohn«, sagt Jake. »Es reichte ihm nicht, mich im Gefängnis zu sehen und meine Karriere zu zerstören. Er wollte mehr Rache. Also hat er meine Kaution bezahlt, mich im tiefsten Winter ins Nirgendwo gebracht und mir in die Brust geschossen.«

Mir klappt der Kiefer nach unten. »Er hat auf dich geschossen? In die Brust?«

Er berührt eine Stelle rechts von seinem Brustbein. »Die Kugel hat mich hier erwischt. Ich lag im Schnee, während er mir sagte, dass er dabei zusehen wird, wie ich verblute. Also hab ich die Augen zugemacht und gebetet, dass er mich für tot hält. Ich wusste, dass ich nur eine Chance habe, wenn er schnell verschwindet, aber …« Jake erschaudert bei der Erinnerung. »Es war schon dunkel, als er endlich ging. Die Kugel hatte keine lebenswichtigen Organe erwischt – Glück für mich –, aber ich hatte viel Blut verloren und konnte mich kaum auf den Beinen halten. Ich war mir sicher, dass ich erfrieren statt verbluten würde. Und dann habe ich auf einer Schneewehe den Halt verloren und bin direkt in ein paar Bäume hineingestürzt. Die Zweige haben mich im Gesicht getroffen und mein …« Er berührt die Klappe, die sein rechtes Auge bedeckt. »Bei dem Sturz hab ich mir auch das rechte Bein gebrochen, aber irgendwie hab ich ein paar Kerle gefunden, die gerade beim Eisangeln waren, bevor ich zusammengebrochen bin. Sie schafften mich in ein Krankenhaus, das nicht zu viele Fragen stellte. Auch nicht die nach meinem richtigen Namen.«

Er packt die Schaufel fester. »Mein Auge konnte nicht gerettet werden. Aber immerhin wurden meine Hände gerettet, was ziemlich auf der Kippe stand, als ich im Krankenhaus angekommen bin. Das Einzige, woran ich mich noch aus der Notaufnahme erinnere, ist, wie der Arzt gesagt hat, dass ich wahrscheinlich beide Hände verliere. Da konnte ich mich also nicht beschweren, dass der Chirurg Teile meiner Finger amputieren musste. Und die zwei gebrochenen Knochen in meinem rechten Bein wurden gerichtet, aber ich war so lange damit gelaufen, dass es nicht richtig verheilt ist. Es tut immer noch bei jedem Schritt weh.«

Er richtet sich auf und starrt in die Ferne. »Ich habe diese Hütte als Versteck ausgesucht, weil ich Mancini zu Fall bringen und mein Leben zurückhaben wollte.«

»Ich dachte, du bist gern hier draußen«, murmele ich.

»Ich habe meinen Job als Detective geliebt«, sagt

er leise. »Ich vermisse mein altes Leben. Ich vermisse meine Eltern. Meine Mutter und mein Vater – sie haben immer an meine Unschuld geglaubt. Und jetzt … denken sie wahrscheinlich, dass ich tot bin.«

Ich zucke zusammen. »Tot?«

»Ich bin mir sicher, dass jeder davon ausgegangen ist, als ich vor drei Jahren verschwunden bin. Als mein Blut im Schnee gefunden wurde.« Er schaut hinunter auf den frischen, weißen Schnee auf dem Boden. »Verständlich – ich wäre tot gewesen, wenn die Kugel mich zwei Zentimeter weiter links getroffen hätte. Ich würde so gern meine Mutter anrufen und es ihr sagen, aber … ich kann nicht. Dadurch würde ich meinen Aufenthaltsort preisgeben. Ich muss mich verstecken. Hier.«

Ich schaue mich um – die wilde Landschaft ist von einer dicken Schneeschicht bedeckt. »Aber warum hier? Was kannst du hier draußen denn tun?«

Jake schweigt einen Moment lang. Er scheint mit sich zu ringen, und als er schließlich spricht, ist seine Stimme sehr leise. »Natalie, diese Hütte, zu der dich dein Ex-Freund übers Wochenende mitnehmen wollte …«

Mein Puls beschleunigt sich. Ich habe das üble Gefühl, dass ich schon weiß, was er gleich sagen wird. »Ja?«

Jakes Blick sucht meinen. »Diese Hütte gehört Freddy Mancini.«

Kapitel 20

Irgendwie ergibt das alles für mich keinen Sinn. Warum will Chase mit mir zu einer Hütte, die einem berüchtigten Mafioso gehört?

Über Hollister and Co. sind Gerüchte in Umlauf, dass sie angeblich ein paar krumme Geschäfte machen. Es ist also nicht auszuschließen, dass Chase' Vater vielleicht mit einem Mafioso befreundet ist. Abwegig wäre es nicht.

Die ganze Sache gibt mir jedoch definitiv zu denken. Falls sie denn wirklich wahr sein sollte.

»Jetzt weißt du auch, warum ich dich da nicht hinbringen wollte«, sagt Jake, schaut rasch zum Fenster und wirft mir dann einen bedeutungsvollen Blick zu. »Diese Hütte bedeutet nichts Gutes. Glaub mir. Ich hab im Auge behalten, was da vor sich geht.«

Das Fernglas in seinem Zimmer – damit hat er also keine Vögel beobachtet.

Es fühlt sich an, als ob mir jemand den Brustkorb zusammenpresst. »Ich … ich weiß nicht, was ich sagen soll …«

Jake schaufelt weiter, und mir wird klar, dass er uns außer Sichtweite der Fenster bringt, damit Chase uns nicht mehr beobachten kann. Irgendwann stehen wir hinter dem großen Pick-up.

»Du solltest nicht mit ihm gehen«, meint Jake leise. »Du bist nicht mal mehr mit ihm zusammen. Warum solltest du also mitfahren?«

»Wie stellst du dir das vor?«, zische ich zurück. »Diese Hütte ist die einzige Möglichkeit für mich, wieder nach Hause zu kommen. Dort gibt es ein Telefon.«

»Ich verspreche dir«, sagt er, »dass du sicher wieder nach Hause kommst, wenn du hierbleibst. Mein Ehrenwort.«

Er legt sich eine behandschuhte Hand aufs Herz, als er das sagt. Obwohl ich Jake erst seit zwei Tagen kenne und einen Zeitungsartikel gesehen habe, in dem er als Mörder bezeichnet wird, glaube ich ihm. Ich glaube ihm, dass er mich nach Hause bringen würde.

Aber so einfach ist das nicht.

»Ich kann nicht auf unbestimmte Zeit hier herumsitzen«, erkläre ich. »Zu Hause habe ich ein Unternehmen zu führen. Und … na ja, weißt du, ich passe hier nicht her. Ich bin für das Leben hier draußen nicht gemacht.«

Jake sieht mich ernst an. »Aber wenigstens bist du am Leben.«

»Ich … ich weiß nicht«, murmele ich. »Chase war nicht gerade der ideale Partner, aber er würde mich nie bewusst einer Gefahr aussetzen.«

»Ich habe dir gerade gesagt, wem die Hütte gehört. Das ist gefährlich – glaub's mir.«

»Ja, aber …«

Sein Auge ist unentwegt auf mich gerichtet. »Bitte, Natalie. Ich flehe dich an. Bleib hier bei mir.«

Ich kaue auf meiner Unterlippe. »Wie soll ich das Chase erklären?«

»Uns wird schon was einfallen. Überlass das mir.«

Ich frage mich, ob bei dem Etwas, das uns einfallen wird, das Gewehr eine Rolle spielt, traue mich jedoch nicht zu fragen.

Ich betrachte seine kantigen Gesichtszüge, die Narbe, die unter der Augenklappe hervorschaut. Er macht mich immer noch ganz verrückt. Noch nie hat ein Mann so anziehend auf mich gewirkt. Das muss doch ein Zeichen sein … Oder?

»Willst du nur, dass ich bleibe, weil du dir Sorgen um mich machst?«, frage ich leise. »Oder gibt es noch einen Grund?«

Er ist einen Moment lang still, während er über meine Frage nachdenkt. »Ich mache mir Sorgen um dich.« Er hält inne. »Aber wenn ich behaupten würde, dass es nur darum geht, wäre es gelogen.«

Ich prüfe kurz, ob wir auch wirklich außer Sichtweite des Fensters sind, dann mache ich einen Schritt auf Jake zu. Ich kann die kalte Luft kaum noch spüren, weil sein Körper solche Hitze ausstrahlt. Er ist viel größer als ich, aber wenn er den Kopf senkt, sind unsere Lippen nur ein paar Zentimeter voneinander entfernt. Und wenn ich mich auf die Zehenspitzen stelle, sind wir uns noch näher.

Er kommt mir entgegen, überwindet die letzte Distanz zwischen uns. Seine Lippen berühren meine, sein Atem ist warm und sein Bart kitzelt mich am Kinn, als er mich näher an sich zieht. Meine Hände landen auf seiner Brust, und ich spüre die Muskeln unter seiner dünnen Jacke. Er zieht seinen rechten Handschuh aus und streicht mit der bloßen Hand über meinen Nacken. Seine schwielige Haut fühlt sich rau und warm auf meiner weicheren an, und ich erzittere unter seiner Berührung.

Er küsst so gut.

Wir stehen dort wer weiß wie lange und küssen, wie ich noch nie zuvor geküsst habe. Solche Gefühle hat Chase nie in mir ausgelöst. Auch kein anderer Mann vor ihm. Jemanden wie Jake habe ich noch nie zuvor getroffen. Kerle wie er fühlen sich normalerweise nicht zu reichen Mädchen mit Catering-Unternehmen hingezogen.

Als er sich zurückzieht, stöhne ich beinahe frustriert auf. Jakes Miene verrät, dass auch er es bedauert. »Chase wird uns erwischen«, sagt er. »Er muss hier so schnell wie möglich weg – ich kann nicht riskieren, dass er sich am Ende rächen will.«

Er hat vollkommen recht. Ich bin gerade egoistisch – wenn Chase ihn verpfeift, dann ist er erledigt. Wir müssen vorsichtig sein.

Jake richtet seine Augenklappe, die beim Küssen etwas verrutscht ist. Ich schaue zu, wie er sie wieder vorsichtig an ihren Platz rückt. Er achtet immer so sorgsam darauf, als könnte er die Vorstellung, dass ich sein kaputtes Auge sehe, nicht ertragen. Traut er mir wirklich so wenig? »Darf ich?«, frage ich.

Er sieht mich stirnrunzelnd an. »Was denn?«

»Dein ...« Ich gestikuliere in Richtung Augenklappe.

Sein gesundes Auge weitet sich. »Ich ... ich meine, es ist nichts, das du ...« Er reibt sich den Nacken. »Es sieht nicht schön aus. Es ist ... vernarbt. Es wird dir Angst machen.«

»Das ist unfair und ein bisschen beleidigend.«

»Natalie ...«

»Bitte.«

»Du willst es wirklich sehen?« Er zieht die Augenbrauen hoch. »Meinetwegen. Bitte schön.«

Mit einer heftigen Bewegung, die das Gummiband schnappen lässt, reißt er sich die Augenklappe vom Gesicht. Ich betrachte ihn genau – sein gesundes, linkes Auge, das klar und blau ist, und dann das rechte. Am Unterlid ist es dick vernarbt. Das Oberlid ist fast komplett geschlossen, man sieht nur ein bisschen milchiges Weiß, wo der Augapfel ist. Er blinzelt mit dem linken Auge, das rechte bewegt sich jedoch nicht.

»Tut mir leid. Ich hab dir doch gesagt, dass es nicht schön aussieht«, meint Jake, nachdem er angespannt ausgeatmet hat.

Ich schüttele den Kopf, packe ihn am Kragen und ziehe ihn zu mir herunter. Unser Kuss ist noch intensiver als beim ersten Mal. Zuerst macht Jake sich ganz steif, aber dann entspannt er sich langsam.

»Also bleibst du?«, fragt er.

Und jetzt kommt der schwere Teil. So attraktiv ich Jake auch finde, so sehr ich auch will, dass er über mich herfällt, so sehr ich ihm auch vertraue … Ich weiß nicht, ob es die richtige Entscheidung wäre, bei ihm zu bleiben. Mag sein, dass die Hütte einem Mafioso gehört, aber das bedeutet nicht automatisch, dass mir dort was passieren wird. Die Hollisters machen mit allen möglichen Leuten Geschäfte – vielleicht kennt Chase' Vater die Mancinis und darf deswegen die Hütte benutzen.

Dazu kommt, dass ich aus dieser Nummer nicht herauskomme, ohne dass Chase uns eine riesige Szene macht und dabei möglicherweise jemand körperlich verletzt wird. Aber ich weiß nicht, wie ich Jake das sagen soll. Zumindest jetzt noch nicht.

»Ja«, antworte ich deshalb. Ich werde es ihm beibringen, wenn wir an der anderen Hütte ankommen.

Sein gesundes Auge mustert mein Gesicht. Er runzelt die Stirn und schiebt mich von sich weg. »Nein«, meint er, während er hastig die Augenklappe wieder anlegt, »du bleibst nicht, oder? Du sagst das nur so.« Er schnaubt spöttisch, als er mein überraschtes Gesicht sieht. »Woher ich das weiß? Du hast einen Tell. Schon vergessen?«

Meine Hand wandert sofort zu meinem rechten Ohrstecker. »Ich hab meinen Ohrring nicht berührt.«

»Das ist nicht dein Tell.«

Verdammt. Ich hab's gewusst. Ich wusste, dass er nicht die Wahrheit gesagt hat.

»Ich will bei dir bleiben, aber Chase wird einen riesigen Aufstand machen, wenn ich nicht mitgehe.«

»Na und?«

»Ich werde zurückkommen«, verspreche ich ihm. »Lass mich mit Chase zu der Hütte fahren, dann komme ich später zu dir zurück.«

Jake funkelt mich mit seinem unversehrten Auge an. »Verstehst du nicht, Natalie?«, fragt er. »In dieser Hütte ist es gefährlich. Es. Ist. Gefährlich.«

»Aber Chase ist doch bei mir.«

»Chase?«, schnaubt er. »Chase kann dich nicht beschützen. Nicht vor diesen Leuten.«

»Aber du schon?«

»Ja«, sagt er, »das kann ich.«

Ich senke den Blick und bohre mit meiner Schuhspitze ein kleines Loch in den Schnee. »Es tut mir leid.«

»Scheiße«, flucht er leise. Wütend wirft er die Schaufel zu Boden. »Weißt du was? Mach doch, was du willst. Ich hab's versucht, ich habe dich gewarnt. Wenn du nicht auf mich hören willst, ist das dein Problem.«

»Wow, vielen Dank auch.«

Die Funken, die eben noch zwischen uns geflogen sind, sind verschwunden. Okay, vielleicht nicht verschwunden, aber sie sind zu etwas anderem geworden. Es ist, als ob unsere sexuelle Spannung sich in eine andere Art von Energie umgewandelt hat. Haben wir darüber nicht früher mal im Physikunterricht gesprochen?

»Es wird schon nichts passieren.«

»Ich hoffe nur für dich, dass du recht hast«, erwidert Jake leise.

Kapitel 21

Jake ist stinksauer auf mich.

Er sagt nichts weiter, aber ich merke es an der Art, wie er meinen Blick meidet und die Tür ein bisschen zu laut knallt, als er zurück in die Hütte kommt. Er teilt uns mit, dass der Weg zur Straße nun frei ist. Chase hat das Gewehr immer noch nicht gefunden, aber er scheint die Suche gerne aufzugeben, wenn das bedeutet, dass er endlich von hier wegkommt.

Jake sieht zu, wie ich mich mit meiner riesigen Reisetasche abmühe. Ja, ich habe wahrscheinlich viel mehr als nötig eingepackt. Wenn man allerdings bedenkt, dass ich hier wochenlang hätte feststecken können, war das eigentlich gar nicht so verkehrt. Dumm nur, dass ich nicht an zusätzliche Schals und Mützen oder wenigstens ein verdammtes Paar Handschuhe gedacht habe. Viel Gepäck, nichts davon brauchbar, das ist mir inzwischen klar.

»Gib schon her«, sagt Jake schließlich, als er mir die Tasche entreißt und sie sich mühelos über die Schulter wirft. Chase zieht den Kopf ein, weil er immer noch mit seinem eigenen Gepäck kämpft. Obwohl er so viel Zeit im Fitnessstudio verbringt, ist Jake viel stärker als er.

Chase nimmt den Beifahrersitz und ich steige hinten ein. Die Fahrt dauert länger, als ich erwartet hatte – das ist eindeutig mehr als eine Meile –, und die ganze Zeit über herrscht Schweigen. Mein Blick ist auf Jakes Hinterkopf gerichtet und ich erinnere mich daran, wie ich ihm im Bad die Haare geschnitten habe und er seine Augenklappe nicht abnehmen wollte.

Zum Schluss hat er mir vertraut und mich darunter sehen lassen. Und dann habe ich ihm gesagt, dass ich trotzdem gehe.

Er irrt sich – ich bin mir sicher, dass mir keine Gefahr droht –, aber ich fühle mich trotzdem schrecklich, weil ich gehe. Wenn ich doch nur bei ihm bleiben könnte! Ich will bleiben und möglicherweise die gesamte nächste Woche mit ihm im Bett verbringen. Beim Gedanken daran kribbelt mein ganzer Körper, auch wenn ich tief im Herzen weiß, dass es aussichtslos ist. Ich gehöre nicht hierher in die Wildnis. Die Sache mit mir und Jake wäre sicher unglaublich gut, aber letzten Endes nur vorübergehend.

So sehr ich es mir auch wünsche – aus Jake und mir kann nur in meiner Fantasie was werden.

Auf Chase' Schoß liegt die Karte, aber Jake braucht sie nicht, um den Weg zu finden. Er kennt sich hier gut aus, was nach all dem, was er mir erzählt hat, logisch ist. Im tiefen Schnee müht sich der Pick-up ein bisschen ab, aber nach etwa fünfzehn Minuten sehen wir in der Ferne ein Gebäude auftauchen.

Die Hütte ist mindestens doppelt so groß wie Jakes, und so frisch, wie das Holz aussieht, handelt es sich eindeutig um einen Neubau. Es gibt zwei Etagen und auch wenn das Dach mit Schnee bedeckt ist, sieht es – im Gegensatz zu Jakes Zuhause – nicht aus, als ob es jeden Moment unter der Last zusammenbricht. Alles wirkt warm, einladend und gemütlich. Vor meinem inneren Auge tauchen italienische Luxusbettwäsche und Daunendecken statt kratziger Wolldecken und einem Schlafsack auf.

Das Einzige, was mich für den Bruchteil einer Sekunde stutzig macht, ist eines der Fenster in der zweiten Etage, das irgendwie heller aussieht.

Warum sollte in dem Haus Licht brennen? Ist jemand da? Oder vielleicht haben die vorherigen Besucher es angelassen.

»Ich helfe euch mit den Taschen«, murmelt Jake, nachdem er das Auto vor der Hütte geparkt hat.

Chase lässt ihn wortlos gewähren, als Jake sich unsere beiden Taschen greift und sie für uns zur Vordertür bringt. Er stellt sie davor ab und wirft mir einen Blick zu, der meine Knie weich werden lässt.

»Danke fürs Fahren, Decker«, sagt Chase. Er schenkt Jake ein absolut falsches Lächeln. »Weißt du, wenn du nicht so verdammt stur gewesen wärst, hättest du dafür tausend Dollar einstreichen können.«

Jake antwortet nicht und sieht ihn auch nicht an.

»Nimm's nicht so schwer.« Chase greift in seine Gesäßtasche und holt zwei Zwanzig-Dollar-Scheine heraus. »Hier sind vierzig Dollar für deine Mühe. Kannst sie sicher gebrauchen.«

Jake macht keine Anstalten, nach den Scheinen zu greifen. »Nein danke.«

Chase hält sie ihm trotzdem weiter hin. »Na, los, Mann. Nimm schon.«

Jake sieht aus, als würde er Chase am liebsten auf die Hand spucken. »Behalt dein Geld.«

Schnaubend packt Chase das Geld zurück in seine Brieftasche. »Na schön, wie du meinst. Ich wollte dir nur einen Gefallen tun. Ist ja nicht so, als ob ein gesuchter Verbrecher einen richtigen Job annehmen könnte.«

Jake versteift sich. »War's das jetzt?«

»Ja.« Chase nickt. »Du kannst gehen. Zurück in das Drecksloch, das du dein Zuhause nennst.«

Jake wirft mir einen letzten bedeutungsschweren Blick zu, bevor er sich umdreht und zurück zu seinem Pick-up marschiert. Als er den Motor anlässt, verspüre ich das wilde Verlangen, ihm nachzurennen und zu schreien, dass er auf mich warten soll. Aber genau wie Jake verfüge ich über sehr viel Selbstbeherrschung. Jahrelange Übung.

Ich tue das Richtige, indem ich wieder nach Hause gehe.

Chase beobachtet mit zusammengekniffenen Augen, wie Jakes Pick-up in der Ferne verschwindet. »Wie kann man nur so blöd sein. Ich kann nicht glauben, dass er mein Geld nicht annehmen wollte.«

Er kann es nicht glauben? Also mich hätte der Schlag getroffen, wenn Jake es getan hätte.

»Na ja«, fährt Chase fort, »ist letztlich sowieso egal. Die Polizei wird ihn schnell erwischen – wahrscheinlich innerhalb der nächsten vierundzwanzig Stunden.«

Ich drehe abrupt den Kopf herum. »Was?«

Er verdreht die Augen. »Komm schon, Nat. Denkst du im Ernst, dass ich den Kerl nicht anzeige? Er ist ein Mörder. Wenn wir nicht melden, dass wir ihn gesehen haben, hängen wir am Ende noch mit drin. Wir tun nur unsere Bürgerpflicht.« Er kramt einen Schlüssel aus der Hosentasche hervor. »Außerdem ist er ein Arschloch. Das wird ihm eine Lehre sein – mit mir legt man sich nicht an.«

Ah, natürlich. Es ist Chase vollkommen egal, ob ein Mörder seine gerechte Strafe erhält oder dass er damit seine Bürgerpflicht tut. Es geht nur darum, dass er jemandem, der nicht nach seiner Pfeife tanzt, eine Lektion erteilen muss.

Das ist so typisch Chase.

Ich muss Jake warnen. Dass das Ganze – wie er sagt – eine abgekartete Sache war, bezweifle ich nicht, wohl aber, dass er eine faire Chance bekommt, wenn er einen berüchtigten Mafioso verärgert hat.

Nur, wie soll ich das anstellen? Er hat kein Telefon. Und ich könnte seine Hütte wahrscheinlich nicht mal wiederfinden, wenn mein Leben davon abhinge.

Ich kann absolut nichts tun.

Aber eins weiß ich genau: Das mit mir und Chase ist endgültig vorbei. Egal, wie sehr er bettelt, ich werde ihn nicht zurücknehmen. Ich will ihn auch nie wiedersehen, wenn wir das hier hinter uns haben.

Das Innere der Hütte sieht im Vergleich zu Jakes Zuhause wie ein Luxushotel aus. Ich würde am liebsten vor Glück heulen, als ich den Lichtschalter an der Wand betätige und die Beleuchtung angeht. Oh Strom, wie sehr ich dich vermisst habe.

Der Wohnbereich ist traumhaft. Es gibt zwei dunkle Ledersofas, beide ohne die kleinste Delle. Der Raum wird von einem Fernseher dominiert, der größer ist als meiner zu Hause (und der ist wahrlich nicht klein). Die Küche ist mit modernsten Geräten ausgestattet, und ich habe den Verdacht, dass in der Vorratskammer keine Dosenkrabben stehen.

Chase geht sofort zum Kühlschrank und reißt die Tür auf, um den Inhalt näher unter die Lupe zu nehmen.

»Gott sei Dank, es gibt richtiges Essen. Ich dachte, ich müsste dort verhungern.«

Ich spüre einen kleinen Kloß im Hals. »So schlimm war es nun auch wieder nicht.«

»Machst du Witze?«, fragt Chase in den Kühlschrank hinein. Er zieht eine Schüssel heraus, die etwas Undefinierbares enthält. »Ich sage nur: Krabbenküchlein aus der *Dose*. Das Zeug war widerlich. Das Schlimmste, was ich je gegessen habe.«

Ich habe einen furchtbaren Fehler gemacht.

Wäre ich doch nur bei Jake geblieben ... Ich halte es keine Minute länger allein mit Chase aus. Warum habe ich nicht auf Jake gehört – er hätte mich nach Hause gebracht. Ich weiß nicht, was aus uns beiden geworden wäre, aber er ist kein Mörder.

Doch dafür ist es jetzt zu spät, er ist weg. Ich werde ihn nie wiedersehen, außer vielleicht in der Zeitung, wenn er nicht schlau genug ist und verschwindet, bevor die Polizei ihn findet.

Auf dem Beistelltisch neben einem der Sofas entdecke ich ein Telefon. Der Anblick muntert mich etwas auf. Ein richtiges Telefon! Ich kann telefonieren. Endlich kann ich Drew anrufen, ihm sagen, dass es mir gut geht, und ihn um Hilfe bitten.

Ich setze mich auf die Couch und nehme den Hörer ab. Als ich wählen will, höre ich jedoch kein Freizeichen. Ich drücke den Hörer fester an mein Ohr, aber er gibt keinen Ton von sich.

Das Telefon ist tot.

»Chase!«, rufe ich in die Küche. »Ich glaube, das Telefon ist kaputt!«

Er kommt heraus und wischt sich dabei die Hände

an der Hose ab. »Das hier geht nicht, aber das in der oberen Etage funktioniert.«

»Oh.« Ich schaue den Hörer mit gerunzelter Stirn an. Woher will Chase das denn wissen? Er war doch die ganze Zeit hier unten bei mir. »Dann gehe ich kurz nach oben.«

»Weißt du«, meint Chase wie nebenbei, während er zu mir rüberschlendert, »ich hab euch gesehen.«

Ich schaue zu ihm hoch. »Was meinst du?«

»Ich habe gesehen, dass du den Neandertaler geküsst hast.« Chase starrt mich an, und der Ausdruck in seinen grün-braunen Augen macht mich nervös. »Als ich euch vom Fenster aus nicht mehr sehen konnte, bin ich rausgegangen. Ich hab alles beobachtet.«

Es fühlt sich an, als ob jemand einen Schraubstock über meinem Brustkorb zudreht, und plötzlich fällt mir das Atmen schwer. »Oh …«

Sein Blick wird noch finsterer. »Wie hat es sich angefühlt, einen schlecht rasierten Affen zu küssen?«

»Ich …«

»Ist das alles, was du zu deiner Verteidigung zu sagen hast, Natalie?«, fragt er verächtlich.

»Chase«, bringe ich heraus. »Es tut mir leid. Aber … du und ich … wir sind nicht mehr zusammen, also …«

Ich erwarte, dass er protestiert. Wie ich es wagen kann, so etwas direkt vor seiner Nase abzuziehen, so kurz nach dem Ende unserer Beziehung. Wie ich es wagen kann, ihn so zu demütigen.

Aber statt zu schreien und zu toben, zuckt Chase einfach nur mit den Schultern und meint: »Ich weiß.«

Ich blinzle ein paar Mal überrascht. »Und … das ist in Ordnung für dich?«

Ein weiteres Schulterzucken. »Natürlich. Wie du schon gesagt hast: Wir sind nicht mehr zusammen.«

»Oh.« Ich lasse erleichtert die Schultern sinken. Chase verhält sich gerade so erwachsen – da tut es mir fast leid, dass wir kein Paar mehr sind. Obwohl, nein, eigentlich nicht.

Er seufzt. »Aber es ist eine Schande, Natalie. Wenn du meine Frau geworden wärst, hätte ich dich sehr glücklich machen können.« Er legt den Kopf schief. »Na ja, vielleicht nicht *sehr* glücklich, aber ich glaube, du hättest ein gutes Leben gehabt. Ehrlich.« Er greift in seine Tasche und holt eine kleine Pistole hervor. »Stattdessen muss es nun so enden.«

Kapitel 22

Chase richtet eine Waffe auf mich.

Er zielt mit einer verdammten Pistole direkt auf mein Gesicht! Wo um Gottes willen hat er die so plötzlich her?

Ich hätte auf Jake hören sollen. Für mich ging es nur um ein paar nette Tage in seinem Schlafzimmer, aber nun ist mir klar, dass er die Situation viel besser durchschaut hatte als ich. Was logisch ist, wenn man bedenkt, dass er Polizist war und ich Köchin bin.

Und nun ist er weg, und ich stehe ganz allein vor Chase und seiner Pistole.

»Warum tust du das?«, flüstere ich.

»Warum?« Er blinzelt ein paar Mal, aber die Waffe bleibt, wo sie ist. »Kriegst du eigentlich irgendwas um dich herum mit, Natalie? Hollister and Co. steckt in ernsthaften finanziellen Schwierigkeiten. Mein Vater überlegt, ob er Insolvenz anmeldet.« Er atmet etwas zittrig ein. »Wir werden unsere Häuser und einen Teil unseres Privatvermögens behalten können, aber es wird nicht mehr wie früher sein. Mein Vater hat darauf gebaut, dass ich eine passende Frau finde, um unsere Firma abzusichern.«

Mir krampft sich der Magen zusammen. »Das war ich für dich? Eine geeignete Ehefrau, die gut fürs Geschäft ist?«

Ich hätte wissen müssen, dass Chase doch nur wie alle anderen Männer ist.

»Tu doch nicht so scheinheilig«, knurrt er mich an. »Du bist diejenige, die einen anderen Mann geküsst hat, obwohl du eigentlich mit mir im Urlaub hättest sein sollen.«

Ich denke, da könnte man durchaus mildernde Umstände anführen. Das will Chase aber gerade sicher nicht hören.

»Hoch mit dir.« Chase fuchtelt mit der Pistole in meine Richtung. »Langsam.«

Ich halte die Hände in die Luft, während ich vorsichtig aufstehe. Noch nie zuvor hat jemand eine Pistole auf mich gerichtet. Ja, Jake hatte letzte Nacht ein Gewehr, aber er war eindeutig auf Chase fixiert.

»Warum tust du das?«, wimmere ich. »Was hast du vor?«

»Deine Eltern werden zahlen, um dich zurückzubekommen«, sagt er. »Mein Kontaktmann hat sie bereits angerufen und Lösegeld verlangt. Es wird nicht ausreichen, um das Unternehmen meines Vaters zu retten, aber es ist genug, damit ich mein Leben so weiterführen kann, wie es mir vorschwebt.«

Mein Gesicht fühlt sich heiß an. Chase und ich waren ein ganzes Jahr lang zusammen – wie habe ich diese Seite an ihm nie zu Gesicht bekommen? Ich war für ihn nie mehr als ein Goldesel. Wie demütigend.

Chase weist mich an, zu einem der Stühle am Esstisch hinüberzugehen. Als ich mich hinsetze, kann ich die Hände kaum still halten. So schlimm habe ich nicht einmal draußen im Schnee gezittert. Außerdem ist mir gerade ein schrecklicher Gedanke gekommen: Chase verlangt Lösegeld für meine Rückkehr. Aber ich weiß, dass er mein Entführer ist. Ich weiß, wo sich diese Hütte befindet. Was bedeutet …

Er hat vor, mich zu töten.

Oh mein Gott, er wird mich umbringen.

Mein Herz hämmert so stark in meiner Brust, dass es schmerzt. Innerhalb der nächsten Stunden oder Tage wird Chase mich erschießen oder anderweitig loswerden. Wenn ich am Leben bleibe, müsste er verschwinden, und das passt ihm sicher nicht in den Kram. Sein toller Plan geht nur auf, wenn ich tot bin.

Seine Geschichte kann ich mir bildlich vorstellen. Vermutlich wird er behaupten, dass wir zusammen entführt wurden und er flüchten konnte, aber die arme Natalie … sie hat es nicht geschafft. Er hat versucht, mich zu retten, konnte aber nichts ausrichten. Immerhin waren die Entführer bewaffnet.

Ich muss mir etwas einfallen lassen, und zwar schnell. Falls er vorhat, mich zu fesseln, wird er die Pistole loslassen müssen. Und das ist für mich die Gelegenheit zum Handeln. Vielleicht kann ich die Pistole von ihm wegkicken. Ich habe an der Uni einen Selbstverteidigungskurs gemacht und erinnere mich noch an einiges. Gegen einen Mann wie Jake wäre es aussichtslos – er hat Arme wie Baumstämme und könnte wahrscheinlich einem Menschen mit bloßen Händen das Rückgrat brechen. Mit Chase dagegen könnte ich es vielleicht aufnehmen.

Doch ich muss den richtigen Moment abpassen. Den Moment, in dem er die Pistole weglegt.

Also bleibe ich auf dem Stuhl sitzen und lasse ihn nicht aus den Augen. Ich sehe nichts, womit er mich fesseln könnte. Hat er das gar nicht vor? Wenn ja, wäre das ziemlich dumm von ihm. Das würde mir sogar noch mehr Fluchtchancen ermöglichen.

Ich kann es schaffen, mein Leben wird nicht heute enden. Ich werde aus dieser Hütte fliehen und versuchen, Jake zu finden. Ich muss ihm sagen, dass die Polizei Bescheid weiß und ich bei ihm bleiben will.

Aber dann schaut Chase an mir vorbei und sagt plötzlich: »Okay, fessle sie.«

Oh nein. Ich habe mich nicht geirrt, dass oben Licht brennt. Einer von Freddy Mancinis Schlägertypen ist hier. Und während ich Chase (vielleicht) hätte überwältigen können, stehen meine Chancen gegen einen Kerl, der sich mit so was wirklich auskennt, verdammt schlecht.

Nur, dass die Person, die den Raum betritt, kein Mafia-Schlägertyp ist.

Es ist Drew. Mein Bruder.

Kapitel 23

Drew!

Für einen Moment bin ich unendlich erleichtert, ihn zu sehen. Mein Bruder! Mein bester Freund! Er hat mich hier gefunden und ist gekommen, um mich zu retten! Ich wusste, dass er kommen wird!

»Drew!«, rufe ich ihm zu. »Du bist hier!«

Doch Drew lächelt nicht. Er rennt nicht zu mir, um mich zu umarmen. Nicht einmal ein »Hallo« bekomme ich von ihm. Und er tut auch absolut nichts, um mich aus der Situation zu befreien. Er steht einfach nur da. Mit einer Rolle Panzerband in der Hand.

Was zum Teufel will er mit der Rolle Panzerband?

Oh mein Gott.

»Drew?«, keuche ich auf. »Was … was tust du da?«

Drew schwankt leicht, was wohl bedeutet, dass er schon ein paar Drinks intus hat. Seine dunkelblonden Haare – meine hätten ohne Farbbehandlung den gleichen Ton – sehen ungepflegt und struppig aus, und auf seinem weißen T-Shirt prangt ein dunkler Fleck. Wütend fährt er Chase an: »Scheiße, wieso kommt ihr erst jetzt? Ich bin hier fast durchgedreht. Ich hab euch schon tot im Graben liegen sehen.«

»Der Schneesturm hat früher eingesetzt, als wir dachten.« Chase schüttelt den Kopf.

Mir geht ein Licht auf. Chase wusste die ganze Zeit über von dem heraufziehenden Sturm. Er hat ihn erwartet und sogar darauf gezählt. Wir *sollten* eingeschneit werden. Es war nur schlechtes Timing, dass der Schneefall begonnen hat, bevor wir die Hütte erreichen konnten.

»Tja, Scheiße.« Drew wischt sich mit dem Handrücken über den Mund. »Du hättest mich anrufen können. Mich wissen lassen, dass du länger brauchst.«

»Wir haben in einer Hütte direkt aus dem Mittelalter festgesteckt«, zischt Chase durch zusammengebissene Zähne. »Das glaubst du nicht – es war so was von widerlich. Wir hatten da draußen nicht mal Handyempfang.« Mit der freien Hand zieht er sein Smartphone aus der Tasche. »Funktioniert der Verstärker?«

»Ziemlich gut sogar«, sagt Drew. »Ich hab Natalie von hier aus geschrieben, bevor ihr kein Netz mehr hattet.«

Mir läuft ein eiskalter Schauer über den Rücken. Die ganze Zeit über, als ich mit Drew von unterwegs aus getextet habe, war er … hier?

»Ich wäre da beinahe durchgedreht«, brummt Chase. »Aber hey, deine Schwester, die kleine Schlampe, hat sich die Zeit schön mit dem Besitzer vertrieben.«

Drew lacht. Ich habe das Lachen meines Bruders immer geliebt. Es ist laut und sorglos, als ob er die einzige Person im Raum wäre. Darum habe ich ihn mein Leben lang beneidet, weil es jeden dazu brachte, mit ihm befreundet sein zu wollen. Ich selbst war schon immer zurückhaltender. Jetzt fühlt sich sein Lachen an wie ein Stich mitten ins Herz. Wie kann er mir das antun? Mein eigener Bruder? Und warum? Was bringt es ihm, wenn er …

»Drew«, sage ich leise. »Was soll das alles?«

»Was das alles soll?«, wiederholt er. Seine braunen Augen sind geweitet und blutunterlaufen. »Ich hole mir das, was rechtmäßig mir gehört – das soll das alles, Schwesterherz.«

»Indem du mich kidnappst?«, entfährt es mir viel zu laut. *Indem du mich ermordest?* Diesen Teil kann ich aber nicht aussprechen. Mir wird übel, wenn ich nur daran denke.

Drew geht um mich herum, was Chase sichtlich nervös macht. Er macht ein paar Schritte von uns weg und wedelt mit der Pistole. »Ich hab dir gesagt, dass du sie fesseln sollst, Andrew«, sagt Chase. »Ich traue ihr nicht.«

»Na schön.«

Drew reißt ein Stück graues Klebeband von der Rolle ab. Damit bindet er mir die Handgelenke fest auf dem Rücken zusammen, bevor er sich meinen Knöcheln widmet. Als ich verschnürt bin, müht er sich wieder in eine aufrechte Position hoch und starrt mir aus seltsam leblosen Augen ins Gesicht.

»Kleb ihr auch den Mund zu«, befiehlt Chase.

Drew runzelt die Stirn. »Wer soll sie hier draußen schon hören?«

»Niemand. Ich hab nur keine Lust auf ihr Genöle.«

Drew, tu das nicht. Sag diesem Arschloch, dass er sich zum Teufel scheren soll. Du bist doch mein Bruder.

Doch Drew reißt gehorsam ein weiteres Stück Klebeband ab, um Chase' Aufforderung nachzukommen. Das ist zu viel für mich, und die Tränen, die mir schon die ganze Zeit in den Augen standen, laufen mir über die Wangen. »Warte!«, schreie ich. »Drew, bitte! Warum tust du das?«

Er grinst mich höhnisch an. »Das weißt du wirklich nicht?«

»Nein!« Ich versuche gegen die Tränen anzublinzeln. »Du bist mein bester Freund, Drew.«

»Dein bester Freund!«, platzt es aus ihm heraus. »Natalie, du hast echt keinen blassen Schimmer, oder? Hast du auch nur die geringste Vorstellung davon, wie es ist, dein Bruder zu sein? Das schwarze Schaf in einer Familie zu sein, die dich anbetet?«

»Niemand betet mich an!«

»Ach, nein?« Er zieht eine Augenbraue hoch. *»Natalie hat ihr eigenes Unternehmen gegründet. Natalie geht so verantwortungsvoll mit Geld um. Natalie ist das brave Kind. Natalie ist die Einzige, der wir vertrauen können. Drew, warum kannst du nicht mehr wie deine Schwester sein?«*

Mir wird schlecht. Für mich war die Beziehung zu meinem Bruder immer wundervoll, aber in Wirklichkeit hat die ganze Zeit über Verbitterung in ihm gebrodelt. Warum hat er nie was gesagt?

»Mein ganzes Leben lang hatte ich das Gefühl, dass ich mich bei dir einschleimen muss«, höhnt er. »Ich musste dein bester Freund sein, damit ich auch ein Stück vom Kuchen abbekomme, wenn du irgendwann das Sagen hast. Glaubst du, mir hat es Spaß gemacht, mir stundenlang die Geschichten über deine todlangweiligen Dates anzuhören? Ein Versager nach dem anderen. Ehrlich, wenn es mir nicht so scheißegal wäre, dann hätte ich dir jedes Mal schon nach fünf Sekunden sagen können, dass die alle reine Zeitverschwendung waren.«

Drew wirft Chase einen angewiderten Blick zu. »Ganz besonders *der* Loser da. Keine Ahnung, warum du nicht innerhalb kürzester Zeit bemerkt hast, dass er nur hinter deinem Geld her war.«

»Hey!«, blafft Chase. »Pass auf, was du sagst, Drew.«

Mein Bruder verdreht theatralisch die Augen. Seine Mimik ist mir so vertraut, dass es mir das Herz bricht. Wie kann er mir das antun?

»Jedenfalls«, fährt er fort, »hat Dad mich vor ein paar Monaten zu einem Gespräch ins Wohnzimmer gebeten. Er hatte mir was Wichtiges zu sagen.« Sein Gesicht wird knallrot, so wie früher, als er noch ein Kind war, wenn er seinen Willen nicht bekam. Es musste *immer* alles nach Drews Nase gehen. Ich hatte ganz vergessen, wie verzogen er früher war ... und anscheinend immer noch ist. »Sie wollen dir alles vermachen. Natalie, dem braven Kind. Sie vertrauen mir nicht. Ich werde eine monatliche *Zuwendung* bekommen, aber du erbst alles andere. *Alles.*«

Ich atme scharf ein. Davon hatte ich keine Ahnung.

»Weißt du, wie es sich angefühlt hat, das zu hören?« Er glotzt mich aus seinen blutunterlaufenen Augen an. »Weißt du, wie es sich anfühlt, wenn dich deine eigenen Eltern praktisch enterben? Weil sie ja Natalie haben – das gute Kind. Wozu brauchen sie schon mich, wenn sie ein Kind haben, das so viel besser ist, als ich es je sein könnte?«

»Das ist nicht wahr«, flüstere ich.

»Es *ist* wahr«, beharrt er. »Aber weißt du was?« Er kommt mir so nah, dass ich den Scotch in seinem Atem riechen kann. Ich frage mich, ob er das hier auch tun würde, wenn er nicht so betrunken wäre. Allerdings ist das keine spontane Entführung – wer weiß, wie lange sie das geplant haben. »Ich schere mich einen Dreck darum. Denn wenn es dich nicht mehr gibt, haben sie nur noch mich.«

Als mich die Bedeutung seiner Worte mit voller Wucht trifft, kann ich nur noch schreien. Aber darauf ist Drew vorbereitet. Ein Stück Klebeband über meinen Lippen bringt mich zum Schweigen.

* * *

Ich dachte ja, eine Hütte ohne Strom wäre schlimm, aber wenn ich die Wahl hätte, würde ich das jederzeit einem vollständig ausgestatteten Haus vorziehen, in dem ich an einen Stuhl gefesselt bin.

Drew und Chase verbringen den größten Teil des Abends mit Fernsehen. Und da ich in Richtung Bildschirm gedreht bin, muss ich wenigstens nicht nur an die Wand starren. Drew kippt sich zum Abendessen vier Bier hinter die Binde – zusätzlich zu dem, was er davor schon intus hatte. Er trinkt eine Menge. Ich wusste schon immer, dass er gelegentlich gerne mal einen hebt, aber es sieht so aus, als ob das inzwischen etwas außer Kontrolle geraten ist. Er hat es erfolgreich vor mir verheimlicht, was allerdings beweist, wie wenig ich meinen Bruder noch kenne.

Was haben sich meine Eltern nur dabei gedacht? Warum haben sie ihm gesagt, sie würden alles mir vererben? Sie hätten sich doch denken können, wie sehr ihn das verletzt.

Und warum haben sie es ihm gesagt, aber nicht mir? Aber vielleicht haben sie es gar nicht ernst gemeint. Ich wette, sie hielten das für einen kräftigen Tritt in den Hintern, damit Drew sein Leben endlich auf die Reihe bekommt. Klingt durchaus wie eine Idee, die von unseren Eltern stammen könnte. Wahrscheinlich ist ihnen der Gedanke gar nicht gekommen, dass sie uns damit gegeneinander ausspielen.

Chase telefoniert gerade mit gedämpfter Stimme. Ich wünschte, er hätte auch ein paar Drinks gekippt – vielleicht hätte ich dann eine Chance zu flüchten. Aber nein, er bleibt nüchtern. Mit wem er wohl spricht? Hat das was mit mir zu tun?

Und dann höre ich den Namen »Jake Decker«.

Ich spitze die Ohren und versuche verzweifelt zu erlauschen, was er sagt. Aber es ist schwierig, über das Dröhnen von Billy Joel aus den Surround-Boxen irgendwas zu verstehen. Wenn das hier vorbei ist, ertrage ich nie wieder einen Song von Billy Joel. Was schade ist, weil ich seine Musik immer gemocht habe, auch wenn er nicht der Superstar der Achtziger war.

Am Ende des Gesprächs gibt Chase noch ein »Gern geschehen« von sich. Als er auflegt, bemerkt er, dass ich ihn beobachtet habe. Ein Grinsen breitet sich auf seinem Gesicht aus, und er zieht sich einen Stuhl heran, um sich zu mir zu setzen. Sein Ausdruck gefällt mir ganz und gar nicht – was habe ich jemals an diesem Widerling gefunden?

»Weißt du, wer das war?«, fragt er.

Ich erdolche ihn mit Blicken. Nicht, dass ich ihm antworten könnte, selbst wenn ich wollte, denn meine Lippen sind mit Klebeband versiegelt.

»Das war ein Kollege von Freddy Mancini«, sagt er. »Und soll ich dir was sagen? Der war *echt froh* darüber, den Aufenthaltsort von Jake Decker zu erfahren. Wusstest du, dass sie ihn bis jetzt für tot gehalten hatten?«

Oh mein Gott …

»Ich habe letzten Endes entschieden, ihn nicht der Polizei zu melden«, meint Chase beiläufig. »Klar, die suchen ihn, aber dabei springt für mich nichts raus. Mancini will ihn dringender finden. *Viel* dringender. Und er ist deutlich großzügiger mit seinem Geld.«

Ich muss mich gleich übergeben.

»Ich frage mich, was sie wohl mit ihm anstellen werden.« Er kratzt sich nachdenklich am Kinn. »Beim ersten Mal haben sie ihn angeschossen und ihn im tiefsten Winter im Wald zum Sterben zurückgelassen. Ich wette, diesmal lassen sie sich was noch Besseres einfallen. Vielleicht stechen sie ihm noch das andere Auge aus.«

Ich unterdrücke einen Aufschrei. Das ist doch alles nur ein böser Traum. Das darf einfach nicht passieren.

»Ich hoffe, sie erzählen's mir«, fährt er fort. »Ich würde wirklich zu gern wissen, wie sie den Wichser umbringen. Mir tut's nur leid, dass ich nicht dabei sein und zuschauen kann.«

Ich *muss* Jake warnen. Ich muss eine Möglichkeit finden, ihm zu sagen, dass Chase ihn verpfiffen hat. Aber wie nur? Ich bin nicht in der Lage, irgendwem zu helfen. Selbst wenn ich irgendwie meine Handgelenke und Knöchel freibekommen könnte (und das ist ein fast unmögliches Wenn), hätte ich keine Möglichkeit, Jake von hier aus zu alarmieren. Er hat ja nicht einmal ein Telefon.

Mancini wird ihn finden. Und dann werden sie ihn töten.

»Schau nicht so entsetzt, Natalie.« Chase legt mir eine Hand aufs Knie. Ich würde ihm so gern zwischen die Beine treten. »Du bist schon lange tot, bevor ihm irgendetwas passiert. Wir behalten dich nur für den Fall hier, dass deine Eltern einen Beweis dafür haben wollen, dass du noch am Leben bist, bevor sie uns das Geld geben.«

»Vielleicht sollten wir Mom und Dad ihren kleinen Finger schicken«, lallt Drew von der Couch aus und lacht dann schallend.

Ich bin mir ziemlich sicher, dass Drew das nur im Scherz gesagt hat, aber der Vorschlag scheint Chase zu gefallen. »Eigentlich«, sagt er, während er sich zu mir vorbeugt, »ist das keine so schlechte Idee. Dann kannst du mit deinem Freund Jake im Partnerlook gehen.«

Nein. Nein, nein, nein. Bitte nicht.

Chase steht auf und geht in Richtung Küche. Von meinem Blickwinkel aus kann ich einen Messerblock auf der Arbeitsplatte sehen. Er zieht eine der Stahlklingen heraus und betrachtet sie prüfend. Das Metall glänzt im Licht der Küchenlampe, und ich kann praktisch sehen, wie scharf es ist. Chase dreht sich zu mir um und sieht mich mit einem grausamen Lächeln an.

Hilflos kämpfe ich gegen meine Fesseln.

»Was ist los, Natalie?«, fragt er, als er langsam auf mich zukommt. »Es ist nur ein kleiner Finger. Es ist ja nicht so, als ob wir dir den Zeigefinger abschneiden … noch nicht.«

Falls ich hier herauskomme, ich schwöre zu Gott, wird ihm das leidtun.

»Hey, lass den Scheiß«, verlangt Drew. »Soll ich hier alles vollkotzen? Ich hasse Blut.«

Chase wirft Drew einen Blick zu, der seinen Abscheu kaum verbirgt. Ich glaube, Chase bedauert es allmählich, dass er mit einem Säufer zusammenarbeitet. »Tja, heute ist dein Glückstag, Natalie«, sagt er und lässt das Messer wieder sinken. »Du darfst deine Finger behalten. Fürs Erste.«

Ich werde die beiden umbringen. Falls ich meine Arme je freibekomme, werde ich sie mit bloßen Händen umbringen.

Aber ich habe immer mehr Angst, dass das niemals passieren wird. Ich fürchte, dass ich in dieser Hütte sterben werde und sie ungestraft davonkommen.

Kapitel 24

Dass sie mir erlauben würden, mich für die Nacht in einem Bett auszustrecken, war zu viel erhofft. Nach einer Nacht auf dem Boden und einer Nacht auf einem unbequemen Sofa verbringe ich nun die heutige Nacht auf einem Stuhl und wünsche mir nichts sehnlicher, als auf dem Boden oder einem unbequemen Sofa liegen zu dürfen.

Eigentlich hatte ich erwartet, dass Chase oder Drew mich bewachen und sich vielleicht mit dem Schlafen abwechseln würden, aber das tun sie nicht. Ich glaube, sie trauen mir nicht viel zu. Sie verschwinden beide irgendwo im Haus und lassen mich allein zurück. Daher verbringe ich die erste Stunde mit dem Versuch, mich von dem Klebeband zu befreien, das meine Hände hinter meinen Rücken und meine Fußknöchel an den Stuhl fixiert.

Ich versuche mein Bestes und kämpfe, bis sich meine Handgelenke wund anfühlen. Einmal bringe ich den Stuhl zum Schwanken. Ich überlege, ob ich ihn zum Umfallen bringen soll, weil mir das vielleicht eine neue Möglichkeit zum Entfesseln verschafft, aber letztendlich bin ich mir nicht sicher, ob die horizontale Lage bequemer sein wird, falls mein Kopf dann in der Luft hängt.

Mein Freund und mein Bruder werden mich umbringen. Vielleicht morgen. Oder möglicherweise übermorgen – allerspätestens. Aber sie *müssen* mich töten und das bald. Es ist die einzige Möglichkeit, um sicherzustellen, dass ich sie nicht verrate und damit beide ins Gefängnis bringe. Sie müssen mich töten. Ihnen bleibt gar keine andere Wahl.

Wenn ich keine Möglichkeit finde, um von hier wegzukommen, werde ich sterben.

Panik macht sich in mir breit, und das Klebeband über meinem Mund macht die Sache nicht besser. Ich will nicht sterben. Aber was soll ich denn tun? Meine Arme und Beine sind mit Klebeband gefesselt. Selbst wenn ich mich befreien könnte, weiß ich nicht, wo ich hinsoll, da die Hütte von einem halben Meter Schnee umgeben ist.

Ich bin ihnen völlig ausgeliefert. Sie werden mich umbringen, und ich kann nichts tun, um sie aufzuhalten. Die einzige Möglichkeit, wie ich …

Moment.

Kommt da ein Schatten auf mich zu?

Ich blinzele in die Dunkelheit. Da ist eindeutig jemand mit mir im Raum, auch wenn ich nur einen schemenhaften Umriss von ihm sehe. Ich halte den Atem an. Was nun? Ist das einer von Mancinis Schlägertypen? Mir wird übel, als mir bewusst wird, wie hilflos ich hier sitze. Ich bin leichte Beute. Jeder kann mit mir anstellen, was immer er will.

Ich kneife die Augen zu und versuche mich gegen das zu wappnen, was nun folgt.

»Natalie?«

Sofort reiße ich die Augen wieder auf. Jake! Es ist

Jake, der vor mir steht. Er hält sein Gewehr in der rechten Hand und flüstert meinen Namen. Zumindest glaube ich, dass er es ist. Ich könnte vor lauter Angst halluzinieren. Gibt es so etwas? Und falls ja, würde er dann den Wohnzimmerboden volltropfen, sodass sich eine Pfütze bildet?

Er reißt das Klebeband von meinem Mund, was für den Bruchteil einer Sekunde echt wehtut, dann aber eine unendliche Erleichterung ist. Ich könnte schon wieder heulen. Gierig atme ich tief durch.

»Danke«, bringe ich heraus.

Er legt einen Finger auf seine Lippen, damit ich leise bin. »Ich bin mir ziemlich sicher, dass sie oben schlafen«, flüstert er, »aber wir haben nicht viel Zeit.«

»Ich wollte dich warnen«, wispere ich. »Sie haben Mancini gesagt, dass du …«

»Psst.« Er schüttelt den Kopf. »Ich weiß. Ich weiß, dass Mancini einen Hinweis erhalten hat. Mach dir keine Sorgen – ich bin nur zurück zu meiner Hütte gefahren, um meine Sachen zu holen und dann zu verschwinden.«

Er greift in seinen Stiefel und zieht ein Schweizer Taschenmesser hervor. Dann klappt er es auf und tritt hinter mich, um das Klebeband zu zerschneiden. Ich höre die Klinge durch das Band schlitzen und gleich darauf ein lautes Geräusch, das mich nach links blicken lässt. In Richtung der Schlafzimmer.

»Verdammt, ich kann nicht glauben, dass du wegen ihr zurückgekommen bist.«

Oh mein Gott. Es ist Chase.

Ich schaue kurz zu Jake, der immer noch sein Gewehr umklammert, auch wenn es nicht erhoben ist. Ist er ein besserer Schütze als Chase? Ich habe das schreckliche Gefühl, dass ich es gleich herausfinden werde.

»Lass das Gewehr fallen, Decker«, verlangt Chase.

Jake zögert.

»Lass es fallen«, wiederholt Chase durch zusammengebissene Zähne. »Oder ich schwöre bei Gott, dass du dabei zusehen kannst, wie ich Natalie das Hirn wegschieße.«

Jake legt sein Gewehr auf den Boden. Ich hätte ihn ja angewiesen, es wegzutreten, aber Chase macht das nicht.

»Unglaublich, du bist tatsächlich wieder da.« Chase kommt kopfschüttelnd auf uns zu. Ein weiterer Fehler seinerseits. So gelangt er in Jakes Reichweite. »Du hättest abhauen können – hättest dich retten können. Aber du bist geblieben. Für *sie*.« Er schnaubt. »Sein Leben für eine Frau zu riskieren … ich kann mir nichts Dümmeres vorstellen.«

Jake schweigt.

»Ist schon komisch.« Chase grinst ihn an. »Du versuchst immer den Helden zu spielen, aber jetzt bist du für alle nur noch ein korrupter Cop. Tolles Vermächtnis.«

Ich schaue hoch in Jakes Gesicht, aber es zeigt keine Regung. Er lässt sich von Chase nicht aus der Ruhe bringen. Nützt ihm nur nicht mehr viel, denn es ist klar, dass er nicht mehr die Oberhand hat. Allerdings haben wir noch ein Ass im Ärmel: Jake hat das Klebeband an meinen Handgelenken zerschnitten. Meine Hände sind frei.

Ich muss allerdings sehr vorsichtig sein. Wenn Chase das jetzt bemerkt, verliere ich diesen Vorteil, weil er mich einfach wieder fesseln würde. Ich muss warten. Vielleicht, bis sie wieder schlafen.

Chase dreht den Kopf und brüllt in Richtung des ersten Stocks: »Drew! Komm runter!«

Mein Bruder kommt nicht. Was mich nicht überrascht. Wenn Drew einen Rausch ausschläft – und das ist oft genug der Fall –, dann ist es unmöglich, ihn aufzuwecken.

Chase ruft noch einmal, aber es ist klar, dass er da keine Hilfe zu erwarten hat. Rasch späht er nach oben, aber ansonsten scheint er den Blick nicht von Jake nehmen zu wollen, was schlau ist. Nach einer guten Minute seufzt er auf.

»Ich sollte dich einfach erschießen, Decker«, sagt er. »Aber Mancini hat klipp und klar gesagt, dass er sich selbst um dich kümmern will. Und wie du weißt, sollte man diesen Kerl nicht verärgern.«

»Allerdings«, erwidert Jake ruhig, »das sollte man nicht.«

»Setz dich.«

Jake setzt sich folgsam auf den Stuhl neben mich.

»Hände hinter den Rücken.«

Jake gehorcht. Er ist so ruhig. Wie kann er so ruhig sein? Mein eigenes Herz hämmert wie wild in meiner Brust. Chase schnappt sich das Klebeband und hantiert mühsam damit herum, ohne die Pistole aus der Hand zu legen. Schließlich schafft er es, Jakes Handgelenke zu fesseln, und legt danach die Pistole auf dem Küchentisch ab.

Eine bessere Chance werde ich nicht bekommen. Jake weiß das ebenfalls. Er schaut mich mit erhobener Augenbraue an und nickt in Richtung Pistole.

Du musst das durchziehen, Natalie.

So schnell ich kann, reiße ich meine Handgelenke auseinander. Mir ist bewusst, dass jedes Zögern oder Stolpern mein Ende bedeuten kann. Meine Hände sind frei, und ich greife hastig nach der Pistole auf dem Tisch, doch ich habe keine Ahnung, wie ich sie halten oder was ich damit tun soll, außer natürlich, sie auf ein Ziel zu richten.

Chase macht einen Schritt nach hinten. Seine Augen sind vor Schreck weit aufgerissen. »Natalie?«

Meine Hände zittern, als ich mit der Waffe in seine Richtung zeige. »Nimm die Hände hoch.«

Chase schaut hinunter auf Jake, der nun auf seinem Stuhl festgebunden ist. Dann schaut er mich an – ich zittere wie Espenlaub und umklammere die Pistole, als ob mein Leben davon abhängt. Chase weiß, dass ich noch nie im Leben eine Waffe abgefeuert habe. Damit hat er mich immer aufgezogen.

Und dann erscheint dieser selbstgefällige Ausdruck auf seinem Gesicht. Gott, wie sehr ich den Unerschütterlichen Chase hasse!

»Natalie, was hast du denn mit der Waffe vor?« Er klingt erschreckend normal.

Obwohl ich die Person mit der Pistole bin, gehe ich einen Schritt rückwärts. »Bleib, wo du bist.«

Chase lacht laut auf. »Willst du das Ding etwa abfeuern? Weißt du überhaupt, wie?«

Ich schaue Hilfe suchend zu Jake, aber der schweigt. Jetzt könnte ich wirklich ein bisschen Unterstützung gebrauchen. Wie wäre es zum Beispiel mit ein paar Tipps dazu, wie man die Waffe benutzt? Ist ja nicht so, als könnte ich es googeln. Alles wäre besser als Schweigen.

Chase macht noch einen Schritt auf mich zu. Ich weiche erneut zurück.

»Du solltest mir jetzt einfach die Pistole geben, Natalie«, sagt er. »Du hältst sie nicht einmal richtig. Wenn du sie abfeuern würdest, würdest du dich wahrscheinlich aus Versehen selbst anschießen.«

»Sie ist auf dich gerichtet.«

»Ich hab genug Zeit auf dem Schießstand verbracht. Glaub mir, wenn man nicht weiß, was man tut, gibt es schnell Verletzte.«

Chase streckt die Hände nach mir aus. Ich gehe einen weiteren Schritt zurück, stoße jedoch mit dem Bein gegen eins der Sofas.

Ich muss auf ihn schießen. Wenn ich es nicht tue, wird er mir die Pistole abnehmen und mich umbringen. Aber kann ich das? Kann ich wirklich auf meinen Ex-Freund schießen? Oder überhaupt auf einen Menschen?

»Wie wäre es damit?«, meint Chase. »Du gibst mir die Waffe und ich bringe dich nicht um. Wir finden schon eine Lösung. Wäre das okay für dich?«

Ich schüttele heftig den Kopf. »Ich schwöre dir, Chase. Wenn du noch näher kommst, drück ich ab.«

Mein Finger liegt auf dem Abzug. Zumindest denke ich, dass das der Abzug ist. Ich nehme an, ich muss einfach nur darauf drücken, um die Pistole abzufeuern. Sie ist auf Chase' Brust gerichtet.

Chase will nach der Waffe greifen. Wenn ich nicht abdrücke, wird er sie mir wegnehmen. Und er wird mich und Jake töten. Ich muss das tun. Mir bleibt keine Wahl.

Abdrücken, Natalie. Tu es! Nun tu es schon!

Der Schuss hallt überlaut durch die Hütte, und Chase' Aufschrei erschreckt mich so sehr, dass ich nach hinten stolpere und auf das Sofa falle. Auf seinem Oberschenkel breitet sich ein dunkelroter Fleck aus. Oh mein Gott, ich habe tatsächlich auf ihn geschossen. Es war nicht mal eine bewusste Entscheidung. Außerdem war ich mir sicher, dass ich auf seine Brust gezielt hatte, aber ich habe wohl zu stark gewackelt. Das ist möglich beziehungsweise sogar sehr wahrscheinlich.

Doch als ich dann hochschaue, sehe ich Jake mit seinem Gewehr in der Hand hinter Chase stehen.

»Wichtige Lektion für dich«, sagt Jake zu dem sich am Boden windenden Chase. »Wenn man jemandem die Handgelenke mit Klebeband zusammenbindet und sie nicht nahe genug zusammen sind, dann kann sich dieser Jemand normalerweise befreien.«

Chase antwortet mit einem schmerzerfüllten Stöhnen.

Jakes Blick sucht meinen. »Gib mir die Waffe, Natalie. Bevor du mir noch aus Versehen in den Fuß schießt.«

Da ist was dran. Meine Hand hört einfach nicht auf zu zittern, auch nicht, als ich ihm Chase' Pistole reiche. Er entnimmt ihr schnell alle Patronen und steckt sie dann in seine Tasche. Auf einmal entdeckt er meinen Bruder, der offenbar durch den Schuss doch aus dem Schlaf gerissen wurde. Drew kommt mit zerzaustem Haar und verquollenen Augen die Treppe runtergestolpert, wird aber beim Anblick von Jake schlagartig wach. Hastig versucht er, zurück nach oben zu flüchten, aber Jake schüttelt den Kopf und zielt mit dem Gewehr auf seine Brust.

»Denk nicht mal dran«, sagt er. »Hände auf den Hinterkopf. Leg dich auf den Boden.«

Ausnahmsweise tut Drew einmal das, was ihm gesagt wird.

* * *

Ich binde sowohl Drews als auch Chase' Arme und Beine mit Panzerband zusammen und knebele sie damit auch. Jake überprüft meine Arbeit. Natürlich kann Chase sich mit der Kugel im Bein ohnehin nicht mehr groß wehren, und Drew wäre Jake wahrscheinlich nicht gewachsen, selbst wenn er eine Pistole hätte. Nachdem ich die beiden gefesselt habe, wähle ich den Notruf.

»Die Straßen sind noch nicht alle geräumt«, erkläre ich Jake nach dem Anruf, »aber sie denken, dass jemand innerhalb einer Stunde hier sein kann.«

»Sehr gut.« Jake blickt auf seine Armbanduhr. »Dann verschwinde ich jetzt.«

»Du willst gehen?« Ich schaue hinüber zu den zwei auf dem Boden gefesselten Männern, dann zurück zu Jake. »Wohin?«

»Ich muss hier weg, Natalie«, erklärt er geduldig. »Ich werde sowohl von der Polizei als auch von der Mafia gesucht.«

»Ja, aber …«

»Mir bleibt keine Wahl.« Er reibt sich über den Hinterkopf. »Zumindest, wenn ich nicht langsam und qualvoll sterben möchte.«

»Aber …«

»Aber was?«

Ich kann mich nicht überwinden zu sagen, was in meinem Kopf vor sich geht, nämlich, dass ich ihn nicht gehen lassen will. Jake hat mir innerhalb von drei Tagen zweimal das Leben gerettet, und mir wird klar, dass ich nicht ohne ihn leben möchte. Er ist der anziehendste Mann, den ich je getroffen habe. Er ist ein echter Held.

Der beste Mensch, der mir je über den Weg gelaufen ist. Egal, wie lange ich lebe – ich werde nie wieder jemanden wie ihn finden.

Ich will nicht, dass er geht.

»Gibt es denn keine Möglichkeit, dass du bleibst?«

Er schüttelt traurig den Kopf. »Nein.«

»Wenn wir mit der Polizei reden würden …«

»Glaubst du wirklich, dass es so einfach ist, Natalie?« Er kneift sein gesundes Auge etwas zusammen. »Ich hab eine *Mordanklage* am Hals. Und selbst wenn die entkräftet würde … Freddy Mancini ist bei Weitem gefährlicher. Die beiden Idioten hier waren halb so wild, aber ihm bin ich nicht gewachsen. Du hast keine Vorstellung davon, über welche Mittel dieser Mann verfügt.«

»Aber wenn die Polizei die Hütte durchsucht, findet sie vielleicht etwas, das deine Unschuld beweist …«

»Glaubst du, ich hätte nicht schon selbst angerufen, wenn es hier genug Beweise gäbe, die mich entlasten?«

»Also …« Ich beiße mir auf die Unterlippe. »Du wirst also für immer verschwinden? Einfach so?«

Jake lässt die Schultern hängen. »Für mich ist das auch nicht leicht. Es war das erste Mal schon schwer. Und jetzt …« Er senkt seinen Blick und atmet zittrig ein. »Genau das hab ich gebraucht: Etwas, das mir den Abschied noch schwerer macht.«

»Jake …«

Statt weiter mit mir zu diskutieren, drückt er seine Lippen auf meine. Ich schmelze dahin, als er mich mit seinen rauen Händen näher zu sich zieht. Mir bricht das Herz bei dem Gedanken, dass ich Jake Decker gerade zum letzten Mal küsse. Ich sehe ihn zum allerletzten Mal. Vor drei Tagen hatte ich noch keine

Ahnung, dass es ihn überhaupt gibt, und nun bereitet mir der Gedanke, ohne ihn leben zu müssen, körperliche Schmerzen.

Ich habe diesen Fehler einmal gemacht. Ich werde ihn nicht noch mal machen.

»Jake«, flüstere ich, als ich den Kuss wieder löse. »Was, wenn ich mit dir komme?«

»Mit mir kommen?« Er runzelt die Stirn. »Was meinst du damit?«

»Wo immer du hingehst.« Ich straffe die Schultern. »Ich will mit. Vorhin in deiner Hütte hast du mich gebeten, bei dir zu bleiben. Ich will bleiben.«

»Ja, ich habe dich gebeten, in der Hütte zu bleiben«, sagt er. »Nicht, dass du mit mir flüchtest. Verdammt, Natalie ...«

»Ist das nicht meine Entscheidung?«

»Nicht wirklich.« Er macht einen Schritt von mir weg. »Hast du irgendeine Vorstellung davon, wie es ist, auf der Flucht zu sein, Prinzessin?«

Prinzessin wieder. Oh, oh.

»Du hast es ja kaum zwei Tage ohne Strom ausgehalten. Was machst du, wenn wir die Nacht in einem heruntergekommenen Motel mit Drogendealern am Eingang und auf einer in Plastik verpackten Matratze verbringen? Wie wird es sein, wenn wir im Wald campieren müssen und ein Lagerfeuer das Einzige ist, was uns wärmt?«

Ich zögere. Zugegebenermaßen klingt nichts davon verlockend. Aber ich bin nicht aus Zucker. Ich hab so viele gescheiterte Versuche hinter mir, und ich weiß, dass ich nie wieder jemanden wie Jake finden werde.

»Ich habe Geld«, sage ich. »Das könnte hilfreich sein.«

Er schüttelt heftig den Kopf. »Auf dieses Geld kannst du nicht mehr zugreifen. Es würde unseren Aufenthaltsort verraten. Nach mir suchen Polizei *und* Mafia. Verstehst du das?«

»Das ist mir egal.«

»Nein.« Er schüttelt immer noch den Kopf. »Vertrau mir – das willst du nicht.«

»Doch, ich will es.« Ich sehe ihn direkt an. »Du kennst meinen Tell. Schau mich an, und sag mir, dass ich das nicht will.«

Jake starrt mich eine gefühlte Ewigkeit lang an. Er weiß, dass ich es ernst meine – ich will mit ihm gehen. Ich will, dass er nachgibt. Ich will, dass er mir sagt, dass es zwischen uns nicht für immer vorbei ist. Doch stattdessen kommt: »Das ist nicht deine Entscheidung.«

»Jake ...«

»Mach's gut, Natalie.« Er nickt in Richtung Chase und Drew, die immer noch gefesselt und geknebelt auf dem Boden liegen. »Viel Glück mit ... allem.«

»Bitte, geh nicht ...«

Jake beugt sich zu mir, um mich ein letztes Mal zu küssen, aber diesmal ist es sanft und kurz, seine Lippen liegen kaum eine Sekunde lang auf meinen. Ich sehe die gleiche Sehnsucht in seinem Gesicht, die mich erfüllt, aber er schüttelt nur den Kopf und lässt mich los.

Und dann verschwindet er für immer, bevor die Polizei auftaucht.

Kapitel 25

Die beiden Polizisten, die eine knappe Stunde später dicht gefolgt von zwei Sanitätern hier eintreffen, sind sichtlich schockiert davon, mich zitternd und zusammengekauert auf dem Sofa in der Hütte vorzufinden, während zwei erwachsene Männer gefesselt und geknebelt daneben auf dem Boden liegen. Im ersten Moment scheinen sie sich nicht ganz sicher zu sein, wen sie verhaften sollen. Ich habe darauf geachtet, dass die Pistole sich nicht in meiner Nähe befindet.

»Miss Rochester?«, fragt der Ältere der beiden. Er hat ein zerfurchtes Gesicht, aber sehr aufmerksame Augen. »Haben Sie uns angerufen?«

Ich nicke.

Er wirft einen Blick auf Chase und Drew. Chase liegt in einer Blutlache, noch bei Bewusstsein, aber sein Gesicht sieht sehr grau aus. Die Sanitäter haben sich über ihn gebeugt. Drews Augen sind immer noch blutunterlaufen, aber er ist bei vollem Bewusstsein. »Wie haben Sie das geschafft?«

»Ich … mir hat jemand geholfen.«

Die Augen des Officers wirken sofort noch wachsamer. »Es befindet sich noch jemand im Haus?«

Ich schüttele den Kopf. »Er ist gegangen.«

»Und wer war dieser Mann?«

Ich zögere. Ich will nichts über Jake preisgeben und ihn verraten, aber ich weiß, dass Chase der Polizei sowieso alles über Jake erzählen wird. Noch schlimmer: Er wird Freddy Mancinis Leuten alles erzählen. Das ist meine einzige Chance, für Jake einzutreten.

»Jake Decker«, sage ich. »Er ist ein Detective. Er hat mich gerettet, als man mich als Geisel gefangen gehalten hat.«

Der jüngere Officer ist noch sichtlich grün hinter den Ohren, doch er schaut mich aus zusammengekniffenen Augen an. »Und warum hat er sich vom Tatort entfernt?«

»Er …« Ich weiß nicht, wie ich das erklären soll. »Er wusste, dass mir keine Gefahr mehr droht.«

Der junge Polizist wendet sich mit gerunzelter Stirn an seinen Kollegen. »Jake Decker. Warum kommt mir der Name so bekannt vor?«

Der ältere Officer hat den Namen offensichtlich auch schon gehört. Ein Muskel in seiner Wange zuckt. »Das ist der Cop, der vor ein paar Jahren verschwunden ist. Der, der die Zeugen erschossen hat.«

»Er hat niemanden erschossen«, platze ich heraus.

Der jüngere Polizist ignoriert mich. »Ich dachte, die Mafia hat den Kerl kaltgemacht?«

Der ältere Beamte mustert mich. »Anscheinend nicht.«

Nun kapiere ich es endlich. Ich verstehe, warum Jake abhauen musste. In den Augen dieser beiden Cops ist er schuldig. Und obwohl er mir in den letzten Tagen zweimal das Leben gerettet hat, wird niemand glauben, dass er ein Held ist. Wenn er hiergeblieben wäre, hätte man ihn umgehend ins Gefängnis gesteckt.

Oder Schlimmeres.

In diesem Moment wird mir klar, dass ich Jake Decker nie wiedersehen werde. Und obwohl mich sowohl mein Freund als auch mein eigener Bruder auf die schlimmstmögliche Weise verraten haben, ist das irgendwie der niederschmetterndste Teil der Geschichte.

Kapitel 26

Zwei Wochen später

Der Taxifahrer lässt mich an der Ecke der kleinen Straße in Fresh Meadows raus. Natürlich war ich schon in New York, aber noch nie in Queens oder zumindest nicht diesem Teil davon. Wie ruhig es hier mitten am Tag ist. Auf dem Gehweg ist ein schmaler Pfad vom Schnee befreit, und dem folge ich nun entschlossen. Meine behandschuhten Hände vergrabe ich tief in meinen Jackentaschen.

Nach einer Weile komme ich zu einem vierstöckigen braunen Backsteinhaus. An der Haustür zögere ich kurz. Es ist ein bescheidenes Gebäude – definitiv kein Loch, aber meine Familie würde da nie im Leben einen Fuß reinsetzen.

Na ja, meine Eltern zumindest. Oder Drew. Wobei Drew kein großes Mitspracherecht bei der Wahl seines Wohnortes mehr hat. Aktuell sitzt er im Bezirksgefängnis, genau wie Chase auch. Der Kautionsantrag für beide wurde abgelehnt, da man von einem hohen Fluchtrisiko ausgeht. Außerdem wird ihnen noch viel mehr als meine Entführung vorgeworfen. Wie sich bei ihrer Festnahme herausgestellt hat, waren sowohl Chase als auch Drew an Geldwäschegeschäften der Mancini-Familie beteiligt. Im Moment versuchen sie, einen Deal auszuhandeln, um ihr Strafmaß zu reduzieren.

Der Skandal hat überall Schlagzeilen gemacht, und die Schande ist für meine Eltern kaum zu ertragen. Man sollte meinen, dass die Tatsache, dass ihr Sohn versucht hat, ihre Tochter zu ermorden, schlimmer für sie wäre, aber die Berichterstattung in den Zeitungen macht ihnen deutlich mehr zu schaffen.

Ich versuche immer noch zu verarbeiten, was Drew mir angetan hat. Mein Bruder. Mein bester Freund. Wie konnte er nur? Angeblich will er dringend mit mir sprechen, aber diese Chance gebe ich ihm nicht. Er verdient sie nicht.

Und Chase – tja, ich kann nur sagen, dass ich froh bin, dass ich mich nicht von meiner Familie zu einer Heirat mit diesem Kerl habe drängen lassen.

Ich schaue an dem Gebäude hoch. Mein Finger schwebt über dem Klingelknopf mit dem Namen *DECKER*. Mithilfe des Privatdetektivs unserer Familie habe ich Jakes Eltern ausfindig gemacht. Allerdings hat er ihre Adresse so schnell herausgefunden, dass ich sie wahrscheinlich einfach selbst hätte googeln können. Gestern Abend bin ich auf dem LaGuardia-Flughafen gelandet und habe dann heute Morgen ein Taxi hierher genommen. Ich hatte viel Zeit, um darüber nachzudenken, was ich sagen will, finde aber noch immer nicht die richtigen Worte.

Darf ich hochkommen? Es geht um Ihren Sohn.

Bevor ich genügend Mut sammeln kann, um auf den Knopf zu drücken, öffnet sich die Haustür. Die ältere Dame mustert meine teure Kleidung und hält mir dann die Tür auf. Anscheinend sehe ich vertrauenswürdig aus.

Wenn die wüsste, wozu Leute aus meinen Kreisen fähig sind.

Jakes Eltern wohnen im zweiten Stock des Gebäudes, und es gibt keinen Aufzug, also nehme ich die Treppe. Als ich bei Apartment 3B ankomme, hämmert mir das Herz in der Brust, und ich bereue es, meine Michael-Kors-Stiefel angezogen zu haben, die nicht viel besser als meine Christian Louboutins sind. Ich hatte sie wirklich für bequem gehalten, als ich sie im Laden anprobiert habe. Wenn Jake die Blasen an meinen Füßen sehen könnte, würde er sich sicher über mich lustig machen.

Gott, wie ich ihn vermisse – ich kann nicht aufhören, an ihn zu denken. Und es sind erst zwei Wochen vergangen.

Ich klingele, ziehe mir die Handschuhe aus und stopfe sie tief in meine Taschen. Wenigstens habe ich diesmal an Handschuhe gedacht. Ich zupfe an meinen Ohrringen herum und glätte meine blonden Haare. Einen Augenblick später ruft eine Frauenstimme: »Wer ist da?«

Okay, wird schon schiefgehen. »Mrs Decker?«

»Ja …?«

Sie ist es. Sie ist es wirklich. »Ich habe mich gefragt … Ich, hm … ich muss mit Ihnen über Jake sprechen.«

Das Knacken mehrerer Schlösser ist zu hören. Als sich die Tür öffnet, steht eine Frau mit sympathischem Gesicht vor mir. Ihre Haare sind kinnlang und zeigen bereits erstes Grau. Jetzt weiß ich auch, woher Jake seine blauen Augen hat – oder zumindest das eine Auge, das er nicht wegen Mancini verloren hat.

»Sind Sie eine Reporterin?«, fragt sie misstrauisch, und meine Knie wollen einfach nicht aufhören zu zittern.

»Nein.« Ich presse die Fäuste zusammen. »Ich heiße Natalie Rochester. Ich … Ich war … *bin* mit Jake befreundet. Dürfte ich … reinkommen?«

Mrs Deckers Blick bleibt skeptisch, aber sie macht Platz, um mich in ihre kleine Wohnung einzulassen.

Was mir beim Eintreten zuerst auffällt, ist der Schokoladenduft. Er umfängt mich sofort, vollmundig und unglaublich lecker. Es fühlt sich an, als würde ich in die beste Bäckerei Bostons eintreten. Eigentlich habe ich schon gefrühstückt, aber mein Magen ist kurz davor, mich mit einem lauten Knurren zu blamieren.

»Bitte, setzen Sie sich.« Mrs Decker deutet auf ein einfaches, geblümtes Sofa. Auf dem Weg dorthin komme ich an einer Wand vorbei, an der mehrere gerahmte Fotos hängen. Alle zeigen Jake zu verschiedenen Zeitpunkten seines Lebens. Ich sehe ihn als kleines Kind mit einem Baseballschläger in der Hand. Vollgepackt mit Campingausrüstung neben einem älteren Mann mit dem gleichen Körperbau und kantigem Kinn – beide Männer winken in die Kamera. In Uniform, offenbar bei der Abschlusszeremonie der Polizeiakademie. Er sieht so gut aus auf diesem Foto – sein Gesicht ist glatt rasiert, seine Augen schauen direkt in die Kamera. Aber er ist nicht so sexy wie jetzt.

Mrs Decker setzt sich neben mich aufs Sofa. »Sie haben meinen Sohn gekannt?«

»Ich *kenne* ihn«, korrigiere ich sie.

Mrs Deckers Wangen röten sich. »Miss Rochester, vielleicht wissen Sie das noch nicht, aber Jake – mein Sohn – er … er weilt nicht mehr unter uns.«

Ich hole tief Luft und frage mich, wie sie die nächste Information aufnehmen wird. Wird sie mir glauben?

Oder wird sie mich hinauswerfen? Das werde ich wohl gleich erfahren. »Ich habe Jake vor zwei Wochen gesehen, Mrs Decker.«

Die Röte breitet sich bis über ihre Ohren aus. »Nein«, sagt sie. »Ich fürchte, das ist unmöglich. Er ist seit mehr als drei Jahren tot.«

»Nein«, entgegne ich. »Das ist er nicht.«

Sie schluckt und ballt die Hände zu Fäusten. »Ich weiß nicht, was Sie sich denken, junge Frau. Aber ich kann Ihnen versichern, dass Sie sich eindeutig irren.«

Sie glaubt mir nicht. Was mich nicht überrascht.

»Er hatte sich in einer Hütte in Vermont versteckt.« Die Worte kommen mir hastig über die Lippen. »Er hat mir erzählt, dass Sie ihn für tot halten und er es nicht riskieren kann, sich bei Ihnen zu melden, weil die Leute, die nach ihm suchen, es herausfinden und ihn dann töten könnten.«

Mrs Deckers Mund steht offen. »Ich glaube nicht … das kann nicht …«

»Es ist wahr.« Ich schaue ihr direkt in die blauen Augen. »Ich schwöre es Ihnen. Und … der einzige Grund, weshalb ich hier bin, um Ihnen das zu erzählen, ist, weil Jake … er hat mir das Leben gerettet.«

Mrs Decker starrt mich an. Ihre Lippen sind zu einer schmalen, geraden Linie zusammengepresst. Sie öffnet den Mund, als ob sie etwas sagen möchte, aber stattdessen bricht sie in Tränen aus.

»Sie lügen«, fährt sie mich durch ihr Schluchzen an. »Jake ist tot. Man hat sein Blut im Schnee gefunden.«

»Es war sein Blut«, bestätige ich, »aber er lebt noch.«

Mrs Decker schlägt sich die Hände vors Gesicht, ihre Schultern zucken. Als sie den Kopf hebt, sind ihre

Augen gerötet, aber ihr Gesicht drückt Entschlossenheit aus. »Ich weiß nicht, warum Sie das tun«, sagt sie. »Ich weiß nicht, ob das ein Trick ist oder was Sie sich davon versprechen. Aber ich sage Ihnen eines.« Ihr Blick wird stahlhart. »Mein Sohn würde es mir nie verzeihen, wenn ich jemanden seinen Tod ausnutzen lassen würde, um mich übers Ohr zu hauen.« Sie atmet zitternd ein. »Ich glaube, es ist besser, wenn Sie jetzt gehen.«

Ich zucke zusammen. Das hätte ich wahrscheinlich erwarten müssen, wenn ich hier ohne einen richtigen Beweis auftauche. Aber ich hatte gehofft, sie würde mir ins Gesicht schauen und wissen, dass ich die Wahrheit sage. Doch genau wie ihr Sohn ist Mrs Decker nicht vertrauensselig, sie ist durch und durch die Mutter eines Polizisten. Ich weiß nicht, was ich noch sagen kann, um sie zu überzeugen. Jake hat mir nichts von sich überlassen – keinen Beweis dafür, dass er jemals in meinem Leben aufgetaucht ist. Allerdings …

Ich atme den köstlichen Schokoladenduft ein.

»Jake hat mir von Ihren Backkünsten erzählt«, erkläre ich schnell, bevor sie mich zur Tür befördern kann. »Er sagte, dass er Sie immer ermutigt hat, sich damit selbstständig zu machen, aber Sie hatten zu viel Angst davor.«

Mrs Decker erstarrt und schaut mich unverwandt an.

»Er sagte, dass Ihr Stand bei Kuchenbasaren immer als erster ausverkauft war«, füge ich hinzu. »Und dass Sie die besten Schokoladencupcakes der Welt backen. Besser als jede Bäckerei.«

Die Entschlossenheit weicht aus ihrem Gesicht. »Jake …«

Sie fängt an, mir zu glauben. Ich warte, nicht sicher, ob ich noch mehr sagen sollte. Ich sitze bei ihr, während sie wie eine Frau schluchzt, die eben herausgefunden hat, dass ihr toter Sohn auferstanden ist.

»Ich kann es nicht glauben«, flüstert sie. »Alle haben uns gesagt …«

»Ich weiß«, erwidere ich leise. Ich strecke die Hand aus, um sie am Arm zu berühren, mache dann aber in letzter Sekunde einen Rückzieher. »Er hat mir alles erzählt – wie ihm die Morde angehängt wurden, und dass dieser Mafioso versucht hat, ihn zu töten. Er sagte, dass nur seine Eltern ihm geglaubt haben, dass er es nicht getan hat. Alle anderen haben ihn für schuldig gehalten. Also musste er verschwinden. Ihm blieb keine andere Wahl.«

»Seine Leiche wurde nie gefunden«, murmelt sie, »aber da war Blut im Schnee. So viel Blut …« Sie wischt sich mit dem Handrücken über die Augen. »Die Polizei hat mir gesagt, dass Mancini ihn umgebracht hat. Das hat jeder gedacht – sogar Jakes Vater. Ich auch, aber natürlich hat ein Teil von mir immer gehofft …«

Sie reibt sich wieder die Augen, aber es hilft nichts, weil die Tränen immer weiterfließen. Ich würde ihr gerne Taschentücher reichen, aber das hier ist nicht mein Zuhause, und ich will nicht herumsuchen. Und ein Teil von mir ist nicht sicher, ob ich mich bewegen sollte.

Nach einem Moment hebt sie den Blick und schaut mich aus nun feuchten Augen an. »Sagen Sie … Natalie?«

Ich nicke.

Sie beugt sich vor. »Wie sieht Jake aus? Geht es ihm gut?«

Soll ich ihr sagen, dass Mancini ihn angeschossen, für tot gehalten und liegengelassen hat, und dass ihn das ein Auge und mehrere Finger gekostet hat? Dass er hinkt, als ob in seinem rechten Bein ein Messer steckt? Eigentlich muss sie das nicht wissen. »Es geht ihm gut.« Ich lächele sie an. »Ich habe während eines Schneesturms in meinem Auto festgesessen, und er kam mit seinem Pick-up und hat mich gerettet. Ohne ihn wäre ich erfroren.«

Mrs Decker fasst sich ans Herz. »Das ist mein Sohn. Er musste immer der Held sein. Als er fünf Jahre alt war, wusste ich schon, dass er Polizist werden würde. Er war auf diesen riesigen Baum hochgeklettert, um die Nachbarskatze zu retten, die nicht mehr herunterkam. Ich war so wütend auf ihn, weil er so hoch geklettert war, aber er sagte nur: ›Ich musste die Katze retten, Mom.‹«

Ich lache, weil mich das kein bisschen überrascht. »Er war auch ein echter Gentleman, hat mir sein Bett überlassen und selbst auf dem Fußboden geschlafen.«

»Tatsächlich?« Mrs Decker zieht eine Augenbraue hoch, und zum ersten Mal zeigt sich ein wissender Ausdruck auf ihrem Gesicht. »Er ist nicht immer ein Gentleman, wissen Sie. Nur bei manchen Frauen.«

Und nun ist es an mir, rot zu werden.

»Also wo ist er?«, fragt sie mit glänzenden Augen. »Glauben Sie, es besteht die Möglichkeit, dass ich ihn sehen könnte?«

Ich senke den Blick. »Es tut mir leid, ich habe keine Ahnung, wo er ist. Es gab einen … einen Vorfall, und er musste verschwinden. Ich werde ihn wahrscheinlich selbst nie wiedersehen.«

Ich schlucke den Kloß in meinem Hals hinunter, als ich diese Worte sage. Aber das ist nichts im Vergleich dazu, wie niedergeschmettert Mrs Decker wirkt. Ich frage mich, ob es ein Fehler war, hierherzukommen, wo ich doch wusste, dass sie ihren Sohn unmöglich sehen kann. Aber sie hat es verdient, wenigstens zu erfahren, dass er am Leben ist. Wenn es eine Möglichkeit gibt, ihm dafür zu danken, dass er mir das Leben gerettet hat (zwei Mal!), dann durch dieses Geschenk, das ich seinen Eltern mache.

»Solange es ihm gut geht«, sagt sie entschlossen. »Das ist das Einzige, was zählt.« Sie spielt für einen Moment an ihrem Rocksaum herum und schaut dann zu mir auf. »Würden Sie heute Abend mit uns essen, Natalie? Ich weiß, dass mein Mann Sie gern kennenlernen und hören würde, wie es Jake geht. Er wird überglücklich sein. Das würde ihm so viel bedeuten – uns beiden.«

»Natürlich.«

Aus der Küche ertönt das Klingeln eines Küchenweckers, und Mrs Decker schrickt etwas zusammen, als ob sie ihn völlig vergessen hatte. »Oh, entschuldigen Sie mich bitte! Ich bin gleich zurück! Bitte gehen Sie nicht.«

Ich höre das knarzende Geräusch einer sich öffnenden Backofentür, und der Schokoladenduft verstärkt sich noch. Gott, riecht das gut.

Als Mrs Decker ins Wohnzimmer zurückkommt, wischt sie sich die Hände an ihrer Schürze ab. »Entschuldigen Sie bitte, Natalie. Backen ist tatsächlich meine große Leidenschaft, und … ehrlich gesagt hat es mich durch die letzten paar Jahre gebracht, seit er weg ist.«

»Haben Sie es jemals ernsthaft in Erwägung gezogen?«, frage ich sie. »Ich meine, eine eigene Bäckerei aufzumachen.«

Sie lacht, und es klingt schön nach all den Tränen. »Ach wo, ich meine, nicht wirklich.« Sie spielt wieder an ihrem Rocksaum und glättet dann den Stoff. »Es ist nur ein Hobby.«

»Aber er hat mir erzählt, wie sehr Sie es lieben«, sage ich. »Und wie gut Sie darin sind. Ich meine, ich koche auch gern und hab deshalb einen Catering-Service aufgemacht. Das war die beste Entscheidung meines Lebens.«

Ihre Wangen röten sich. »Es war lieb, dass er so an mich geglaubt hat, aber … ich weiß nicht. Ich kann mir nicht vorstellen, dass so etwas für mich je Wirklichkeit wird.«

Aber in meinem Kopf wächst eine Idee heran. Vielleicht gibt es noch eine andere Möglichkeit, Jake für alles zu danken …

Epilog

Sechs Monate später

Ich war immer stolz darauf, wie gut mein Catering-Service läuft.

Wir haben viele Stammkunden, was sich immer wie das größte Kompliment anfühlt. Ich verbringe viel Zeit damit, neue Rezepte und köstliches Fingerfood zu entwickeln, um meine Kunden glücklich zu machen, und bin damit zwar kein Shootingstar geworden, aber das Geschäft läuft gut. Anders ausgedrückt: Wenn mich meine Eltern enterben würden, käme ich trotzdem zurecht. Auch wenn das nicht sehr wahrscheinlich ist, da mein Bruder im Gefängnis sitzt.

Doch nun stellt sich heraus, dass ich von Anfang an in Betty Decker hätte investieren sollen.

Nachdem ich als Investorin bei Betty's Baked Goods eingestiegen bin und für eine Website gesorgt habe, auf der sich potenzielle Kunden über ihr Angebot informieren können, kam die Sache nicht sofort ins Rollen. Aber nach ein paar Monaten gab es immer mehr Mund-zu-Mund-Propaganda, und ein beliebtes Online-Feinschmeckermagazin veröffentlichte sogar einen Artikel über sie. Nun kann sie sich vor Bestellungen nicht mehr retten.

Als wir zuletzt telefoniert haben, hat sie mir von der neuen Mitarbeiterin erzählt, die sie eingestellt hat. Nach all den Jahren als Sekretärin ist sie vor Stolz fast geplatzt, dass sie nun selbst eine Assistentin hat. So glücklich habe ich sie zuvor noch nie gehört.

Aber trotz all dem weiß ich, dass ihr die eine Sache, die sie wirklich will, fehlt: Sie möchte ihren Sohn wiederhaben. Wenigstens weiß sie, dass er noch am Leben ist, das ist ein kleiner Trost.

Ich sehe die Bestellungen für Bettys Produkte durch und staune, wie viele es sind. Betty wird bestimmt nicht Schritt halten können und bald noch eine Mitarbeiterin anheuern müssen. Und wir müssen auf jeden Fall Arbeitsräume anmieten, in denen es mehr Backöfen und Herdplatten als in Bettys winziger Küche gibt. Ich werde morgen mit ihr darüber sprechen. Betty ist eine phänomenale Bäckerin, aber keine herausragende Geschäftsfrau. Diesen Teil übernehme ich gern für sie, denn offenbar habe ich tatsächlich den Geschäftssinn meines Vaters geerbt.

Mein Handy klingelt, und ich sehe die Nummer meiner Freundin Sophie auf dem Display. Sophie Pasternak war meine Mitbewohnerin auf der Uni und früher eine meiner engsten Freundinnen, aber irgendwann hat sich das etwas verlaufen. Ihr Mann Colin ist in die Politik gegangen, und die beiden reisen wegen seiner Arbeit nun oft nach Washington D.C. Seit dem Schlamassel mit Chase und meinem Bruder ist der Kontakt mit ihr jedoch wieder enger geworden.

»Hey, Soph«, sage ich, als ich abnehme. »Was gibt's?«

»Ich wollte nur fragen, ob dein Date heute Abend noch steht.«

Ich stöhne innerlich auf. In etwa zehn Minuten muss ich meine Wohnung verlassen, um zu meinem ersten Date seit Chase zu gehen. Ed ist Anwalt, und wir haben uns auf einer Dating-Website kennengelernt. Dort hatte ich mich angemeldet, nachdem mich meine Mutter darauf hingewiesen hat, dass ich inzwischen dreißig bin und auch nicht jünger werde.

Ich bin von diesem Date nicht begeistert. Und das ist eigentlich eine Untertreibung. Ed schien ganz nett zu sein, als wir miteinander telefoniert haben, aber ohne ihn überhaupt getroffen zu haben, weiß ich schon, dass das mit ihm nichts wird. Unglücklicherweise hat Jake Decker mich für alle anderen Männer verdorben.

»Ja«, seufze ich. »Ich gehe hin.«

Sophie schweigt einen Moment lang. »Du trauerst immer noch Jake hinterher, oder?«

Ich habe ihr alles erzählt. Dass ich immer noch jede Nacht an Jake denke, an seine muskulösen Arme und seine kantigen Gesichtszüge, seine ungleichmäßig geschnittenen Haare und die Schwielen an seinen Händen. Nach so etwas kommt einem ein Typ wie Ed … langweilig vor.

»Ich muss irgendwann drüber wegkommen«, sage ich. »Ich kann mich ja nicht den Rest meines Lebens nach einem Mann verzehren, den ich wahrscheinlich nie wiedersehen werde.«

»Könntest du nicht nach ihm suchen?«

»Sophie, wenn die Mafia ihn nicht finden kann, wie soll ich das dann anstellen?«

»Du bist Natalie Rochester, verdammt noch mal. Wenn du dir etwas in den Kopf setzt, dann schaffst du das auch! Zumindest normalerweise.«

Da hat sie nicht unrecht. Aber was hat mir das bis jetzt gebracht? Ja, mein Geschäft läuft gut. Aber mein Privatleben ist ein Desaster.

Sophies Stimme wird weicher. »Ich will einfach nur, dass du so glücklich bist wie ich, Nat.«

Sophie hat als Kind starke Verbrennungen im Gesicht erlitten, und lange Zeit habe ich mir Sorgen gemacht, dass sie nie jemanden findet, der sie so sehr liebt, wie sie es verdient. Jetzt hat sie den besten Ehemann der Welt. Und ich bin immer noch auf der Suche.

»Mach dir keine Sorgen«, sage ich. »Ich werde jemanden finden. Vielleicht ist Ed ja der Richtige.«

Ich bezweifle das stark. Aber Ed und ich treffen uns in zwanzig Minuten im North End, und ich will mich nicht verspäten.

Also beende ich das Telefonat, frische halbherzig meinen Lippenstift auf, schlüpfe in meine Manolo-Blahnik-Pumps und gehe hinunter, um auf mein Taxi zu warten. Im schlimmsten Fall springt ein gutes Essen für mich heraus. Ed hat mich in ein italienisches Restaurant eingeladen, von dem mehrere meiner Freunde bereits geschwärmt haben. Vielleicht kann ich mich dort zu ein paar neuen Gerichten inspirieren lassen.

»Natalie.«

Ich wirbele herum, als mich ein Mann hinter mir anspricht. Ein großer Kerl lehnt an meinem Gebäude. Er trägt ein schwarzes T-Shirt und Jeans. Er ist glatt rasiert, und sein dunkles Haar ist von der leichten Septemberbrise zerzaust. Ich starre in das mir so vertraute, gut aussehende Gesicht mit den kantigen Zügen und der Augenklappe auf dem rechten Auge.

»Jake!«

Er grinst mich breit an. »Du siehst hübsch aus, Prinzessin. Willst du irgendwohin?«

»Ja, ich …« Ich gestikuliere hilflos zu dem Taxi, das am Bordstein auf mich wartet. »Ich habe ein … also …«

»Ein Date?«

Ich blicke nach unten. »So in der Art.«

»So ein Mist aber auch«, sagt er. »Ich dachte, wir hätten einander versprochen, dass wir auf immer und ewig enthaltsam leben würden, nachdem ich gegangen bin. War das nicht so? Darauf hätte ich schwören können.«

Ich ziehe eine Augenbraue hoch. »Hast du denn enthaltsam gelebt?«

Er lächelt schief. »Seit ich dich getroffen habe, ist die Ladies Night nicht mehr dasselbe.«

Lachend mache ich einen Schritt auf ihn zu. Mein Taxi wird sehr wahrscheinlich ohne mich losfahren, aber das ist mir egal. Ich werde Ed eine Nachricht schicken und mich für heute Abend entschuldigen müssen. Jetzt werde ich nirgendwo hingehen – nicht, wenn der Mann, an den ich in den letzten sechs Monaten pausenlos gedacht habe, vor meiner Tür steht.

»Übrigens«, sagt Jake, »danke für alles, was du für meine Mutter getan hast. Das war … wirklich toll von dir.«

»Du hast sie besucht?«

Er nickt. »Ich bin heute Morgen von New York aus hierhergeflogen.«

Ich stelle mir Bettys Gesichtsausdruck vor, als sie ihren einzigen Sohn, den sie jahrelang für tot gehalten hat, wieder in die Arme schließen durfte. Der bloße Gedanke daran bringt mich zum Lächeln.

Er berührt vorsichtig seine Augenklappe. »Das kam überraschend für sie. Du hast sie nicht vorgewarnt.«

»Ich dachte, es würde sie zu sehr mitnehmen«, gebe ich zu. »Und um ehrlich zu sein, ich war mir nicht sicher, ob sie dich je wiedersehen würde.«

»Ja.« Er stößt einen Seufzer aus. »Ich auch nicht. Aber …« Ein Lächeln spielt auf seinen Lippen. »Die Dinge haben sich endlich zu meinen Gunsten entwickelt. Es sind neue Beweise aufgetaucht, die viele von Mancinis Männern belasten. Ein paar von ihnen sagen gegen ihn aus, und einer hat den Doppelmord gestanden, den sie mir anhängen wollten.«

Ich starre ihn an. »Das ist ja fantastisch. Also bist du von den Vorwürfen freigesprochen worden?«

»Das werde ich. Und Freddy Mancini sitzt im Gefängnis.«

Ich kann nicht anders – schwungvoll werfe ich ihm die Arme um den Hals. Er lacht und taumelt einen halben Schritt nach hinten, bevor er sich entspannt. Dann macht er sich jedoch von mir los, um mir in die Augen zu schauen.

»Ich muss dir was gestehen, Natalie. All die Jahre von zu Hause weg zu sein, war schlimm. Aber es war so viel schlimmer, nachdem ich dich getroffen hatte. Ich konnte nicht aufhören, an dich zu denken. Es hat mich nachts wachgehalten. Ich wollte noch mehr als vorher meine Unschuld beweisen und zu dir zurückkommen.«

Ich fahre mit den Fingern die Linie der Narbe auf seiner rechten Wange nach. »Ich habe gehört, dass es bei Schlaflosigkeit hilft, wenn man die Sterne betrachtet.«

Er grinst mich an. »Oder Jack Daniel's trinkt.«

»Sieht nicht so aus, als ob du den noch brauchen wirst.«

»Gott sei Dank.«

Und dann beugt er sich vor, um seine Lippen auf meine zu drücken. Es ist der Kuss, auf den ich gewartet habe, seitdem er mich in der Hütte zurückgelassen hat, und ich kann ihn bis in die Zehenspitzen spüren. Jake zieht mich dicht an sich und fährt mir durchs Haar. Es ist ein langer, genießerischer Kuss, der – wenn es nach mir ginge – ewig andauern könnte. Ich könnte hier an der Ecke stehen bleiben, Jake Decker für den Rest meines Lebens küssen und das wäre völlig in Ordnung für mich. Wahrscheinlich würden wir irgendwann festwachsen, aber auch das wäre okay.

»Hey«, raunt er mir ins Ohr, »wollen wir nach oben gehen?«

Ich grinse ihn an. »Soll ich uns was kochen?«

»Nimm's mir nicht übel«, erwidert er, »aber: Nein, ich will nichts essen. Ich habe in all diesen Monaten von etwas ganz anderem geträumt.« Sein Atem fühlt sich heiß auf meinem Hals an. »Ich will *dich.*«

Wie gut, dass wir da einer Meinung sind.

Mein Puls schlägt schneller, als er meine Hand nimmt und mich zurück ins Gebäude zieht. Meine ältere Nachbarin, Mrs Belding, die eine Etage über mir wohnt, wartet auf den Aufzug, und die Tatsache, dass ich mit einem großen Mann mit Augenklappe Händchen halte, scheint sie zu schockieren. Es wäre eigentlich lustig, wenn ich den Aufzug nicht so verzweifelt für uns allein haben wollen würde, damit ich weiter mit Jake rumknutschen kann.

»Hallo, Natalie, meine Liebe«, sagt sie und mustert Jake mit gerunzelter Stirn von oben bis unten. Der ist noch immer ziemlich imposant, auch ohne Bart.

»Hi, Mrs Belding. Das ist Jake.«

Jake lässt ein Lächeln aufblitzen und reicht der alten Dame die Hand. Sie schaut hinunter auf seine große, schwielige Hand mit dem Stumpf anstelle des kleinen Fingers und macht einen Schritt nach hinten. Ich habe sie noch nie so eingeschüchtert gesehen wie in dem Moment, als sie endlich seine Hand schüttelt. »Freut mich, Sie kennenzulernen«, sagt Jake.

»Gleichfalls«, bringt sie heraus.

Ich würde gern sagen, dass wir höflich unsere Hände voneinander lassen, während wir zusammen mit der armen Mrs Belding im Aufzug sind, aber das wäre gelogen. In der dritten Etage hat mich Jake gegen die Wand geschoben und küsst sich meinen Hals nach unten entlang. Drei Etagen höher können wir nicht mehr genug voneinander bekommen. Ich schlinge ein Bein um ihn und schmiege mich enger an seinen Körper. Ich kann meine Lippen nicht von seinen nehmen. Als wir endlich aus dem Aufzug stolpern, haben wir meine Nachbarin vermutlich dauerhaft traumatisiert.

»Die Schlüssel«, knurrt Jake, als wir den Flur zu meiner Wohnung entlanghasten.

Sobald wir in meinem Wohnzimmer sind, halten wir es nicht länger aus. Es ist eindeutig, wie sehr wir uns nacheinander gesehnt haben. Ich bin sicher, das Feuer in seinem Auge spiegelt die Hitze in meinen eigenen wider. Genau davon habe ich die letzten sechs Monate geträumt: Jakes Körper, der sich gegen meinen drängt, seine Zunge an meiner. Für einen rauen Mann hat er unglaublich weiche Lippen. Die Art, wie er sanft an meiner Unterlippe saugt, raubt mir den Atem. Und das ist der Grund, weshalb ich keine Lust auf Dates hatte – weil ich wusste, dass kein anderer Kuss da mithalten könnte.

Während ich ihm das Shirt aus dem Hosenbund reiße, fummelt er an dem winzigen Reißverschluss am Rückenteil meines Kleides herum. Mit seinen Fingern ist das nicht einfach für ihn. Nachdem er sich eine Minute lang damit abgemüht hat … nun, es ist gut, dass ich Multimillionärin bin, denn das Kleid überlebt den Abend nicht. Er reißt es auf, als wäre es aus Papier.

Ich war noch nie mit einem Mann zusammen, der mich so sehr wollte, dass er mir die Kleider vom Leib gerissen hat. Jakes Verlangen ist unübersehbar und ich spüre die Hitze, die von ihm ausgeht wie an dem Tag, als er versucht hatte, mir das Holzhacken beizubringen.

Und ich begehre ihn ebenso sehr.

Jake hebt mich mühelos hoch, was verdammt beeindruckend ist. Mich hat noch nie ein Mann herumgetragen. Ich schlinge meine Beine um ihn, aber er stützt mich so sicher, dass ich nicht viel tun muss. Im Schlafzimmer angekommen, legt er mich sanft auf der Matratze ab. Die Laken sind noch unordentlich von heute Morgen, und ausnahmsweise bin ich froh, dass ich zu faul zum Bettenmachen war. Ungeduldig schiebt er die Decken aus dem Weg, und sie landen auf dem Boden.

Aber statt sich über mich zu beugen, wie ich es erwartet habe, bleibt er am Fußende stehen, von wo aus er mich einen Moment lang betrachtet. Sein Gesichtsausdruck zeigt eine Mischung aus Begehren und Zärtlichkeit. Mein Herz zieht sich beinahe schmerzhaft zusammen. Endlich kommt er zu mir, zieht mir den mittlerweile feuchten Slip aus und schiebt meine Beine sanft auseinander. Ich keuche auf, als er seinen Kopf zwischen sie senkt. »Davon habe ich die ganzen letzten sechs Monate geträumt.«

Oh mein Gott, ich kann nicht glauben, was Jake da vorhat. Normalerweise muss ich darum bitten und betteln, und vielleicht – *vielleicht* – bekomme ich es zu meinem Geburtstag oder einem anderen besonderen Anlass. Aber Jake kennt keine Hemmungen und nimmt sich Zeit, als ob es wirklich genau das ist, wovon er geträumt hat. Und als ich die Augen genüsslich schließe, glaube ich es auch, denn – verdammt! – er ist gut darin.

Ich kralle die Finger in seine dunklen Haare, versuche, es so lange wie möglich hinauszuzögern, um es in vollen Zügen zu genießen. Vergeblich – das Gefühl ist einfach zu intensiv. Ich werfe den Kopf zurück und schreie laut auf. Das ist in Ordnung – die Wände meiner Wohnung sind wirklich dick.

Sobald mein Körper sich entspannt, hebt Jake den Kopf und kommt zu mir nach oben. Ich habe die Konturen seines Brustkorbs schon durch seine Unterhemden gesehen, aber als er das Shirt auszieht, schnappe ich nach Luft. Gott, sein Oberkörper ist unglaublich – so viele straffe, definierte Muskeln. Er streicht mir ein paar verschwitzte Haarsträhnen aus dem Gesicht, bevor er seine Lippen auf meine drückt.

Ich fühle seine Härte, und ich bin mehr als bereit, ihn in mir zu spüren. Ich unterbreche unseren Kuss. »Kondom, Nachttisch«, schaffe ich zu flüstern.

Er schnappt sich eins und hantiert wegen seiner fehlenden Finger etwas ungeschickt mit der Verpackung herum. Nach ein paar frustrierenden Sekunden will ich helfend eingreifen, aber da reißt er es schon mit den Zähnen auf. Ich lächele über seine Ungeduld.

»Soll ich das machen?«, murmele ich.

»Ja, bitte.«

Ich streife ihm das Kondom über. Und ich muss sagen, dass er nicht nur mit einer beeindruckenden Körpergröße gesegnet ist.

Er küsst mich erneut und dringt sanft in mich ein. Ich erlebe tatsächlich noch einen Höhepunkt, bevor er seine Erlösung findet und mich dabei fest an seine harte Brust drückt. Dann lässt er sich neben mir aufs Bett fallen. Er atmet schwer, aber nicht so schwer wie ich. Mir klingeln buchstäblich die Ohren – ich habe Angst, dass ich ohnmächtig werden könnte. Vielleicht muss ich, wenn wir miteinander schlafen, immer eine Papiertüte bereithalten, damit ich nicht hyperventiliere.

»Das war großartig«, flüstert Jake und sieht mich an, als wäre er direkt bereit für die nächste Runde. Dagegen habe ich nichts, solange er mir ein paar Minuten zum Verschnaufen gibt.

»Nein.« Ich zeichne mit den Fingern die dicken Narben auf seinem Oberschenkel nach, wo die zersplitterten Knochen repariert wurden. »Das war *mehr* als großartig.«

»Hast recht.« Er grinst mich an. »Du bist wirklich was ganz Besonderes, Prinzessin.«

Ich bin was Besonderes? *Er* ist derjenige, der mir das Kleid vom Leib gerissen hat. *Er* ist derjenige, der mich mit unglaublichen Orgasmen beglückt hat.

»Sag mal«, meint er plötzlich, »wie war das noch mit Abendessen?«

Nach Luft schnappend fasse ich mir ans Herz. »Schickst du mich etwa in die Küche, damit ich dir was zu essen mache?«

»Ganz im Gegenteil.« Er setzt sich im Bett auf. »Ich werde *dich* bekochen.«

Ich lache. »Oh, tatsächlich?«

»Jap.« Er greift nach seinen Boxershorts, die einsam und verlassen auf dem Boden herumliegen. »Du hast mich inspiriert. Ich habe ein bisschen Kochunterricht genommen, und ich bin gar nicht mehr so schlecht.«

»Nicht mehr so schlecht – wow. Ich kann es kaum erwarten.«

Er tätschelt meinen nackten Oberschenkel. »Mach dir keine Sorgen. Dieses Abendessen wird das Beste sein, was du je probiert hast. Du wirst es lieben.«

Ich kämpfe mich ein Stück hoch, was nicht einfach ist, wenn man bedenkt, dass mir immer noch schwindelig ist. Er hat sein Versprechen, meine Welt zum Beben zu bringen, wirklich eingehalten. »Hey«, sage ich.

Er grinst mich an. »Selber hey.«

»Ich habe eine Frage.«

Er zieht die Augenbrauen hoch. »Ja?«

»Was ist mein Tell?«

»Was?«

»Als wir Poker gespielt haben«, erinnere ich ihn, »hast du mir gesagt, dass ich einen Tell habe, der mich verrät. Du hast behauptet, dass ich mit meinem Ohrring spiele, aber dann hast du zugegeben, dass das gelogen war.«

»Das stimmt.«

Ich gebe ihm einen Klaps auf den Arm, obwohl ich eigentlich lieber meine Hände darauf entlanggleiten lassen möchte. Warum sind Muskeln so verdammt sexy? Ganz besonders Jakes Muskeln. »Also willst du mir tatsächlich nicht verraten, was es wirklich ist?«

»Mmm … ich glaube … nein, ich verrate es dir nicht.«

Ich knirsche mit den Zähnen. Das mit dem Tell hat mich tatsächlich nicht losgelassen. Jake schien so genau zu wissen, wann ich lüge oder wann ich die Wahrheit sage. Es hat mich wahnsinnig gemacht, dass mich irgendwas so leicht verrät.

»Bitte?« Ich fahre mit der Hand von seinem Knie hoch zu seinem Oberschenkel, und er zieht scharf die Luft ein. »Ich sorg auch dafür, dass es sich für dich lohnt …«

Er schaut mir einen Moment lang zu, und just in dem Moment, als ich mir sicher bin, dass ich ihn an der Angel habe, ziehe ich meine Hand weg. »Raus damit.«

Er lacht. »Wow, du bist ganz schön gut bei so was, hm? Okay, meinetwegen.«

Ich blicke ihn erwartungsvoll an. »Ja?«

»Du hast nicht …« Er lächelt schief. »Du hast eigentlich keinen Tell. Das hab ich nur behauptet.«

»Was?«

»Ich meine, es gibt nichts Spezifisches.« Er zuckt mit den Schultern. »Aber … ich weiß nicht … deine Augen sind wie das Fenster zu deiner Seele. Ich kann in deine Augen schauen und weiß genau, was du gerade denkst.«

Ich runzele die Stirn. »Ist das so eine Detective-Sache?«

»Ich glaube, das ist eher eine Natalie-Sache.« Er fährt die Kontur meines Kiefers mit einem Finger nach. »Ich habe einfach nur sofort das Gefühl gehabt, dich schon ewig zu kennen. Ja, ich kann Menschen gut lesen, aber … mit dir war es anders.« Er rutscht auf dem Bett näher an mich heran. »Hast du das auch gespürt?«

»Nein, mir hat es hauptsächlich davor gegraut, dass du mich umbringen könntest.«

»Tja, so abwegig war das gar nicht«, sagt er. »Dich umbringen oder mich in dich verlieben. Diese zwei Möglichkeiten gab es.«

Er beugt sich vor, um mich wieder zu küssen. Die Idee mit dem Abendessen ist komplett vergessen. Es mag nicht Liebe auf den ersten Blick gewesen sein, aber so stark habe ich noch nie für jemanden empfunden. Es gab viele erste Male, die ich vor meinem dreißigsten Geburtstag von meiner Liste streichen konnte, aber die einzig wirklich wichtige Sache war, dass ich mich zum ersten Mal verliebt habe.

Weitere Bücher von Annabelle Costa und die Begleitprodukte zu dieser Geschichte findest du bei uns im Shop unter
https://second-chances-verlag.shop/annabelle-costa/

Wenn du keine Veröffentlichung mehr verpassen möchtest, kannst du dich auch hier für unseren Newsletter eintragen:
second-chances-verlag.de/newsletter-anmeldung